ハヤカワ・ミステリ

RAYMOND BENSON

007／ハイタイム・トゥ・キル

HIGH TIME TO KILL

レイモンド・ベンスン
小林浩子訳

TOKYO HAYAKAWA BOOKS

A HAYAKAWA
POCKET MYSTERY BOOK

HIGH TIME TO KILL
by
RAYMOND BENSON

Translated by
HIROKO KOBAYASHI
First published 2005 in Japan by
HAYAKAWA PUBLISHING, INC.
This book is published in Japan by
arrangement with
IAN FLEMING PUBLICATIONS LTD.
c/o THE BUCKMAN AGENCY
through TUTTLE-MORI AGENCY, INC., TOKYO.

わが師、フランシス・ホッジとピーター・ジャンソン－スミスへ

謝　辞

作者と出版社はつぎのかたがたの助力に感謝する。

ベルギー観光局（アメリカ）のリリアンヌ・オプソマー。キャロリン・コーヘイ。トム・コルガン。ダン・ハーヴェイ。エラスムス病院（ブリュッセル）のミセス・ローレンス・タカ。アレグザンダー・ハワード大尉。ホテル・メトロポール（ブリュッセル）のセルジュ・シュルツとチャフィク・ハビブ。ホテル・ヤク・アンド・イエティ（カトマンズ）のリチャード・ローネー。ジャガーカーズ社（イギリス）のファーガス・ポロック。ピーター・ジャンソン-スミス。アルバン・シャンボン・レストラン（ブリュッセル）のドミニク・ミシュー。マデリン・ニームズ。ロジャー・ノーウィック。ルーシー・オリヴァー。ルイザ・パーキンスン。ブリュッセル警察（ブリュッセル）のリュシアン・ヴァーメイア。ダグ・レデニウス。デイヴ・ラインハルト。モアナ・レイ・ロバートスン。ドクター・パトリック・セパルカー。スパイマスター社（イギリス）のリー・マークス。ストーク・ポージス・ゴルフクラブ（イギリス）のチェスター・キング、ラルフ・ピカリング、ノーラン・エドワーズ。スルザー・インターメディックス社（アメリカ）のジュリア・シー・モリス。トール・インポーツ社（イギリス）のマーク・アクトン。ブリュッセル観光案内所のアン・デプラエデーレ。コリン・B・ターナー。エレイン・ウィルトシャー。イアン・ランカスター・フレミングのご遺族。そしてもちろん、ランディとマックス、彼らがいなければ……。

貴重な力添えをいただいた第一王立グルカ・ライフル銃隊と、アメリカ人でカンチェンジュンガ北壁を初登頂したスコット・マッキーに、格別の感謝を捧げる。

007／ハイタイム・トゥ・キル

装幀　勝呂　忠

登 場 人 物

ジェイムズ・ボンド………………英国秘密情報部員
M……………………………………同部長
ビル・タナー………………………同参謀長
ミス・マネーペニー………………同Mの秘書
ヘレナ・マークスベリ……………同ボンドの個人アシスタント
ブースロイド少佐…………………同Q課の責任者
ジーナ・ホランダー………………同B支局局員
ザキール・ベディ…………………同I支局局員
チャンドラ…………………………王立グルカ・ライフル銃隊軍曹
ローランド・マーキス……………英国空軍大佐
トマス・ウッド……………………国防評価研究局の航空物理学者
スティーヴン・ハーディング……同ウッドの助手
ヘンドリック・リンデンベーク……心臓専門医
リー・ミン…………………………中国のエージェント
ホープ・ケンダル…………………登山隊のチーム・ドクター
ポール・バーク……………………同通信連絡官
トマス・バーロウ…………………同隊員
カール・グラス……………………同隊員
オットー・シュレンク……………同隊員
チトラカール………………………連絡将校
ル・ジェラン………………………〈ユニオン〉のリーダー

1　とんでもない休暇

バラクーダは口を九十度に開き、一瞬のうちに肉塊を食いちぎれる鋭い歯をむきだしにして、彼らを驚かした。と、たちまちその口は半インチのすきまを残して閉ざされた。あくびだったのか？

優に二十ポンドはあるだろう。バラクーダは危険きわまりない肉食魚類で、獰猛さではサメに匹敵する。それがそばをのろのろと泳ぎながら、じっとこちらを見つめている。自分のすみかに侵入してきた二匹の妙な大魚に興味があるのだ。

ジェイムズ・ボンドはバラクーダが好きになれなかった。そいつに接近するくらいなら、蛇がうようよいる穴にはいったほうがましだ。けっして怖いからではない。やつらが凶暴で、たちが悪く、なにをするかわからない生き物だと知っているからだ。バラクーダが機嫌のよかったためしはない。だから用心しつつ、恐怖を見せないようにしなければならない。不安を気どられたら、攻撃されるのがおちだ。

ボンドは連れのほうを見やった。うまく対処している。長くすらりとした魚を恐れず、うっとり眺めている。

泳ぎつづけるように合図すると、彼女はうなずいた。ふたりはバラクーダを無視することにした。結局、それが最善の策だった。数分後、魚は興味を失って、青いもやのなかへ消えていった。

ボンドは海中の世界を地球外の風景のようだと思っている。静かで妙に現実離れしていながら、生命にあふれている。人間がふたり近づいていくと、海底のイソギンチャクが口をつぼめた。小さなタコ、ジャマイカ人のハウスキーパー、ラムジーに言わせると〝墨吐き野郎〟がオレンジと茶色の岩礁にそって進んでいく。そここの海草の茂みには、夜行性のロブスターやカニの棲息地が隠れている。

浜辺をめざして泳ぎ、背が立つところに達した。ボンドはフェイスマスクとシュノーケルをもぎとって、ヘレナ・マークスベリが海中から姿をあらわすのを見守った。ヘレナはかたわらに立つと、フェイスマスクとシュノーケルをはずして笑った。

「あの魚、わたしたちの肉をお土産に持って帰りたかったみたいね」

「ぼくには興味がなかったようだ」ボンドは言った。「きみを見つめていた。いつもバラクーダをその気にさせるのかい？」

「わたしは肉食動物ばかりひきつけるのよ、ジェイムズ」ヘレナは誘うような笑みを浮かべた。

バハマの三月は気温も二十七度前後ですこぶる快適だ。やがて来る暑い夏のまえに、ボンドは一週間の休暇をとった。カリブ海で過ごすには、一年中でこの時季がいちばんいい。最初はジャマイカ島北海岸の別荘、シェイムレディ荘で休暇を楽しむつもりだった。だが、ヘレナ・マークスベリにナッソーへ行ったことがないと言われて気が変わり、バハマ諸島を案内してあげることにしたのだ。

「みんなどこへ行ったのかしら」ヘレナは人影のない浜辺を見まわしてきいた。さっきまではダイバーや日光浴客があんなにいたのに、いまは人っ子ひとりいない。

ちょうど正午を過ぎたところだ。ヘレナは日陰を探して、砂浜に腰をおろした。かたわらの大きな岩が日除けになって、ギラギラ照りつける太陽をさえぎってくれる。色白の肌は日焼けしやすいので、日光を浴びすぎないように気をつけないといけない。それを承知しているのに、ヘレナは可能なかぎり肌が露出するビキニを身につけていた。他人の目には気づかない欠点——左の乳房が右よりすこしさがっている——はあるものの、体には自信があるので見せびらかすのはいっこうにかまわない。いずれにしても、完璧な人間なんていないのだから。

彼らの滞在先は、バハマ諸島でもっとも人口の多いニュープロビデンス島の南西側だ。ボンドは折りよく、コーラルハーバーにヴィラを見つけることができた。島の北側に位置し、商業と政治と輸送の中心である首都ナッソーの賑わいからはいくぶんか離れている。まわりにあるのは、美しいビーチとリーフ、カントリークラブと高級レストランだけだ。

「今夜はなにを着ていけばいい？」ヘレナはボンドが隣にすわるとたずねた。

「ヘレナ、ぼくが教える必要はないさ。きみはなにを着てもすてきだから」

今夜はボンドと旧知の仲の元バハマ総督から、ホームディナーに招待されていた。元総督とはあるディナーパーティがきっかけで親しくなった。その席で、元総督は夫婦間の愛情と裏切りと悲惨さについて私見を開陳してくれたのだ。総督は〝慰藉の量〟と称していたが、愛や友情から得られる慰めの量は測定できると信じ、ふたりのあいだにある程度の情が存在しなければ、愛など生まれようがないと断言した。ボンドが普遍的真実としてみなしている格言だ。

総督は引退してから久しいが、夫人とともにナッソーにとどまっている。そうたびたびではないものの、ボンドはバハマ諸島を通るさいにはかならず立ち寄って旧交を温めた。カリブ海にやってくるのは、たいてい大好きなシェイムレディ荘で過ごすときだけれど。

ヘレナは横になり、魅惑的なアーモンド形の緑の目でボンドを見た。その美しさ――濡れていても乾いていても――なら、なんなくファッションモデルになれただろう。あいにくヘレナは、ふたりが勤務するＳＩＳ（英国秘密情報部）で、ボンドの個人アシスタントをつとめている。これまでのところ、ふたりの関係は秘密にしてきたが、このまままつきあいをつづければ、職場のだれかにばれるのは自明の理だ。べつに悪いことをしているわけではないが、きょうび職場恋愛は眉をひそめられる。ボンドは前例があるからいいじゃないかと自分を納得させた。何年かまえに、やはり個人アシスタントのメアリー・グッドナイトといい仲になったのだ。スカラマンガ事件のさい、ジャマイカで過ごしたひとときを忘られようか。

ヘレナはメアリー・グッドナイトとはちがう。三十三歳のまったくの現代女性であるヘレナ・マークスベリには、ミズ・グッドナイトの魅力的だが、どこかおっちょこちょいの性格はかけらもない。きまじめで政治や時事問題に一家言持っている。詩とシェイクスピアと極上の食べ物と酒に目がない。ボンドの任務を正しく理解し、自分の仕事もSISには欠かせない重要なものだとみなしている。また頑固な道徳観の持ち主で、デートを承諾させるのに数カ月かかった。

事の起こりは、ウィンザー・グレート・パークにほど近いマイルズ・メサービイ卿の邸クォーターデッキの裏庭だった。一年前、そこでディナーパーティが催されたとき、ボンドとヘレナはたがいに肉体的にひかれあう気持ちを抑えきれなくなったのだ。ふたりは外へ散歩に出て、ついに邸の裏手で雨に濡れながらくちづけを交わした。衝動的な出だしから三カ月、慎重な二カ月の試用期間をへて、ボンドとヘレナは逢瀬をつづけてきた。ふたりとも仕事優先は了解のうえで、気楽な恋愛関係を楽しんでいる。ボンドにはそういったヘレナのかかわりかたが快適だった。それでいて、セックスはすばらしく濃厚だった。この平穏を乱す理由はなにもない。

まちがいなくヘレナは目で誘っている。ボンドは濡れた体の隣にすわってキスをした。ヘレナは片脚をしなやかにボンドの太ももにからめて、引きよせる。

「だれも見てないわよね？」ヘレナがささやく。

「そう願うね。だが、こうなったら、もうどうにでもなれだ。そうだろ？」ボンドはビキニのストラップを肩からはずし、ヘレナのほうは海水パンツをぐいとひっぱった。

「そうね、ダーリン」ヘレナは息を乱しながら、みずから手を貸してビキニをぬいだ。すかさず、ボンドの力強く巧みな手が体中をまさぐると、背を弓なりにし、押し殺した喜悦の声をもらす。

「抱いて、ジェイムズ」ヘレナが耳もとでささやく。「さあ」

ボンドはその言葉をくりかえさせなかった。

元総督は大喜びで、暖かく乾いた手でボンドの手をしっかり握った。

「よく来てくれたね、ジェイムズ」

「ありがとうございます。お元気そうですね」

元総督は手を振って否定した。「いやいや、わたしは老人だし、年相応に見える。だが、きみはちっとも変わっておらん。秘訣はなんだ。青春の泉にでもひんぱんに通っとるのか。ところで、こちらの美しいご婦人は？」

「アシスタントのヘレナ・マークスベリです」ボンドは言った。ヘレナはファッショナブルな薄手の赤いコットンドレスを着て、むきだしの肩と襟ぐりの深い胸もとをショールでおおっている。ボンドはライトブルーの綿の半袖ポロシャツに、ネイビーブルーの綾織り綿パンツ。淡いグレーの絹ジャケットは斜子織りで、その下にはセーム革のショルダーホルスターにおさめたワルサーPPKが隠れている。

「家内のマリオンは覚えとるだろ？」総督は白髪ときらめくブルーの瞳を持つ端正な女性を手でうながした。

「もちろんです、ご機嫌いかがですか」

「おかげさまで、ジェイムズ」その女性は言った。「おはいりになって、おふたりともどうぞ……」

パーティ会場は一世紀昔のコロニアル様式の館で、バハマ大学近くのトンプソン大通りのはずれにある。元総督はあきらかに裕福そうだ。ボンドと連れの世話をしようと数えきれないほどの使用人が並んでいる。客間にはすでに二十人以上の招待客が集まっている。その隣はひろい居間で、あけはなした張りだし窓から広大な庭園が見渡せる。外にも三々五々飲み物を手にしている人影が見える。天井では扇風機がゆるやかに風を送っている。

総督を訪問するようになってはじめてのことだが、ボンドは警備のものものしさに気づいた。白のスポーツコート姿の大柄な男たちが、そこここの出入口に配置され、通りすぎる人たちに警戒の目を光らせている。ひょっとして、これほどの護衛が必要なVIPでも出席しているのだろうか。

見知らぬ人たちと話すのは気づまりなので、ボンドとヘレナはほかの客とはまじわらずに、庭へ出た。外はまだ明るく、夜の帳《とばり》もあと二時間はおりないだろう。

ふたりは戸外のバーへ近づいた。「ウォッカ・マティーニを頼む。ステアじゃなくシェイクして、レモンツイストを添えて」

「おなじものを」ヘレナが言った。ボンド流のマティーニがだんだん好きになっていたのだ。

「すてきだわ」

「ふたりきりならね」ボンドは答えた。「だが、ハーヴェイ・ミラー夫妻と世間話するのはごめんこうむりたい」あたりの人たちをそれとなく示す。

「ハーヴェイ・ミラー夫妻って？」

「前回このパーティで出会ったカップルだ」

「ああ、ここにいたのか」総督の声がした。「おや、飲んどるな、けっこう、けっこう……ところで、マイルズ卿はその後いかがかな？」ボンドの元上司で前任のM、マイルズ・メサービイ卿のことをたずねる。

「元気です」ボンドは喜んで答えた。「引退してから、すっかり健康も回復して。仕事から手をひいたのが卿にはなによりよかったのでしょう。十歳も若返ったように見えますよ」

「そいつはうれしいな。今度会ったら、わたしからよろしくと伝えてくれたまえ」

「承知しました」

「新任のMとの折り合いはどうかね？」総督は目くばせした。

「たがいに信頼しあっています」

「女性から命令されるのに問題はないのか。わたしは意外に思っとるんだよ、ジェイムズ。なにしろきみは、結婚するならエアホステスか日本女性がいいと言っていた男だからな」

ボンドは思いだして苦笑する。「Mは厳格な指導者ですし、うまく部下を指揮しています」

「なるほど、それはなによりだ！　よかったよ」総督の口調にはやや熱がはいりすぎている。少々酔いがまわっているのかな、とボンドは思った。「それはそうと、きみが来てくれてほんとうに助かった、ジェイムズ、じつは頼みが――」

そのとき総督の注意がそらされた。十五フィートほど向こうで、白髪で眼鏡をかけた黒人の執事が警備員に小声で話しかけている。プロレスラーあがりのような白人の警備員はうなずいて、歩きだした。

「万事異常なしか、アルバート？」総督が声をかける。

「はい、旦那さま」アルバートが答える。「塀の外にスクーターがとめてあるので、フランクを見にいかせました」

「ああ、そうか」総督が言った。つかのま、ボンドは総督が神経過敏でいくらかおびえているような気がした。

ボンドはたずねた。「さっきのお話は？」

「そうそう。きみに調べてもらいたいことがあると言いたかったんだ。内密に。書斎に行こう。かまわんかな？」

ボンドはヘレナを見やる。ヘレナは肩をすくめた。「だいじょうぶよ」そう言って、皮をむいた小エビを盛った大きなトレーに目を向ける。「どうぞいらして。わたしはこのへんにいますから」

ボンドはヘレナの腕をぎゅっとつかんでから、総督について邸内にもどった。見事ならせん階段をのぼって二階へあがる。書斎にはいると、総督はドアをしめた。

「いわくありげですね」ボンドは言った。「興味を引かれるな」

総督はデスクの向こうへまわり、抽斗の鍵をあけた。

「どうも厄介ごとに巻きこまれているようなんだ。きみに助言してもらいたいんだが」

総督はいかにも気がかりなようすだ。ボンドはすぐさま浮ついた声音を消した。「もちろん」

「この連中についてなにか知っとるかね？」そうたずねながら、透明のビニール封筒入りの手紙を手渡す。

ボンドは手紙をとっくり眺めた。レターサイズのタイプ用紙の中央に〝時間切れだ〟と書かれている。末尾には〈ユニオン〉という署名。

ボンドはうなずいた。「ユニオンか。なるほど。ええ、ユニオンなら知っています」

「連中について教えてくれ。地元の警察には届けていないが、すでにロンドンには照会してある。まだなんの返事もない」

「この〝時間切れだ〟というのはあなたへのメッセージですか」

総督はうなずいた。「スペインにいる男に多額の借金がある。不動産取引にかかわるもので、残念ながら……あまりまともなものじゃない。ともあれ、このユニオンだかなんだかから、二カ月前に一通の手紙を受けとった。そこには、返済期限まで二カ月と書いてあった。応じる気はないがね。なにしろ、このスペインの男は詐欺師なんだ。手紙は四日前に届いた。いったいどういう連中なんだ、ジェイムズ？　マフィアかなんかか？」

「マフィアとはちょっとちがいますね。はるかに国際的な組織だ。SISもその活動に気づいたのはつい最近です。目下判明しているのは、油断のならない傭兵組織で、個人だろうが政府だろうが、金さえ払えば彼らを雇えるということだけです」

「活動をはじめてどのくらいになる？」

「長くはありません。たぶん三年ぐらい」

「噂も聞いたことがなかった。かなり危険なのかね？」

ボンドは総督に手紙を返した。「雇われ犯罪組織としては、けちな路上犯罪から複雑で手のこんだスパイ活動にいたるまで、なんでもこなすエキスパートでなければなりません。報告によれば、アメリカ合衆国の国防総省《ペンタゴン》から軍用地図まで盗みだしたそうです。地図は高度に訓練された保安要員の目の前で紛失したとか。厳重な警護下にあったマフィアのドンが一年前にシチリアで暗殺されていますが、おそらくユニオンが殺し屋を送ったのでしょう。最近では、フランスの政治家から五千万フランをゆすりとっています。フランス情報部が耳にして、知らせてくれました。つい先ごろはいってきた報告では、ユニオンは軍事的スパイ行為を扱いはじめ、その成果を他国に売りはじめたということです。あきらかにどこの国にも忠誠心を持たないらしい。欲で動く連中ですし、情け容赦をしないでしょう。メッセージがあなたに向けられたものだとするなら、とても危険だと言わざるをえません」

元総督は不安な面持ちで腰をおろした。「だが、黒幕はだれなんだ？　拠点はどこだ？」

「わかりません。ずいぶん手をつくして情報を集めましたが、それでもSISは手がかりをつかんでいないんです。

どういう連中かも、拠点についても」

元総督はぐっと唾をのんだ。「わたしはどうすべきかね?」

「すでに邸内のあちこちに特別な警備をされているようですね。手始めとしては妥当な処置です」

元総督はうなずいた。「警備員が多すぎて、全員の動静がつかめんくらいだ」

「国際刑事警察機構《インターポール》に警告します。手紙の出所が突きとめられるかどうか確認してみましょう。まず無理でしょうが。あすロンドンに報告し、監視について打つ手がないか検討してみます。あなたが見張られているのはほぼまちがいない。電話も盗聴されているかもしれません」

「いやはや」

「地元の警察はなにも知らないんですね?」

「ああ」

「まだ巻きこみたくないですね。ユニオンは法執行機関に潜入することに長《た》けていますから。あす総督官邸に行って、公式の報告を提出しましょう。打ちあけてくださってよかった。ユニオンに関する情報をできるだけ集めるように命令されているので」

「ありがとう、ジェイムズ。きみなら頼れるとわかっていたがね」元総督は立ちあがったが、顔からは血の気がひいている。おびえているのはあきらかだ。「そろそろパーティにもどらんとな」

「あまり気をもみすぎないように」

ふたりは書斎を出て、庭へもどった。ヘレナはぽつんと石のベンチにすわって、庭園から邸を眺めていたが、ボンドを見てうれしそうにほほえんだ。

「お仕事なの、ジェイムズ? 休暇で来たと思ってたのに」ヘレナはボンドがそばにくると言った。

「休暇中だよ。ちょっと職業上のアドバイスをしていただけだ」

「ねえ、ジェイムズ、日本女性かエアホステスってほんと?」

ボンドは笑った。「なんでもうのみにするなよ」

ディナーは豪勢だった。郷土料理のコンク貝のチャウダー、豆ライス、バハマ産ロブスター、舌ビラメの切り身を白ワインとクリームとマスタード・ソースで煮て小エビを飾ったもの、デザートはラム酒風味のクレームアングレーズをかけたパイナップル・スプリングロール。ヘレナはごきげんで、ボンドのほうはその食べっぷりを見て楽しんだ。ひと口ずつ頬と舌でエキスをしぼりとるように味わい、嚥んでのみこむ。これまでキスしたなかでも指折りの官能的な唇の持ち主だ。

食後、ふたりは庭園に逃げだして、数組のカップルといっしょに満天の星を眺めた。男たちの幾人かは使用人が配ってまわった葉巻をくゆらしている。人の群れを避けて、ボンドとヘレナはほのかな明かりに照らされた小道をたどった。道は庭を取りかこむように敷地の境界にそってのびていた。

ヘレナは深いため息をついた。「ロンドンに帰りたくないわ」

「どんなに楽しいことにも終わりが来る」ボンドは答える。

「それ、わたしたちのこと?」

「とんでもない。きみがそのほうがいいならべつだが。最高のアシスタントを失いたくないからね」

「つまりそういうこと?」

「いいかい、ヘレナ、きみはすばらしい女性だ。だが、もうぼくのことはわかっているだろう。男女関係はもつれやすいし、それがいやなんだ。ロンドンにいるあいだは控えめにしたほうがいいだろう。きみは賢明な人だから、もちろん賛成してくれるね」

ひろびろとした芝地のはずれに来ていた。邸からは五十ヤードほどで、十フィートの高さの石塀が通りとを隔てている。ふたりは物置小屋のかたわらで抱きあった。

「あなたの言うとおりだわ、ジェイムズ」ヘレナは言った。「ただ、ときどきちがった人生を夢みるだけ。空想みたいな暮らしを。だって、アメリカにいる妹はまるでおとぎ話のような生活をしてるんですもの。心から愛してくれる夫とかわいらしい子供がふたりいて、住んでるところはいつも申し分ない気候の南カリフォルニア。話を聞くたびに信じられないほど幸せそうで、ちょっと妬《や》けてきちゃう」ヘレナは微笑を浮かべ、ボンドの腕をつかんだ。「でも、あなたの言うとおりよ、ジェイムズ。ややこしく考えるのはやめましょう。ここにいるあいだは、一分たりともむだにしないで楽しみたいわ」

唇を合わせようと顎を引きよせたとたん、ヘレナは目を見開いて、あえいだ。「ジェイムズ！」

ボンドはさっと振りかえり、ヘレナを驚かせたものを確認した。小道からはずれたところに、死体が転がっている。月光が青ざめた肌に反射していなければ、死体は完全に暗がりに隠れていただろう。すばやく死体に近づくと、それは警備員のフランクだった。シャツと白のジャケットをはぎとられ、喉を真横に切り裂かれて、鮮血の海に横たわっていた。

「ここにいてくれ！」ボンドはそう命じると、向きを変えて邸をめざして芝地を駆けだした。「ジェイムズ！わたしも行くわ！」背後にヘレナの声を聞きながら、石造りの噴水を囲む石のベンチを飛びこえて近道をする。庭園を駆けぬけ、邸の裏庭にたむろする客たちのなかに、総督の姿を必死に探す。夫人が友人たちといるのを見つけた。

「ご主人はどこですか」ボンドはたずねた。

びっくりして、夫人が答えた。「どこって……たしか警備員と二階の書斎へ行ったんじゃないかしら……」

ボンドはさっとその場を離れて邸内にはいり、一度に三段ずつ階段を駆けあがって、あけはなされたドアに突進した。元総督はぞっとするような血だまりに横たわっていた。さっきの警備員と同様、喉をむごたらしく切り裂かれ、頭が異様な角度で垂れている。室内にはだれもいない。だが、死体のそばからドアへ向かう血まみれの足跡がふたつくっきりと残り、絨毯の上にもうひとつ乱れた血痕がある。殺し屋は書斎を出るまえに靴をぬぐったのだ。

このころには、ほかの者たちも階段をあがってきていた。さえぎる間もなく、元総督夫人は恐ろしい光景を目にしてしまった。大きな悲鳴をあげる夫人を遠ざけ、ドアを閉ざす。男性のひとりに警察への連絡と夫人の世話を頼むと、一階に駆けおりた。うろたえた執事が階段の下にいた。

「警備員がおりてくるのを見たか」ボンドはどなった。

「はい、見ました!」アルバートが答えた。「キッチンをぬけていきました」

「さっき見たというスクーターがある場所に出られるのか」

アルバートは猛然とうなずき、ボンドをキッチンへ連れていった。大がかりな食事のあとかたづけをしている使用人たちのあいだを通り、廊下に案内すると、つきあたりのドアを指さした。

「勝手口です。通用門をぬけて、通りを左へちょっと行ったところです」

「連れの女性に待つように伝えてくれ」ボンドはそう言いながら外に出た。

そこは使用人用の小さな駐車場だった。あいたままの門へ走っていき、慎重に通りをのぞきこむと、はたして、警備員の白いジャケットを着た黒人がイタリア製の古いヴェスパにまたがっていた。ちょうどエンジンを吹かして、逃げだそうとしているところだ。

「とまれ!」ボンドは叫んだ。男は振りかえってから、加速して走り去った。ボンドはワルサーPPKをぬいて狙ったが、撃ちそこなった。こうなれば走って追跡するしかない。

四分の一マイルほど前方にいる男は、トンプソン大通りに出ると混雑をぬって北へ向かった。ボンドはおなじ方向へ行くバスの前に飛びだした。運転手が急ブレーキをかけ、乗客が何人か床に投げだされる。それでもぶつかった衝撃は強く、歩道にたたきつけられたボンドは、一瞬頭がぼうっとなった。だが、すばやく立ちあがり、体を震わせてしゃっきりさせ、追跡をつづけた。

ヴェスパはメドウ通りを越え、セントジョゼフ・バプテスト教会を取りかこむセントバーナード公園の入口へ勢いよく進んでいく。ボンドはBMWのボンネットに跳びのり、なんとか反対側におりると、殺し屋が公園の角で商売をしていた露店商の売店にぶつかるのが見えた。Tシャツとみやげものが飛びちる。怒った商人がどなり、ドライバーにむかって拳を振りまわしている。つぎの瞬間、スクーターは公園のなかに消えた。

大通りをはずれると、あたりはずっと暗くなった。ボンドは激しく息をしながら、走りつづけている。思いきって撃ってみるべきだろうか。三十フィートばかり前方に見えるのは、スクーターのテールランプだけだ。男を殺したくはなかった。ユニオンとつながりがあるなら、生け捕りにするのが肝心だ。ヴェスパは角を曲がり、割合まっすぐな歩道を進んでいる。ここでとめなければ、速度をあげて逃げきられてしまうだろう。ボンドはテールランプに慎重に狙いをさだめ、一発だけ撃った。

銃弾は後部タイヤにあたり、タイヤと殺し屋が宙に飛んだ。スクーターは横倒しになり、歩道を滑っていく。男は地面にしたたかにたたきつけられたが、即座に立ちあがり、足を引きずりながら逃げだした。ボンドは芝生を横切って男を追った。殺し屋は脚を押さえている――それほど遠くまでは行けないだろう。

しかしながら、男は公園の西端にたどりつき、道路を渡って住宅街にはいった。追いつづけるボンドは、あわやタクシーと衝突しそうになり、よろめいて倒れた。一秒も無駄にできないと跳ねおき、追跡をつづける。三十フィートほど前方には、足をかばいながら走る殺し屋が見える。

「とまれ！」ボンドはまたどなった。

男は振りかえった。手になにか持っている。閃光とまぎれもない銃声に、ボンドはとっさに転がった。相手が武器を持っているのでは、生け捕りにする見込みは大幅にすくなくなった。

立ちあがったときには、敵の姿は消えていた。路地が二本あるから、どちらかに駆けこんだのかもしれない。角まで全力疾走し、一方の奥をうかがった。はたして、走っていく足音がする。ボンドは壁にはりつき、物音がするほうへ忍び足で急いだ。路地のはずれに男が見える。行きどまりになっていて動きがとれないらしい。ボンドは並んだゴミ容器の陰に身をひそめた。

「あきらめろ！」ボンドは叫んだ。「もう逃げられないぞ。銃を投げ捨てろ」

男は振りかえって、声がしたほうを見た。目は大きく見開かれ、白目が光る。相手が見えず、むやみに撃ってくる。銃弾が塀にあたって跳ねとんだ。

いまではボンドにも事の次第がすっかりわかっていた。殺し屋は外壁を跳びこえて、警備員のフランクを殺害し、シャツと上着を奪った。そして警備員になりすまし、総督を信じこませて邸内に連れこんだのだ。総督も警備員全員の顔は知らなかっただろう。

「いまから三つ数える」ボンドはどなった。「銃を投げ捨てて、両手をあげろ。こっちはおまえの頭に狙いをつけている。まちがいなく、穴をあけてやる」

男は声のする方角へ拳銃を向けた。ボンドのいるところから見るに、リボルバーのようだ。また一発ぶっぱなし、今度はかたわらのゴミ容器を撃ちぬいた。

「ひとつ……」

男はどうすればいいかわからず、ためらっている。逃げられないと観念して。

「ふたつ……」

だが、殺し屋は奇妙な態度に出た——にやりと笑ったのだ。納得のいく方法がひとつだけあった。

「おい、生け捕りにしようたって、そうはいかないぞ」男は強い西インド諸島なまりで言ってから、拳銃をこめかみにあてた。

「よせ！」ボンドは叫んだ。「やめろ——」

男は引金をひいた。袋小路で銃声が雷鳴のように鳴りひびく。

2　宿敵

「コツはね、ミスター・ボンド、ボールを打つときの力ではなく、逃がす力です」ストーク・ポージス・ゴルフクラブのスターター、ノーラン・エドワーズが言った。

「なるほど、完璧にわかったよ」ボンドは皮肉めいた返事をした。いま打った球は九〇ヤード飛んでグリーンをとらえ、カップを通りすぎて奥にこぼれ、ラフまで転がった。

　ボンドは練習中の高度なショットに進歩が見られずいらいらしていた。グリーン上でボールをもどすアプローチショットで、プロのゴルファーならたいてい成功させている。だが、ボンドのような並外れたプレーヤーでも、アマチュアには習得しにくい。ボンドはぜがひでもマスターするつもりだった。ゲームを楽しむには、新しいテクニックや戦略を組みいれるべきだという姿勢でゴルフをしているから。このショットはむずかしい位置にピンが切ってあるときに役立つ。ピンをオーバーすると、ボールはグリーンからこぼれてしまう（いまボンドが身をもって示したように）が、うまくバックスピンをかけられれば、ボールはカップのほうにもどり、パットを沈めるのに最適な場所でとまるのだ。

　クラブハウスの前のパッティング・グリーンで練習をはじめてから三十分になる。だが、一度もうまくいかなかった。

　イリノイ州出身のアメリカ人で、長年ストーク・ポージスで働いているエドワーズは、首を振って額にしわを寄せた。「むずかしいショットですよ、ミスター・ボンド。アマチュアで成功した人はほとんど見ていない。ボールに絶妙なスピンをかけるのに必要なのは、スイング・スピード、インパクトの位置、手の動き、加速が一体となったなめらかなスイングをすることです」

「ぼくに必要なのは強い酒だよ」ボンドは言って、傷ついたタイトリストのスリーピース・ボールを拾ってポケットに入れた。

「ビルはもう来たかな？」

「あのアルファロメオがそうじゃありませんか」エドワーズはスタート小屋のほうに顎をしゃくった。SISの参謀長ビル・タナーが赤いアルファロメオを駐車したところだった。

「やあ、ジェイムズ」ビルは車からおりて、トランクをあけながら言った。「元気かい、エドワーズ？」

「おかげさまで、ミスター・タナー」スターターは答え、タナーが取りだしたクラブを受けとる。「ミスター・ボンドは難度の高いショットの練習をしていたんです」

「まだバックスピンをかけようとしているのか、ジェイムズ？」

ボンドはうなずいて、左手の手袋のスナップをはずした。

「もうじきだよ、ビル。あとほんのちょっと」

タナーはくすくす笑う。「真剣になりすぎだよ、ジェイムズ。さあ、一杯やりにいこう。仲間もじき来るだろう」

ボンドはキャロウェイのクラブがはいったゴルフバッグをエドワーズに預け、タナーとともに、風格あるパラディオ式邸宅のクラブハウスに向かった。ボンドはこのクラブに一九九三年に加入した。会費はかなり高いが、クラブハウスのみごとなラウンジとプライベートルーム、優雅なダイニングルームと極上の料理、行き届いたスタッフ、それにゴルフコースそのものによって、会員は心からの満足感を得られる。一九〇八年に創設されたストーク・ポージス・ゴルフクラブは英国屈指の名門コースだ。場所はイートンやウィンザーにほど近いイングランド南部のバッキンガムシャー。土地の持つ千年の歴史は周辺の景色と同様、変化に富んでいる。長いあいだに確立された伝統は、クラブハウス、古くからの庭園と草原《パークランド》、ハリー・シャプランド・コルト設計の名高いコースに箔《はく》をつけている。

ボンドとタナーはロビーにはいり、堂々とした階段——建築された当時は英国一大きな片持ち梁階段だった——のかたわらを通りすぎた。明るく暖かみのあるオレンジ温室を通りぬけ、やわらかな色調のプレジデンツ・バーにはいる。ボンドはバーの優雅でありながらなおかつ男っぽいところが気に入っていた。黄色い大理石の暖炉、豊富な銘柄の酒をそろえたオークのカウンター、クリーム色の布張の快適な椅子。黄色の壁際にはトロフィーや木製の銘板が飾られ、昔のキャプテンたちの名前やコースにまつわる重要な歴史を伝えている。

ボンドはバーボンを、タナーはブラックラベル・ウイスキーを注文した。タナーが腕時計に目をやる。まだ朝も早い。「もう来るだろう。雨が降るかな?」

イングランドの四月の天候は予測できない。いまのところ、太陽は薄黒い雲をなんとか避けて照っている。

「バックナインにはいったら」ボンドは予言した。「かならず降るね」

帰国して二週間がたっていた。元総督が殺され、ヘレナと楽しく過ごしていたバハマの休暇はだいなしになった。仕事にもどったいま、ふたりの関係は仮面でおおわれている。ふたりともロマンスを忘れようとして、そんなことなどなかったかのようなふりをしようとつとめていた。いままでのところ、うまくいっていないけれども。ナッソーの事件以前は関係を隠しとおしていたのに、ボンドが個人アシスタントと旅行していたことが情報部の何人かに知られたせいで、状況はいっそうこみいっている。オフィスに行けば、ヘレナの緊張が感じとれるから、言い訳をしてそばを離れるか、家で仕事をしたりしている。だから、木曜日に休暇をとってSISの職員ふたりとゴルフをしないか、とタナーに誘われたときはひどくありがたかった。

「ユニオンに関する調査のほうはどうだい?」タナーがたずねた。

「ここまで来て、仕事の話か」ボンドは吐きすてるように言った。

「すまん。本気であのショットをマスターしたいんだね!」

「いや、こっちこそすまん、ビル。最近いらいらしていて。ナッソーでの総督の事件やら、あげくに殺し屋が自分で頭を撃ちぬいた件やらで……解明しようと努力はしているが、まださっぱりわからないんだ」

「気にするな、ジェイムズ、いいんだ」タナーはグラスをかちりと触れあわせた。「乾杯」ボンドのいちばんの悩みの種はよく承知していたが、それを口に出すような無粋な人間ではない。

　ふたりの男がバーにはいってきた。ボンドはちらりと目をやって、顔をしかめた。長身のほうがボンドとタナーを見つけて手を振る。

「これはこれは！　ジェイムズ・ボンドとビリー・タナーじゃないか！」

「ローランド・マーキス」ボンドはうれしそうなふりをした。「久しぶりだな」

　ローランド・マーキス大佐は、ブロンドの髪とがっしりした肩幅を持つハンサムな男だ。鼻の下にたくわえたブロンドの口ひげはきちんと手入れしてある。目は冷たいブルー。長年の戸外活動を示す日焼けした顔、二枚目俳優を思わせる角張った顎。ボンドとは年齢もおなじで、セクシーさもひけをとらない。

　マーキスはテーブルに近づいて手をさしだした。ボンドの手を乱暴に握りしめて、長年のライバルであることを思いださせる。

「元気かい、ボンド？」マーキスはきいた。

「どうも。忙しくしているよ」

「ほんとうか？　近頃ＳＩＳじゃ、たいしてやることがないと思ってたがね」ばかにしたように言う。

「やることならたっぷりあるよ」ボンドは無愛想に応じた。「おもに他人がうっちゃったごたごたの尻ぬぐいだが。きみのほうこそどうなんだい？　英国空軍《RAF》ではいまだに実力以上に厚遇されてるのか」

　マーキスは笑った。「ＲＡＦでは帝王あつかいされているよ」

　もうひとりの男がテーブルに近づいてきた。三十代後半で、背丈はマーキスより低く、やせている。もじゃもじゃの眉、眼鏡、高い鼻。全体に鳥のような印象をあたえる。

「こちらはパートナーのドクター・スティーヴン・ハーディング」マーキスが言った。「国防評価研究局《DERA》の一員だ。ドクター・ハーディング、ジェイムズ・ボンドとビル・ターナーを紹介しよう。国防省の人間だ。テムズ川のほとりにあるけばけばしい建物に勤務している」

「SISで？　ほんとうですか？　はじめまして！」ハーディングは手をさしだした。ふたりはそれぞれ握手する。

「いっしょに飲みませんか」タナーが誘った。「フォアボールの相手を待っているところなんだ」

マーキスとハーディングは椅子を引きよせた。「ビル、おたくの新任の部長には会ったことがないんだが」マーキスがきいた。「どんな女性だい？」

「きびしく取りしきっているよ」タナーが答えた。「マイルズ卿が引退しても、状況はさほど変わってない。きみのほうはどう？　このまえ会ったときはオークハンガー基地にいたんじゃなかったっけ？」

「異動があった。いまはDERAとの連絡将校だ。ドクター・ハーディングは航空学部門のトップエンジニアでね。ほとんどの仕事が機密扱いになっている」

「へえ、ぼくらならだいじょうぶだ。ひと言ももらさないから」ボンドは言った。

「その件はもうじき耳にするはずだ。そうだろ、ドクター？」

ハーディングはジントニックを飲んでいる最中だった。

「うん？　ああ、そのとおり。フロントナインを終えたら、忘れずにトムに電話しないと。もうちょっとのところなんだ」

「もうちょっとって？　マーキス、ぼくたちに教えないで、なにを企んでいるんだい？」タナーがたずねた。

「もう教えたよ」マーキスはにやにやして言った。「おたくの部長はなにもかも承知している。トマス・ウッドは知っているだろ？」

「もちろん」ボンドは答えた。「わが国の航空物理学者の第一人者だ」

ウッドの名前が出ると、タナーはうなずいた。「きみの言うとおりだ、マーキス。ぼくも承知していた。きみが関与しているとは知らなかっただけだ」

「わたしの秘蔵のプロジェクトなんだよ、タナー」マーキスは自慢げに言った。

「ドクター・ウッドはわたしのボスです」ハーディングが言った。

ボンドは感心した。ウッドのような水準の人間と働くにはかなりの頭脳の持ち主でなければならないだろう。ハーディングは見かけより頭がきれるにちがいない。いっぽうローランド・マーキスについては、頭脳にしろどこの器官にしろ、高く評価したことはない。彼の曾祖父はフランス人で、イギリスの裕福な軍人家庭に婿入りした。マーキスという名は代々息子に譲りわたされ、全員が赫々《かくかく》たる戦果をあげ、勲章を授けられた将校になっている。ローランド・マーキスは一家のスノビズムを引き継いでおり、ボンドの見るところでは自分勝手なやり手にほかならない。

クラブの総支配人のラルフ・ピカリングがバーをのぞき、ボンドを見つけた。「そこにいらっしゃいましたか、ミスター・ボンド」そう言うと近寄ってきて、ボンドとタナーにふたりの仲間が来られないというメッセージを伝えた。「不意の任務で出かけなければならなくなったが了解してもらえるだろうとおっしゃっていました。よろしくとのことです」

「ありがとう、ラルフ」ボンドは言った。ふたりが来られないのはなんともない。彼らが命令を受けとり、おそらく出国したのだろうと思うとしゃくにさわった。帰国してまだ二週間にしかならないのに、ボンドは落ちつかなくなっている。ロンドンから出て、しばらくヘレナと離れていられるなら、喜んでなんでもするだろう。

ピカリングが出ていくと、ボンドはタナーを見た。「それじゃどうする？　ふたりだけでプレーするかい？」

「いっしょにやればいいじゃないか」マーキスが誘った。

「きっと楽しいぞ。ドクター・ハーディングとわたし対きみたちで、ストレート・スティブルフォード方式というのは？　ハンデなしで」

ボンドはタナーを見やった。タナーはうなずいて同意した。

「むろん金を賭けるんだろうね？」ボンドがたずねた。

「もちろんだよ。ポイント数の多いチーム各人に、一ポイントにつき二百五十ポンドではどうだい？」マーキスが小ずるそうににやにやして提案した。

タナーは目をむいた。額が大きすぎる。もともと賭けごとはあまり好きではなかった。

　とはいえ、すでに手袋は投げつけられた。挑戦されて引きさがるようなボンドではない。

「いいとも、ローランド」ボンドは答えた。「スタート小屋で、そうだな、三十分後に会おう」

「すばらしい！」マーキスは口もとをほころばせて言った。まっすぐな白い歯がきらめく。「じゃ、コースで！　行こう、ドクター・ハーディング」ハーディングはおどおどとした笑みを浮かべ、酒を飲みほして、マーキスといっしょに立ちあがった。

　ふたりがバーを出ていくと、タナーが口を開いた。「どうしたんだよ、ジェイムズ、血迷ったのか。一ポイントにつき二百五十ポンドだぞ」

「受けて立たないわけにはいかないんだ、ビル。ローランドとは昔からの因縁がある」

「知ってるよ。イートン校でいっしょだったんだろ？」

「ああ、ぼくがいた二年間は、熾烈なライバル同士だった。よくおなじ運動の舞台で競いあったものだよ。ぼくはイートンからフェテスに転校したが、マーキスはイートン校を卒業しクランウェル（英国空軍士官学校）へ進んだ。知ってのとおり、マーキスはＲＡＦで頭角をあらわし、あっという間にいまの階級に昇進した」

「どこかにマーキスは登山家だって記事が出てなかったかな？」

「そのとおり。登山界ではかなり有名だ。数年前、〝七つの最高峰〟を記録的な速さで踏破して世界中の新聞に大きくとりあげられた」

「七つの最高峰？」

「七大陸のもっとも標高の高い山だ」

「なるほど。それじゃ、マーキスはエベレストにも登ったんだね？」

「しかも一度きりじゃないはずだ。昔から、彼とはときおり出くわすんだが、いまだにたがいをライバル視しているんだ。理由はわからないが。尋常な話じゃないよ、まったく」

　タナーは眉をひそめて、首を振る。「まさかゴルフコースでボクシングがはじまるんじゃないだろうね?」

「ローランド・マーキスとかかわるたびに、残念ながらそんなぐあいになるようだ。乾杯」ボンドはバーボンを飲みほすと、勘定は自分につけておいてくれとバーテンダーに言った。

ふたりは階下の更衣室に向かった。ボンドはマルベリーのゴルフシャツ、グレーのセーター、タックのあるネイビーブルーのスラックスというお気に入りのゴルフウェアを身につけた。海島綿の半袖シャツとカーキ色のズボンは、光沢のある木製のロッカーに吊るして扉をしめた。更衣室も豪華で、壁にはエドワード・クック卿とエリザベス一世の肖像画がかかっている。クックはこの土地の占有者のひとりだった。火薬陰謀事件の首謀者であるガイ・フォークスに死刑を宣告し、また一六〇一年に領主館に滞在した女王をしばしばもてなしたことで有名だ。ボンドはつねづねストーク・ポージスのすばらしさを尊重している。

「キャディはどうする?」タナーがたずねた。

ボンドは首を振る。「ぼくはいい。きみは?」

「ぼくもいい。運動になるから」

廊下を進み、かすかに化学肥料のにおいがする地下道を通りぬけると、プロショップがある。ボンドはショップに立ち寄り〝3〟の刻印のあるタイトリストのボールをもうひと箱買ってから、タナーのあとについてすばらしいゴルフコースに出た。節だらけの大きな西洋スギがフェアウェイの両側を縁どっている。刈ったばかりの緑の草地は、かつて鹿のための牧草地だったこともあり、とてもみごとな芝だが、ゴルフに適していたとはとても思えない。

「この一年ですっかり変えたんだ」タナーは言った。「まえの十五番ホールは道路を横切っていたよね?」

近くに立っていたノーラン・エドワーズが答えた。「そのとおりです。駐車場にとめてあった車のフロントガラスが何枚か割れたこともあって、多少ホールの設計を改めました。プレーヤーが油断できないように」

ローランド・マーキスとスティーヴン・ハーディングはパッティング・グリーンにいた。ボンドとタナーはクラブを受けとって、手押しカートにのせた。ボンドは最近キャロウェイに買い換えたばかりだが、売りだされているなかではもっとも進んだゴルフクラブだと思っている。BBX－12レギュラーフレックス・グラファイト・アイアンを選んだのは、シャフトが固いクラブよりスイングしやすいからだ。

全員が一番ティに集まり、午前十時四十五分きっかりにゲームを開始した。空には黒い雲がちらほらしているものの、後方から明るい日がさしている。さわやかなそよ風のおかげで爽快な気分になりながら、ボンドは周囲の状況を観察した。ゴルフでは対戦者だけが敵ではない。コースそのものが真の敵であり、それに打ち勝つには敬意を払うしかないと信じているのだ。

「ボンド、小切手帳を持ってきただろうね」マーキスはティグラウンドにゆっくりのぼりながら言った。ハーディングがなんとか自分のカートを引っぱりつつ、そのあとを追う。

「万一にそなえてあるよ、ローランド」ボンドは答え、ゴルフボールを二個手にしているタナーのほうを向いた。ボンドはタイトリストの3番をつかみ、タナーにスラゼンジャーのボールを残した。マーキスとハーディングもタイトリストのボールを使っているが、それぞれの5番と1番の数字の刻印がある。

コイン投げに勝ったボンドがオナーになった。ボンドは目下のところ、キャロウェイのウォーバード・ドライバーが気に入っていた。固いシャフトのドライバーだと飛距離がのびるし、そういうドライバーを愛用する腕のいいプレーヤーたちとちがって、ボールがフックするのを避ける目的もあった。

一番ホールは定評あるゴルフコース設計家の手によって、技量を試すのにちょうどいいようにやさしく作られている。五〇二ヤードのパー5で、グリーンから一〇〇ヤード手前には、あなどれないクロスバンカーがある。ボンドはティアップしてスタンスをとると、気持ちを集中してスイングし、フォロースルーまで振りぬいた。ボールはみごとにフェアウェイ右側の最初の木を越え、二二五ヤード地点まで飛んだ。

「ナイスショットだ、ジェイムズ」タナーが言った。

ふたりめはマーキスだった。ボンドほどは飛ばなかったが、フェアウェイの真ん中にとまった。ここのほうがやや有利だ。そこからグリーン一〇〇ヤード手前の打ちやすいライまで運べばいいのだから。

タナーのティショットはひどかった。ボールはフェアウェイを突きぬけて右の林にはいった。

「しまった」タナーはつぶやいた。

「ついてないな、ビル」マーキスが楽しそうに言った。

ハーディングもさほどよくなかった。フェアウェイにはあるものの、ティからはせいぜい一五〇ヤードぐらいしか飛んでいない。

ボンドと並んで歩きながら、タナーが言った。「何百ポンドも払うかと思うと、ちょっと緊張するな、ジェイムズ」

「心配するな、ビル。まったくしゃくにさわるやつだ。あんなやつの賭けにのるべきじゃなかったんだが、つい応じてしまった。負けたら、ぼくがかぶる」

「そんなことさせられないよ」

「とりあえず最善を尽くしてみてくれ。あとは見てのお楽しみだ」

ストーク・ポージス・ゴルフコースはパー七二だ。彼らのステイブルフォード方式は、ボギーで一ポイント、パーは二ポイント、バーディは三ポイント、イーグルは四ポイント。めったにないアルバトロスは五ポイント獲得する。

ボンドは三打目でグリーンにのせた。つぎのパットを決めれば、バーディになる。あいにく、マーキスもおなじぐあいで、ピンから三ヤードのところにまんまと三打目をのせた。タナーの不運はつづく。三打目でボールはバンカーに。ハーディングは四打目でグリーンをとらえた。

ボンドのライン上だったので、マーキスが先にパットを沈めた。ボンドはバッグからオデッセイ・パターを取りだし、かまえた。ピンまで二五フィート、距離を合わせてしっかり打たなければならない。だが、ボールはグリーンを転がっていくと、カップの縁をなめて一フィート先でとまった。

「おや、ついてないな、ボンド」マーキスが言った。

一番ホールが終わった時点で、それぞれの獲得ポイントはマーキスが3点、ボンドが2点、ハーディングが2点、タナーは1点だった。ゲームが終了したら、ボンドとタナーはふたりのポイントを合計し、マーキスとハーディングもそれぞれのポイントを合計する。もちろん、ポイント数の多いチームが勝つ。

一番ホールでじたばたしたあと、タナーは落ちつきを取りもどして互角にプレーしはじめた。二番ホールではほかの三人と同様、パーにおさめた。

三番ホールはパー三で、ボンドはバーディをとった。ほかの三人は全員パーだ。四番ティに歩いていく途中でマーキスが言った。「覚えているかい、ボンド、あの喧嘩を？」

ボンドはけっして忘れたことがない。イートン校の体育館ではげしいレスリングの試合がおこなわれたときだ。マーキスの両親の友人である教師は、ボンドをマーキスと闘わせた。ふたりの少年がたがいをきらっているのが知れわたっていたからだ。ボンドのほうがあきらかにすぐれたレスラーだったが、マーキスは顎に反則の一撃をくわえて不意をついた。教師は気づかぬふりをして、結局軍配はマーカスにあがった。その後、素手での殴りあいがはじまったのだ。

「ずっと昔のことだ」ボンドは言った。

「いまだに傷が痛むんじゃないか？」マーキスがあざけって挑発する。「校長が助けにきてくれたのを感謝するんだな」

「ぼくの記憶では、きみのほうが救出されたと思うが」ボンドは応酬する。

「愉快だな、大の男がおなじ出来事をちがって覚えているとは？」マーキスはボンドの背をぴしゃりとたたくと、大きな笑い声をたてた。

五番ホールを終えたときには、ポイントは二十一対十九でマーキスとハーディング組が優位に立っていた。

六番ホールは四一二ヤード、パー四の直線コースで、ティから一九五ヤード右手と二二五ヤード左手にバンカーがある。グリーンはアップヒルで小さく、おまけにスロープがあってパットがむずかしい。

ボンドのドライバーショットは二〇〇ヤード飛んだ。タナーもあとにつづいた。どちらも、グリーンを狙うにはバンカー越えのショットが残った。ボンドの二打目はグリーンから一〇〇ヤード手前のセンターバンカーのすぐ前にとまった。バックスピンを試すのにまたとないチャンスだ。バンカーを越えてピン奥にのせ、うまくバックスピンがかかればカップのそばまでもどってくるかもしれない。これはやってみないという法はない。そうでもしないと、パーをとるのはきわめて困難だ。

ボンドは打順がまわってくると、五六度のライコナイト・ウェッジを取りだし、二度ほど素振りをした。

「さあさあ、ボンド」マーキスが偉そうな口調で言った。

「バンカーを越えるように打てばいいんだ」

「静かに、ローランド」タナーが注意する。マーキスはにやっと笑っただけだ。だんだんと横柄さが増している。ハーディングでさえも顔をしかめた。

ボンドはスイングし、ボールを高く打ちあげて、バンカーを越えさせた。ボールはピンの根元に落ちたが、バックスピンはかからず、奥へはずんでラフまで転がってしまった。

「おや、ついてないな!」マーキスは大喜びした。結局ボンドはそのホールをボギーとし、ほかの三人はパー。マーキスとハーディング組はリードを保っている。

七番のフェアウェイへ向かいながら、タナーがボンドに言った。「ナイス・トライ」

「失敗だよ」ボンドは言った。「なあ、このところ年々あの男をきらう気持ちがつのるみたいだ」

「ゲームはべつなんだから気にするなよ、ジェイムズ」タナーは忠告した。「ぼくも同感だ。あの男はひどく気にさわるやつだよ」

「だが、とことん憎めない」

「なぜだい」

ボンドはちょっと考えてから答えた。「ぼくらは本質的には似ているからだ。ローランド・マーキスは、人柄に欠点はあるけれども、なにをやっても有能だ。やつのゴルフの腕前は、きみも認めないわけにはいくまい。とにかく、生来のずばぬけたスポーツマンだ。RAFや登山での功績もみごとなものだし。もうすこし謙虚さを学ぶといいんだが」

「女性にもてるんだろうな」タナーはつぶやく。

「そのとおり。イギリス一の望ましい独身男だよ」

「きみをのぞいて」

ボンドは軽口を無視した。「スーパーモデル、女優、大金持ちの未亡人や離婚した女性なんかをこれ見よがしに連れあるいている。その道ではうんざりするほど有名だ」

「きみらは若いころ、女をめぐってもライバルだったにちがいない」タナーは鋭く見抜いた。

「じつはそうなんだ」ボンドはすなおに認めた。「ローランドはぼくの鼻先から彼女を盗んだ。ぼくをだしぬこうとあの手この手をつくしてね」

「相手はだれだい？」タナーは微笑を浮かべた。

ボンドはタナーを見つめ、にこりともしないで答えた。

「フェリシティ・マウントジョイ」

参謀長は口をすぼめ、うなずく。それでなにもかも説明がつくと言いたげだ。

九番ホールのボンドはついていて、バーディを奪った。ほかの三人はパー。ボンドはフロントナインを一アンダーで、タナーは二オーバーで終えた。だが、マーキスは二アンダー、ハーディングは二オーバーであがった。ステイプルフォード方式のスコアはマーキスとハーディング組が三十六、ボンドとタナー組は三十五だった。

バックナインに移るまえに、ふたりはクラブハウスの裏手に腰をおろし、一杯飲んだ。ボンドはウォッカをオンザロックで注文して、砲金製のシガレットケースを取りだしグラスのかたわらに置いた。タナーはギネスを飲んでいる。敷地内にある教会堂からバグパイプとドラムの響きが木立ちをぬってかすかに聞こえてくる。

「グルカ兵が来ているんだ」タナーが言った。

王立グルカ・ライフル銃隊のバグパイプ隊はストーク・ポージスでよく演奏している。グルカ・メモリアルガーデンがコース近くにあるからだ。一八一六年にネパールから英国陸軍の兵として精鋭が徴募されて以来、グルカ兵は地上でもっとも勇猛果敢な兵士とみなされている。

「チャーチ・クルックハムも遠くない」ボンドは連隊の基地に言及する。

マーキスとハーディングがそれぞれビールのパイントグラスを手に加わった。

「ウォッカかい、ボンド?」マーキスが指さした。「そうだ、思いだしたよ、きみがウォッカ通なのを。マティーニが好きなんだ」博識ぶりをひけらかして発音する。「ウォッカは感覚を鈍らせるぞ、きみ」

「とんでもない」ボンドは言った。「かえって鋭くするんだ」砲金製のシガレットケースを開いて、金色い三本の筋がめだつ特製の煙草を取りだす。

「なんて煙草だい?」マーキスがたずねた。

「注文して作らせている」ボンドは説明した。〈モーランド〉も〈Hシモンズ〉も店じまいしたので、いまは直接〈トール・インポーツ〉というトルコタバコとバルカンタバコ専門の輸入会社に注文し、好みでロータールのブレンドにしてもらっている。

マーキスがくすくす笑う。「なるほど、試しに一本くれないか!」

ボンドはマーキスにケースをさしだしてから、ほかのふたりにもまわす。ハーディングは一本とったが、タナーは断わった。

マーキスは煙草に火をつけて吸いこんだ。ワインを味わうみたいに煙を口のなかで転がし、吐きだして言った。「好きな味じゃないな、ボンド」

「きみには強すぎるんだろう」ボンドは言いかえした。

マーキスはにやにやして、かぶりを振った。「いつも口答えするね、ボンド」

ボンドは相手にしないで酒を飲みほし、煙草の火を消した。空を見あげて言う。「雲ゆきがあやしい。スタートしたほうがよさそうだ」

日がすっかり陰っている。遠くでかすかに雷鳴がとどろく。

ボンドが予告したとおり、十三番ホールで雨が降りだした。だが、それほどひどい降りではないので、プレーを続行した。十一番ホールのマーキスのバーディをのぞけば、全員が後半の出だしの三ホールではパーだった。マーキスとハーディング組がリードしたまま、試合はボンドとマーキスとの男らしさくらべと化していた。ふたりのあいだの緊張ははた目にもあきらかで、タナーとハーディングまで気づまりにしている。雨も状況をやわらげてはくれない。十四番ティに近づいたとき、マーキスをのぞく全員が不機嫌だった。

十四番ホールと十五番ホールが終わっても、得点差は変わっていない。ボンドはなんとかしてポイントを稼がねばならなかった。十六番ホールはコースに設計変更があった。三二〇ヤードのパー四だが、以前のグリーンは両サイドに並木があり、正面のバンカーと左手のサイドバンカーによって守られていた。いまはグリーンが奥になって、小さな池のそばまで近づいているから、グリーンをオーバーしたら目もあてられない。

とはいえ、ボンドにはバックスピンを試す二度目のチャンスだ。

ティショットはまっすぐ二一〇ヤード飛んで、フェアウェイの絶好の位置に落ちた。マーキスもみごとなショットを放ち、ボンドのボールから六フィートしか離れていないところにとまった。タナーとハーディングもうまく打ち、ボールはフェアウェイの一七五ヤード地点にある。

ボンドはふたたびライコナイト・ウェッジを持ってボールに近づいた。このショットが成功すれば、得点差は縮まるだろう。

雨はやんでいた。芝は濡れて重くなっている。だから、いっそうむずかしいショットになる。

「今度はそのバックスピンも、うまくいくかもしれないぞ、ボンド」マーキスが言った。ボンドの試みに気づいて、気持ちを動揺させようとしたのだ。

ボンドは気にもせずボールに集中した。肩をほぐし、頭をまわすと、首が音をたてた。それからスタンスを決めて、かまえる。

タナーは下唇を嚙みながら見つめている。ハーディングは、この日話した言葉は二十五語に満たないが、スコアをつける鉛筆をいらいらと嚙んでいる。マーキスはさりげなく無関心を装っているが、そのじつ、ボンドがしくじるのを期待している。

ボンドはスイングしてボールを空中に打ちあげ、行方を見守った。ボールは目論見どおりグリーンの奥に落ちた。そのまま転がって池に落ちてしまうのか。ボンドはかたずをのんだ。

ボールには完璧なバックスピンがかかり、カップのほうへ転がってもどるとピンから一インチのところでとまった。グリーンが濡れていなければ、カップにはいっていただろう。

タナーとハーディングが喝采した。マーキスはなにも言わなかった。怒りまかせに打って、ボールをグリーンわきのバンカーにたたきこんだ。

一同が十八番ティに向かうときには、七十対六十九でマーキスとハーディング組が勝っていた。ラストホールは四〇六ヤードのパー四。壮麗なクラブハウスの建物が一望できる。コースは上り坂で、一八四ヤード先の右手にはバンカーがあり、左手はずっとOBになっている。このホールでとりわけむずかしいのは第二打だ。グリーン手前の窪地を飛び越えなければならないから。グリーンはややのぼっていて、左から右へ傾斜しており、両わきにはバンカーがひかえている。

ボンドはグリーンまで一八〇ヤードの地点にボールを運んだ。マーキスもおなじ方向に飛ばし、ボンドのボールにぶつけて、数フィート前方に転がした。

「ありがとう。あそこに置きたかったんだ」ボンドは言った。

「歌にもあるように、〝きみにできることなら、わたしはもっと上手にやれる〟だよ、ボンド」マーキスは言った。なにかを証明するためにだけ、わざとボンドのボールにぶつけたのだ。

そのホールでは四人そろってパー。ハーディングが最終パットを沈めると、タナーは深いため息をついて、ボンドを見た。ふたりは七十四対七十三で敗れた。五百ポンド支払わなければならないということだ。

「ついてなかったな、ボンド」マーキスは言い、手をさしだした。

ボンドはその手を握って言った。「みごとなプレーだった」

マーキスはタナーと握手した。「ビル、ずいぶん腕をあげたな。ハンデを更新したほうがいいんじゃないか」

タナーはぶつぶつ言いながらハーディングと握手した。

「着替えたらパティオで一杯やらないか」マーキスが提案する。

「いいだろう」ボンドは返事し、タナーといっしょにゴルフクラブをスタート小屋に置き、更衣室でシャワーを浴びて着替えた。楽しい気分ではないにしても、さっぱりした。タナーは勝負にけりがついてから、ボンドにひと言も口をきいていない。

「ビル、きみが頭にきているのはわかっているよ。すまない。ぼくが全額かぶるから」ボンドはテーブルにつくと言った。いかにもイギリスの空模様らしく、太陽がまた顔を出している。

「ばか言うなよ、ジェイムズ。自分の分は払う。気にしないでくれ。きみに小切手を書くから、まとめて払ってくれ」

タナーは小切手を書きかけて、つぶやく。「マーキスはいつもぼくをクリスチャンネームで呼ぶのに、きみのことは〝ボンド〟と呼ぶね。なぜだい？」

「あの男が鼻持ちならないうぬぼれ野郎だからだよ。ぼくは極力プライドを抑えて考えないようにしているが、もう一度〝ついてないな〟って言われたら、鼻にパンチをくらわしてやる」

タナーが同感というようにうなずく。「いっしょに働くことになるなんて残念だ。そうじゃなきゃ、ぼくがあいつの尻を蹴飛ばしているさ！」

「ところで、その最高機密のプロジェクトというのはなんだい？」

「ジェイムズ、とにかく機密なんだ。Mとぼくは内々に関与しているが、DERAが長いあいだ取りくんでいるものだ。もうすこしたったら、オフィスで話す。マーキスがRAFの連絡係だとは知らなかった」

「好奇心がそそられたよ。ヒントをもらえないか」

「プロジェクトが完成すれば、戦争の戦いかたが変わるとだけ言っておこう」

ちょうどそのとき、マーキスとハーディングが加わった。

「すばらしいゲームだったな、諸君」マーキスが言う。「きみらに出会えてほんとうによかった。おかげでずっと楽しく過ごせた」

ボンドは小切手帳を取りだした。「振りだし先はきみとドクター・ハーディングのどっちがいい？」

「ぜひともわたし宛てにしてくれ。きみが小切手にわたしの名前を書くのを見たいからね」マーキスはハーディングのほうを向いてつけ加えた。「心配するな、ドクター。分け前は渡すよ」

ハーディングはしめしめとほほえんだ。スズメが虫を見るような目でボンドの小切手を見つめる。

ボンドは小切手をはぎとり、マーキスに渡した。「ほらどうぞ、大佐」

「ありがとう、ボンド」マーキスは小切手をポケットにしまった。「きみのプレーぶりはなかなかみごとだった。そのうちわたしに勝てるかもしれんね」

ボンドは立ちあがった。「そうなったら、劣等感を抱くんじゃないか、ローランド。きみらしくなくも」

マーキスはボンドをにらみつけた。

「ビルとぼくは帰らないと」ボンドはすばやく言った。

「楽しかったよ、ローランド。お目にかかれてよかった、ドクター・ハーディング」ふたりに手をさしだす。「気をつけて」

「そんなにお急ぎですか」ハーディングがたずねた。

タナーがボンドにならって立つ。「ええ、残念ですが、ジェイムズの言うとおりです。終業時間までにボクスホールにもどらないと」

「まあ、きみらにはぜがひでも、大切な母国をしっかり守ってもらわないとな」マーキスがわざとらしい口調で言う。

「今夜はよく眠れそうだ。きみら若い者が警戒してくれるから」

別れのあいさつを交わしてから、ボンドとタナーはクラブハウスをまわってゴルフバッグを取りにいった。常日頃勝ったり負けたりには慣れているので、男たちは金をすったことも、ゲームのこともすばやく頭から振りはらった。

ボンドは古いアストン・マーチンDB5を走らせてロンドンにもどったが、まっすぐチェルシーには向かわず、ウェスト・ケンジントンに行った。車はすばらしいコンディションを保っていたが、新しい車がほしかった。目をつけているのは最近ギリシャで使った情報部のジャガーXK8だった。残念なことに、Q課はDB5を処理したように、しばらくしたら〝特別仕様〟を取りのぞいて普通の中古車として売りにだすのだろう。アストン・マーチンはいつもチェルシーのガレージに置いてある。もう一台の巨大な過去の遺物、ベントリー・ターボRといっしょに。友人でアメリカ人の修理工メルヴィン・ヘックマンが、二台とも最上のコンディションにしておいてくれるのだ。

ヘレナ・マークスベリは地下鉄のバロンズ・コート駅に近いフラットの四階に住んでいる。きょうはずっとヘレナと離れていられるのを喜んでいた。それなのにおかしなもので、いまは会いたくてたまらない。

ボンドは建物の正面に駐車して車をおり、インターホンのブザーを押した。四時をまわったところだ。ヘレナが早引けすることは知っていた。

「はい、どなた？」ふだんは低くて魅惑的な声が、小さなスピーカーを通すと妙にキンキンと響く。

「ぼくだよ」

ためらうような間があってから、ブザーの音がした。

階段を一度に二段ずつのぼっていくと、ヘレナがフラットの戸口で待っていた。髪が濡れていて、身につけているのはボンドのシャツだけだ。

「ちょうどシャワーを浴びおわったところ」

「ばっちりだ。ぼくが乾かしてあげるよ」

「早めに帰ってるのが、なぜわかったの？」

「予感がしたんだ。きみがぼくのことを考えてくれているような」

「あら、そう？　ばかに自信があるのね」

「それに緊張性の頭痛がして、やさしい看護も必要なんだ」

ヘレナは顔をしかめてみせ、小さく舌打ちし、指でボンドの髪をすいた。

ボンドは腰を抱いてヘレナを室内に引きいれ、ドアをしめた。唇を合わせながら、ヘレナが飛びつきなめらかなむきだしの脚をボンドの腰にからめる。ボンドはヘレナを寝室に運んだ。そこでふたりは二時間かけて、この二週間しつこく悩まされていたストレスを解きはなった。

3　外装《スキン》17

国防評価研究局《DERA》は、もともと国防調達省の外局だったものを民営化した研究機関だ。イギリス全土にちらばっている——官民とも——DERAには、英国空軍《RAF》の軍用機製造に用いられる航空力学ならびに資材の研究をになう部門がある。なかでも大きな施設があるのはロンドン南西のファーンバラで、王立航空研究所があり、ファーンバラ航空ショーが開かれるところだ。DERAの仕事のほとんどがそういった厳重警備の官営地でおこなわれるいっぽう、一見平凡で人目につかない建物にはいっている研究室やオフィスもある。DERAが扱うもっとも注意を要する国家機密のいくつかは、こういった場所で生みだされている。産業スパイに狙われないための予防措置として。

ファーンバラからほど遠からぬところに、フリートという小さい村がある。静かな住宅地で、近隣の町の倉庫や工業団地に囲まれている。鉄道の駅もあり、ロンドンへの通勤客が利用する。ロンドンやファーンバラへの交通の便がよいことも、この打ち捨てられたような倉庫に、極秘重要プロジェクトを隠している理由のひとつだ。

外観は古びているように細工されていた。窓には板が打ちつけてあり、〝立入禁止〟の札もかかげられている。ドアというドアには錠がおりていた。いつも暗く、物音も聞こえない。主要道路からも離れているので、フリートの住民は建物がある日を境に、じっさいより荒れはてて見えるようになったことに気づいていない。現実には、秘密の入り口、幅二十フィート長さ五百フィートの風洞、鋳造設備、オートクレーブと呼ばれる密閉圧力容器などをそなえている。そこは少数の研究チームが所属する研究所で、率いているのは高名な航空物理学者にしてエンジニアのドクター・トマス・ウッドだ。

二年前、DERAはドクター・ウッドをオックスフォード大学から引きぬき、機密の研究課題に取りくませた。ドクター・ウッドはセラミックの権威で、とりわけ機体用のスマートスキンの設計にかけては第一人者だ。

ウッドは五十三歳、思いやりのある聡明な男で家族がいる。新しい勤め口が気に入っていた。〝政府の仕事〟は刺激的だと思っているからだ。兵役は果たせなかった。心雑音に加え、ほかにも不安定な状態が見つかったせいで。無神経な軍医は四十歳まで生きられないだろうと診断した。だが、ウッドはそういった連中の予想を裏切ったわけだ。多少太りすぎではあるが、体調はよく、プロジェクトに没頭している。今夜の八分の一プロトタイプのテスト結果が良好なら、スキン17は成功したということだ。そうなればノーベル賞も夢じゃない。

スキン15はあと一歩のところだった。ささいな欠陥がいくつかあった。オートクレーブで製造した拡張可能な物質は、スキンの抵抗が損なわれないための内蔵光電解に欠陥があることを示していた。インピーダンス感度が弱かった。助手のドクター・ハーディングにもう一度挑戦しようと言われ、ウッドは同意した。三カ月前のことだ。ふたりは一週間もいじりまわしていればすむだろうと高《たか》をくくっていたが、結局、徹底的に見直すことになり、その残骸からスキン16が生まれた。

　ウッドにとって、このバージョンの製法は最高の自信作だった。研究チームは勝利宣言をする寸前だった。ところがプロトタイプは重要なテストのひとつに失敗した。高周波透過性なのに、アパーチャーから送受信できないセンサーが見つかったのだ。しかし、小さな技術上のミスはあったが、目標達成にはますます近づいていた。物質がどこまで拡張可能かが最大の難関だった。そこがクリアできれば、プロトタイプ模型を作り、きびしいコンディションでテストできる。さらに一カ月の努力のすえに、ドクター・ウッドが納得できるスキン16が誕生した。きょうは、スキン17のプロトタイプのテスト結果が出る。それが成功すれば、ウッドと小さな研究チームが開発してきたカーボンファイバーとシリカセラミックは、航空界を永久に変えることになるだろう。

　自分でも奇矯なふるまいだと思うが、ウッドは研究チームのメンバーに一日の休暇をあたえた。ひとりで仕事がしたかったのだ。いっぽう、副リーダーのドクター・ハーディングには夜に来てくれと頼んだ。

　ウッドはコンピュータに向かい、猛烈なスピードでデータを打ちこんでいた。ハーディングは部屋の奥にあるスキン17のプロトタイプがはいったオートクレーブのそばから見守っている。

「ゴルフの結果をまだ聞いていないね」ウッドが作業をつづけながら言った。

「楽しかったですよ。われわれが勝ちました」ハーディングは言った。「じつはすこしばかり儲けたんです」

「すごいじゃないか！　きょう追いだしたりして、気を悪くしていないといいんだがな。ひとりきりで数字に取りくみたかったんだ。わかってくれるね、スティーヴン？」

「もちろんです、トム。気にしないでください。おかげで、心ゆくまで楽しんだんですから。ちょっと雨に降られたほかは、気持ちのいい一日でした。白状すると、ゴルフに集中しにくかったですけど。あなたがそれを仕上げるだろうと思うと」

「よし、スティーヴン」ウッドは自分で書いたプログラムを実行するようボタンをクリックすると、腕を組んでくつろいだ。「数分でわかるよ」

ハーディングはダイバーが使う与圧チェンバーによく似た楕円形のオートクレーブをいらいらと指でたたいている。「待つのはいやなもんだ！ しかし、わくわくもしますね」そう言って、腕時計をじっと見つめる。その鳥みたいな特徴は、興奮するか緊張するとますます顕著になるようだ。髪が逆立ちぎみで、無意識に頭がぴくぴく動く。ハーディングにはチックのような症状があるのではないかとウッドは思っていた。

「腕時計の長針を見つめていると、時間のたつのがよけい遅くなるぞ」ウッドは笑った。「研究をはじめてから二年になるとは信じられんな」

ハーディングは席を立ち、ウッドのそばにいって肩ごしにのぞきこんだ。驚くべき速さで、モニターに数字があらわれる。

「スティーヴン、ちょっとマックのようすを見てくれ」ウッドは命じた。

ハーディングはオートクレーブ・チェンバーの温度を調節した。

それから十分間、ふたりとも無言で、プリンターがミシン目のある長い紙を吐きだすのを見つめた。紙は方程式や文字や数字や記号で埋まっている。

スキン17だ。

プリントアウトが終了すると、ウッドはモニターを凝視し、口もとをゆるめた。ひとつ深呼吸してから、椅子をまわして助手と向きあう。

「ドクター・ハーディング、スキン17は成功だ。どのテストも通過した」

ハーディングが顔を輝かせる。「おめでとうございます！ じつにすごい、最高だ！ わかっていたんです、トム、あなたがやりとげるのは」そう言って、ウッドの肩をつかんだ。

「おいおい、やめてくれ。きみやみんなの並々ならぬ助力のおかげだ。ファーンバラの連中もね。わたしひとりの功績ではない」

「でも、あなたの業績になるという契約なんですよ」ハーディングが思いださせる。

「なるほど、そのとおりだ！」ウッドは笑った。「ワインでも飲もうか。冷蔵庫にまだあったと思うが。みんなを帰すんじゃなかった。チーム全員が立ち会うべきだったな」

「われわれは休暇を喜んだんです、トム。ジェニーとキャロルは週末旅行に出かけていますし、スペンサーとジョンは家族をロンドンに呼びよせました。それに、みんなすぐにニュースを聞くでしょう」

ウッドはデスクから離れ、キッチンへ行きかけた。

「データをディスクに保存したほうがいいんじゃないですか」ハーディングがたずねる。

「そうだな」ウッドは答えた。「ディスクに焼きつけて、ゴールドマスターにしよう」

ウッドは空のCDをCDドライブに入れ、コンピュータのキーをたたいた。スキン17の製法がそっくりディスクに保存される。ディスクを取りだし、表示のないCDケースに入れて、デスクにあった赤ペンでふたに〝スキン17ゴールドマスター〟と書きこんだ。

「紛失しないように金庫にしまったほうがいいな」ウッドは言った。「あとで、もっとコピーを作っておこう」

「なに言ってるんですか、トム、ワインを取ってきて！」ハーディングが笑いながら言った。「ここには、ほかにだれもいないんです。金庫にはあとで入れたらいい」

ばかげている気がしないでもなかったが、結局、良識が勝った。「いや、いますぐ入れておこう」

ウッドは壁にはめこまれた二十四インチの金庫に近寄り、慎重にダイヤル錠のノブをまわした。扉が開くと、CDケースをなかに入れた。

「さあ、ワインを飲もう」ウッドは扉をしめた。ふたたびキッチンへ行こうとしたとき、フロントオフィスのブザーが鳴った。足をとめ、眉をひそめてハーディングを見る。

「いまごろだれかな？」

ハーディングはインターホンのボタンを押した。「はい？」

声が告げる。「マーキス。許可コード1999スキン」

ウッドは驚いている。「今夜来るとは聞いていなかったが。なんの用だろう？」

「通さないでおきましょうか」ハーディングがたずねる。

「いや、はいってもらいなさい。彼は雇い主の使者だからね。ただ、今夜はわれわれの勝利を分けあいたい気分じゃなかっただけだ。それにしても、ちょっとぶしつけだね」

ハーディングがボタンを押すと、建物の裏側の壁に人がひとり通れるほどのすきまができた。そこから埃だらけで蜘蛛の巣が張っているがらんどうの一階に通じている。その先の階段をのぼると偽の壁に突きあたる。そこに取りつけてある電気装置をわずかに回転させると壁が開き、DERAの研究室にはいることができる。マーキスは何度か訪れているので、方法を知っていた。数分後、ハーディングは立ちあがり、研究室の戸口で訪問者を出迎えた。

マーキス大佐は軍服姿で、小さな黒い箱を携えていた。もともと堂々とした体つきだが、空軍の制服を着るといっそう目をひく。訓練された英国将校の典型で、鋭敏でいかめしく、有能そうに見える。

「おふたりともこんばんは」マーキスは言った。「こんなふうに押しかけて申しわけないが、新たな指令が出たもので。テスト結果をうかがってからご説明します、ドクター・ウッド」

「新たな指令？　それに今夜のテストの件をどうしてご存じで？」ウッドはハーディングのほうを見た。

ハーディングは小さくぎらぎらした目を見開いて、首を振る。

「ドクター・ハーディングから聞いたのではありません。知っていたんです。それが職務なのでね」マーキスは黒い箱をカウンターに置いた。

ウッドはまだ半信半疑だった。ここ一年、マーキスは何度かやってきたが、いつも日中で、それも具体的な協議事項があるときだ。

「なるほど。それにしても、ひどく異例ですな」

「ドクター・ウッド、われわれは仲間ですよ。わたしもあなたのプロジェクト——われわれのプロジェクトの成功については、おおいに気になっています」

「もっともですな」ウッドはすこし緊張を解いて言う。「スティーヴン、いまわかったばかりのことを仲間に教えてあげたらどうだ」

マーキスが目を向けると、ハーディングはにんまりした。「われわれはやった。トムがやりとげたんです。スキン17は完成しました」

「すばらしい！　おみごとだ、ドクター・ウッド！　ぜひとも祝杯をあげなければ。さっき話していたワインはどこです？」

ウッドはキッチンを指さした。「そこに……」ふいに言いさして、マーキスを見つめる。「わたしがワインの話をしていたのをなぜ知っているんです？」

マーキスは右手を上着にのばし、九ミリ口径のブローニング・ハイパワーを取りだした。左手で短いアンテナのついた小型の黒い長方形のものを示す。

「むろん話を聞いていたからです。この二チャンネルUHF受信機で。送信機はドクター・ハーディングの腕時計に。わたしはずっと建物のすぐ外で、会話に耳をすませていた。だから出番の合図を待つだけでよかったんです。ドクター・ハーディングには、今夜あなたが金を掘りあてるという確信があった。そのとおりやってくれたわけだ」

ウッドはハーディングをしげしげと見た。しかし、裏切り者は仲間の目を見ることができなかった。

「わけがわからない」ウッドは言った。「どういうことだい、スティーヴン？」

「すまない、トム」ハーディングが言った。

よけるまもなく、マーキスは右の太腿を撃った。ウッドは悲鳴をあげて倒れた。苦痛にうめきながら、木の床でのたうちまわっている。脚にあいた大きな穴から血があふれでる。

マーキスは落ちつきはらって、ウッドを見おろした。

「ふうむ、ついてなかったな、ドクター？　さて新たな指令だ。ドクター・ハーディングがスキン17の製法を手に入れ、ほかにコピーがないよう計らうことになっている。それを確認するのがわたしの役目だ」ハーディングに拳銃を渡す。「ドクターはきみにまかせる」

ハーディングはウッドのかたわらにしゃがみこみ、その頭のそばで銃身を振りまわした。「悪いが、トム、金庫の組み合わせ番号を教えてくれ。あのディスクがいるんだ」

ウッドは苦しみもだえていたが、どうにか唾を吐きかけた。「この……裏切り者！」

「おいおい」ハーディングが言う。「そんな真似はしないでくれ。あなたがスキン17の開発者として功績を認められるようにするから。最初に利用するのがイギリスじゃないだけのことだ」

「地獄におちろ」ウッドは叫んだ。

ハーディングはため息をつき、立ちあがった。カウンターの端を梃子《てこ》がわりにつかんで、ウッドの傷ついた太腿に足をのせる。

「組み合わせの数字は、トム？」ハーディングはもう一度たずねた。

ウッドはにらみつけただけで、なにも言わなかった。ハーディングは全体重を物理学者の脚にかけた。ウッドがものすごい悲鳴をあげる。

「そう、そう、いくらでも悲鳴をあげてくれ。だれにも聞こえないよ。倉庫は閉鎖されているし、いまは夜だ。通りには人っ子ひとりいない。こんなふうに何時間つづけてもいいんだ。だが、あなたはいやだろう」そうして傷口に圧力をかけつづける。

かたわらのマーキスはのんびりとコンピュータ画面を見つめ、判じ物のような数字や記号の列を理解しようとしている。

二分後、ハーディングは望みのものを手に入れた。ウッドは床の上で胎児のごとく体を丸めて、すすり泣いている。ハーディングは靴についた血痕をウッドのズボンでぬぐうと金庫に近づいた。教えてもらった組み合わせ数字をまわし、数秒で金庫が開く。スキン17のマスターディスクと以前のバージョン仕様のバックアップコピーをぜんぶ取りだす。マスターディスクをのぞいてどれもポリ袋に入れ、物理学者のデスクに行ってファイルホルダーを探した。目当てのものを見つけると、新しいプリントアウトとともにすべてポリ袋につめこむ。

「ほかにコピーがないか確かめろ」マーキスが言う。

ハーディングはウッドのもとにもどり、膝をついてかがむ。「トム、製法を記録したものが残っているとまずいんだ。家にコピーは？　バックアップはどこ？」

「バックアップはぜんぶ……DERAに……」ウッドはあえぎながら言う。

ハーディングはマーキスを見やった。マーキスはうなずく。「ああ、それならすでに手に入れて、処分した」

「家にはなにもないね？」ハーディングが念を押す。

ウッドは首を振った。「頼む……」弱々しい声で言う。

「医者を呼んでくれ……」

「残念だが手遅れだ、トム」ハーディングは立ちあがって、自分のデスクに行った。私物と必要なファイルホルダーを茶色いアタッシェケースにつめはじめる。ウッドのうめき声が大きくなる。

しばらくして、マーキスが言った。「ひどいな、ハーディング！　このままほうっておくなよ」

ハーディングはやりかけていたことを中断してウッドに目をやる。裏切り者はむっつりとうなずき、ウッドに近寄って銃を頭に向けた。

「骨惜しみせずに働いてくれてありがとう、ドクター・ウッド」ハーディングはそう言うと引き金をひいた。うめき声がやんだ。それからカウンターに銃を置き、アタッシェケースからやや長い細身の短刀を取りだす。しゃがんで、なるたけ返り血を浴びないような姿勢をとり、ウッドの髪をつかんで頭をのけぞらせ首をあらわにする。死者の肌に刃をあてたとき、マーキスが言った。「おい、そんなことしなきゃならないのか」

ハーディングが答える。「これがわれわれの流儀なんだ。ここまできて余分なことに見えるだろうが、これも命令なんでね」それからウッドの喉をすばやく真横に切り裂いた。やりおえると、死者の頭から手を放し、嫌悪の表情を浮かべて身を起こす。短刀をウッドのズボンでぬぐってからかたづけ、銃を取りあげてマーキスに返した。

スキン17のマスターディスクを装置からぬきとり、床に落として靴の踵で踏みくだいた。

つぎにマーキスがしたことは、ハーディングにはわけがわからなかった。オートクレーブをあけてスキン17のプロトタイプ——試料トレイにひろげられていた小さなゴム状の物質——を取りだし、それをウッドの上着のポケットに入れたのだ。

「これで」マーキスは言った。「スキン17の現存する記録は、このマイクロ写真しかない。大事に扱うんだ」

ハーディングはマーキスから封筒を受けとりつつ言った。「よし、これでハードドライブは空っぽだ」封筒をアタッシェケースにしまう。「ガソリンを取ってくる」研究室を出て、階段をおり、オフィスの裏手の倉庫にはいる。そこには五ガロン入りのガソリンが二缶用意してあった。それを持って研究室にもどり、一方をあけて、床や家具にまきはじめる。マーキスのほうは、バックアップコピーとプリントアウトをつめこんだポリ袋をすでにウッドのそばに置いていた。

マーキスは銃をホルスターにおさめて言った。「ドクター、ハードドライブからファイルをぜんぶ削除しておくんだぞ。そのマスターディスクをくれ」

ハーディングはディスクを渡し、コンピュータで作業をはじめた。マーキスは持参した黒い箱をあけた。一風変わった、だが役に立つ装置で、ラップトップコンピュータ、CD-ROMドライブ、マイクロドット・カメラ、デベロッパーをそなえている。マーキスはディスクを装置にさしこみ、小さなつまみを調節してふたをしめた。ボタンを押して、ディスクのファイルをハードドライブにコピーする。さらにコマンドを打ちこんでから、慎重にデベロッパーのふちからガラス・スライドをはずす。それをトレイに入れて、スライドの上で拡大鏡を操作する。終止符大の写真がポジ型フィルムに映され、肉眼で見えるようになってスライド上にあらわれる。マーキスは薄い透明フィルムを黒い箱から出し、ガラス・スライドにぴたりと押しつけた。マイクロ写真がスライドからフィルムに転写された。そのフィルムを小さなビニール封筒に入れて封をする。それから

「コンピュータとオートクレーブは完全に破壊するんだぞ」マーキスは念を押し、もう一缶のガソリンを部屋の反対側にまきだす。死体とプロトタイプにくまなくガソリンがかかるようにした。強烈なにおいだ。だが、売国奴たちは作業をつづけ、缶をほとんど空にした。

マーキスは黒い箱をつかみ、ハーディングはアタッシェケースを持った。階段をおりながらも、ガソリンをまいていく。がらんどうの一階に着き、暗がりを進んで出口に達した。ふたりはそこに空になった缶を捨てた。ハーディングが仕掛けドアにコードを打ちこみ、ドアをあけたまま待機する。マーキスはポケットからハンカチを取りだし、ライターで火をつけた。落ちついてそれを後方の床にほうる。たちどころにガソリンが発火し、あっという間に炎がひろがっていく。

ふたりは外に出てドアをしめ、二十ヤード先に駐車したBMW750へ向かった。マーキスの運転でロンドンをめざす。ふたりの姿を見た者はひとりもいなかった。

五分もしないうちに、消防署に火災の通報があったが、すでに手遅れだった。ガソリンが集中してまかれた研究室が火炎につつまれ、建物は火の玉と化していた。消防士は全力を尽くしたものの、徒労に帰した。十五分後、フリートのDERA秘密施設は全焼した。

BMWの車中で、ハーディングは自動車電話に手をのばした。「本部に連絡しなければならないんだ」

マーキスがその腕を押さえる。「わたしの電話は使うな。駅の公衆電話からかけろ」

ウォータールー駅の前で、マーキスはハーディングをおろした。ハーディングはアタッシェケースとトランクに入れておいたスーツケースを持った。共犯者に別れを告げ、駅にはいっていく。すでに最終のブリュッセル行きユーロスターの切符は買ってある。乗車前に電話ボックスにはいって、モロッコの番号にかけた。

相手が出るのを待ちながら、ハーディングはスキン17で自分はいくら儲かるだろうかと考えた。計画はこれまで順調に進んでいた。

何回か呼び出し音が鳴ったあと、やっと男の声が応答した。「はい」

「こちらマングース、ロンドンからだ。第一段階は完了。例のものはわたしの手もとにある。第二段階を開始する」

「ご苦労だった。メッセージは伝えておく。ホテル・メトロポールにドナルド・ピーターズの名前で予約してある」

「了解」

男は電話を切った。ハーディングはしばらくアタッシェケースを指でたたいていた。それからまた受話器を取ってコインを入れ、列車に乗るまえにもう一件電話した。ハーディングがかけている番号はＳＩＳ本部の専用回線だった。

4 非常事態

ジェイムズ・ボンドは足早にヘレナ・マークスベリのデスクのそばを通りすぎ、オフィスにはいった。いつもなら、心のこもった笑みを浮かべて朝のあいさつをするヘレナが、今朝は椅子をまわして背を向けていた。きっとボンドがやってくる足音が聞こえたにちがいない。きのうゴルフのあとでふいに訪ねて体を重ねたことで、まごつかせ怒らせてしまったのだろう。

「ロンドンにいるあいだは慎むんじゃなかったの？」とヘレナは言った。ボンドはたしかにそうすべきだとあらためて認めつつ、ヘレナのほうも激しく求めていることをわからせた。ヘレナのフラットなら人目につくこともない。どんな害があるというのか。ふたりは大胆になり、情熱に身をまかせてしまった。

それなのに、終わってからボンドは、ふたりの関係についての話をむしかえした。感情が傷つき、ささくれだったあげく、ひどい口論になった。「ほしいものをほしいときに手に入れようとする」と非難されたが、あながち言いがかりとはいえない。ついに「身勝手なろくでなし」呼ばわりされた。

「ぼくのアシスタントをつづけたいかい？」ボンドはたずねた。

「ええ、もちろん」ヘレナが答える。

「それじゃ、きみだってわかるだろ。こんなことしていちゃいけないのは」

「だしぬけに押しかけてきたのは、そっちじゃないの」

そう言われると返す言葉もなかった。ばかなことをしたものだ。またしても頭でなく下半身で考えていたのだ。

ふたりは情事に終止符を打つことにふたたび合意した。目に涙を浮かべて、ヘレナはボンドをさっさと追いはらった。いまボンドが望むのはただひとつ、なんとかこれを切り抜けて、職場がまた元の正常な状態にもどることだけ。どちらも仕事を失わずにそんなことができるものなら。

ボンドはオフィスのドアをしめた。記録分類課からユニオンに関する最新ファイルが用意できたとの知らせが届いていた。待ちかねていた情報だ。せめてこれで、しばらくは時間がつぶせるだろう。

ボンドはデスクにつき、砲金製のシガレットケースから煙草を取りだして、火をつけた。しくじったな。なんであんなにばかだったのだろう？　こちらが望む以上にヘレナがのめりこむことくらい気づくべきだった。とにかく乗り越えてもらわなければならない。

ひとり静かなオフィスで、物思いにふけりながら、ボンドは煙草を吸いおえた。


Mが主導権を握ってからおこなった多くの改善のひとつに、IT分野がある。前任のマイルズ・メサービイ卿はコンピュータのことは皆目わからなかったので、MI6の最新テクノロジーに金を出すのを承認したことはまずなかった。ところが新しいM、バーバラ・モーズリーは大乗り気だった。就任一年目の年にいちばん論議を呼んだのは、コンピュータ設備とネットワークシステムのアップグレードに五十万ポンド近くかけたことだ。この金額の一部が記録分類課へ行き、最先端技術を用いたマルチメディア・センターが構築された。いわゆる視覚ライブラリは、コンピュータ化された大規模な百科事典だ。項目を打ちこむだけで、その問題について入手可能なすべてのファイルを見つけ、きちんと整理してマルチメディアを駆使したプレゼンテーションをしてくれる。専任スタッフがさまざまな音声、写真、ビデオ、音楽ファイルを管理し、情報をたえず更新するようにしている。プリントアウトしたハードコピーも配布してもらえるが、テレビを見るようにすわったまま情報を眺められる利点ははかりしれない。

ボンドも作動しているライブラリを自分の目で見るまでは、ぞっとしないと思っていた。だが、その着想と技術はみごとなものだった。いまではボンドもブースに閉じこもり、ヘッドホンをつけ、正面にある大きな壁一面のモニターを眺めるのが楽しみになった。キーパッドで指示を打てば、あとは見ているだけでやることはない。ノートをとる必要もなかった。キーパッドのメモボタンひとつでどの部分でも自動的に保存し、プリントアウトしてくれる。

SISのうまくもまずくもないコーヒーを用意してから、ボンドは視覚ライブラリのブースのひとつでくつろぎ、ユニオンに関する新ファイルのコードを打ちこんだ。ヘッドホンをつけたとき、明かりがうす暗くなった。

マウスをつかってメインメニューの〈はじめに〉をクリックすると、プレゼンテーションが開始された。昔のニュース映画にそっくりだ。軍隊風の音楽が流れ、すばやく一連のロゴとクレジットが出て、ショーがはじまる。

BBCでなじみの男性ナレーターが、過去の有名なテロ場面のモンタージュに合わせて話しはじめる。強制収容所の囚人とナチス、イランでのアメリカ大使館人質危機、パイロットの頭に銃を突きつけているフードをかぶった男、クー・クラックス・クラン、そしてエルンスト・スタヴロ・ブロフェルド。

テロリストは人類の出現以来ずっと、われわれと共存してきました。テロリストについて考えるとき、われわれが心に描くのは主義のために行動する男女のグループです。彼らはたいがい政治課題を持っていて、暴力に訴えて目的を推進しようとします。ところがべつのタイプのテロリストがあらわれ、ここ三十年にますますその数を増やしてきました。政治にかかわりのない営利目的のテロリスト、言い換えれば、金儲けのためだけに動くテロリストです。われわれの分析によれば、政治的テロリストと営利目的のテロリストとのちがいは重要です。そういった者たちの動機が彼らを理解する鍵となるわけですから。政治的テロリストはおのれの信じるもののためには喜んで死ぬでしょう。しかし営利目的のテロリストにはそこまでの執念はないかもしれません。通常は知能が高く、状況を秤にかけ、行動計画をつづける価値があるかどうかを決定します。

多額の金のカット、荒野に立つハンター、ジャングルを進む兵士……

しかしながら、営利目的のテロリストにとっても、大金には危険を冒してでも手に入れたい魅力があります。この金の誘惑が、特定の者が持つある種の心理的要因と結びつくと、なんでもやってのける気になるでしょう。こういった者たちには、高度の冒険や危険や興奮を求める傾向があると思われます。行動のおもな動機は利益ですが、〝ありきたり〟の人間がしないようなことをしたいという強い欲求もあります。このため営利目的のテロリストはまったく予測がつかず、したがってきわめて危険なのです。〈ユニオン〉は、SISおよび世界中の法執行機関が最近もっとも注目している営利目的のテロリストグループです。彼らのようなグループははじめてではないし、今後もあらわれるでしょう。とはいえ、目下のところ、いちばん勢力のあるグループと言えます。

ボンドは笑いをこらえた。報告は急ごしらえだった。ナレーションは月並みだが、事実と一致している。ボンドは〈ヒストリー〉ボタンをクリックした。

はじまりはたわいないものでした。［《ハイアードガン》マガジンがモニターにあらわれる。戦闘服でライフルをかまえてほほえんでいる男の広告］〝ユニオンに加入して、きみも傭兵になろう！　世界を知ろう！　最高額を稼ごう！〟そんな勧誘の言葉が、三年前この手の雑誌を飾りました。この広告は米国、ほとんどの西欧諸国、かつてのソ連、中東の国々の出版物に掲載されました。ユニオンの考案者はテイラー・マイケル・ハリスというアメリカ人で、オレゴン州で警備員として働いていた元海兵です。

テイラー・ハリスの顔写真が画面に大写しになる。スキンヘッドで、額にかぎ十字の刺青をしている。

一九九五年初頭、ハリスは三十六歳で白人至上主義者を自称する小さな武装集団を結成しました。暴力沙汰に発展した集会中にメンバー数名が地元当局に逮捕されると、ハリスは国外へ逃亡します。ヨーロッパから中東を転々とし、半年後に大金を手にしてオレゴンにもどってきました。どうやら中東か北アフリカで外国人投資家と事業をはじめたようです。この資金を元手にハリスはユニオンを設立し、専門家向けの雑誌で自由契約の傭兵集団だと大げさに宣伝しました。しかるべき軍事訓練を受けた有資格者たちは、ユニオンから高い報酬の仕事をもらえるようです——どの国であろうと出かけ、慎重で、期待にたがわぬ腕前を見せるかぎりは。その〝腕前〟とは、殺人、放火、押し込み、誘拐、その他の重罪をやってのける能力があることをさしています。

映像は粒子の粗い白黒フィルムに変わった。戦闘服の男たちが演習場で腕立てふせをしたり、トラックを走ったり、シャドーボクシングをしたりしている……

広告キャンペーンは六カ月つづき、世界中から集まった男たちがユニオンに加わりました。訓練兵のようすを写したこのフィルムは、一九九六年十二月にユニオンのオレゴン本部の強制捜査で押収されたものです。アメリカ当局がユニオンの活動に気づいたのはテイラー・ハリスがオレゴン州ポートランドのレストランで射殺された一カ月後でした。

画面いっぱいに警察写真がひろがる。テイラー・ハリスが血の海のなかでスパゲッティにまみれて倒れている。

ハリスは側近に殺されたものと思われますが、容疑者は全員が国外に逃亡してしまいました。この事件までユニオンの〝仕事〟は一件も報告されていません。強制捜査後、傭兵募集広告は姿を消したので、ユニオンは狂った元海兵のとほうもない酔狂にすぎなかったように見えました。

世界地図が画面にあらわれる。

真実があきらかになったのは一九九七年です。元ユニオンのメンバーらがテロ活動らしき犯罪にかかわっていた証拠が表面化しはじめたのです。現在は未知の外国人たちがユニオンを牛耳っていて、ネットワーク化された地下組織として運営しているものと思われます。傭兵募集は口コミによってしかおこなわれていません。SISではユニオンにはすでに手ごわく有能な男たちからなる強力な地盤があると確信しています。これまでのところ、この犯罪者と傭兵からなるグループは、世界中で六回の攻撃をおこなっています。国家や政府に雇われるほかに、メンバーは後々の利益のためにみずから計画を提案することもあるようです。

カメラは地中海を映しだす。

ユニオンは急速に勢力をのばす凶悪なプロ集団で、地中海沿岸のどこかの地域に拠点を置き、事にあたっていると思われます。世界中のユニオンメンバーは推定三百人におよびます。

男のシルエットが地図上に重ねてあらわれ、頭上に大きな疑問符がのっている。

ユニオンのボスは、きわめて裕福かつ有力な実業家だと思われています。有望なのはテイラー・ハリスの三人の側近ですが、全員がハリス殺害後に米国から逃亡しており、その罪で指名手配されています。その三人とは［モニターに三人の顔写真がしばらく映しだされる］サミュエル・ロギンズ・アンダースン、三十五歳、海兵隊あがりの保険外交員。［頭がはげ、もみあげが長く、歯並びが悪い］ジェイムズ・〝ジミー〟・ウェイン・パワーズ、三十三歳、元州兵で武装強盗で服役しています。［やせぎすで、大きな黒っぽい目に黒い髪］

そしてジュリアス・スタンリー・ウィルコックス、三十六歳、こちらも海兵隊あがりで、森林警備員をしていました。［ウィルコックスはもっとも醜く卑しい顔つきで、右目の上に傷跡があり、わし鼻で、油じみた白髪まじりの髪を後ろになでつけてある］この三人はいずれも米国を離れたのち目撃されていません。

フローチャートがあらわれる。

マフィア同様、ユニオンを取りしきるのは〝ル・ジェラン〟と呼ばれる支配人または総裁です。その下には三人ないし四人の腹心がいます――全員がエリートで、それぞれ殺人犯、放火犯、金庫破り、高利貸し、ぽん引き、傭兵、ゆすり屋からなる広大なネットワークを管理しています。

ボンドは〈プロジェクト〉ボタンをクリックした。べつの顔写真があらわれる。小男で目に恐怖を浮かべている。

この男はエイブラハム・チャールズ・デュバール。一九九七年四月ジョージタウン貯蓄貸付組合で武装強盗を働いたかどでワシントンにて逮捕されました。そのさい、自分は〈ユニオン〉の一員だから刑務所行きにはならないと言いつづけたそうです。〝おじ〟と称する人物が保釈金を払って釈放されて以来、デュバールの姿を見た者はいません。ワシントン市警はのちに、強盗の首謀者だと主張する者たちからの犯行声明を受けとりました。彼らは〈ユニオン〉と自称していました。

モニターの映像は新聞の第一面に変わる。見出しの下には負傷者をストレッチャーで運ぶ米兵たちの写真がある。

ユニオンが実在する組織だという噂を耳にしても、インターポールは真剣に受けとめていませんでした。そのうち一九九七年なかばに、サウジアラビアで自動車爆弾によって数名のアメリカ人兵士が殺される事件が起きました。最初は欧米への政治上の攻撃だと簡単にかたづけられましたが、のちにリビア政府に雇われた一団の仕業だと判明します。四人の容疑者は逮捕されるさいに死亡しました。猛烈に戦いつづけたすえ、死にかけた男のひとりがこう言ったそうです――

低品質のビデオフィルムには、戦闘服のアラブ人が北アフリカの村のほこりっぽい通りに横たわる姿が映っている。衛生兵がかなり深い傷の手当てをしている。カメラマンが聞きとれない声で男になにかたずねた。アラブ人の答えははっきり聞こえた。「おれはユニオンのために死ねて光栄だ」

逮捕されたメンバーも何人かいますが、これまでのところユニオンは、彼らがおこなった、あるいは首謀者だと主張しているどの犯罪にもことごとく成功しています。世界の法執行機関はいまやユニオンのことを深刻に受けとめています。彼らには正規の情報機関に潜入する並外れた能力があるようです。ユニオンの悪名高い手柄のひとつに、中央情報局のスパイを抱きこんだことがあげられます。

眼鏡をかけた、あばたづらの男の顔写真がスクリーンに浮かびあがる。

CIAの中堅職員ノーマン・ニコラス・カルウェイは、機密文書を流す現場を押さえられました。一千万ドル以上の価値のあるデータをユニオンに提供していたことが判明しています。供述では、カルウェイは組織から恐喝されていたそうです。法に背いた異常性行為の証拠を突きつけられて（それは残らず逮捕後に公表されてしまいました）。当のCIAエージェントが犠牲者であるかどうかはともかく、この事件は、ユニオンが働き手を確保するためには手段を選ばないことを示しています。

べつの顔写真がカルウェイの写真と入れ替わる。二十代の魅力的な女性だが、顔に傷跡があり、目に憎しみを浮かべている。

モサドもおなじようなスキャンダルを経験しています。エージェントのキャサリン・レーベンがユニオンであるとわかったのです。レーベンは愛人のイスラエルの閣僚エリアフ・ディガーを毒殺しました。ディガーには多くの敵がいたので、そのうちの何者かがレーベンを多額の報酬でつって殺させたのかもしれません。この事件によって、当局は暗殺のさいのいわゆるユニオンの〝署名〟がどんなものかを知ることになりました。ミスター・ディガーは毒殺されるだけではすまなかったようです。ディガーの死後、ミス・レーベンは鋭い刃物で男の喉を真横に切り裂きました。ほかにも同様に犠牲者の喉が切り裂かれている殺人が、ユニオンがらみの事件として報告されています。

ボンドはユニオンの仕業とされるどの事件も知悉《ちしつ》していた。プロジェクトメニューにもどり、〈最新の追加〉をクリックする。写真がまた変わってボンドの友人のものになる。

ユニオンのボードにある最新のものは、一九九九年三月の元バハマ総督の暗殺です。

写真は総督の喉を切り裂いたバハマ人に切り替わる。

殺害犯はローレンス・リトルビー、二十七歳。土地の厄介者で、さまざまな軽犯罪で地元の刑務所を出たりはいったりしていました。たぶん、大金を餌に話をもちかけられたのでしょう。捜査員は男の寝室で一万ドルを見つけています。

ボンドはプロジェクトメニューからもどり、〈終了〉ボタンをクリックした。

画面には新聞の見出し、ニュース写真、さまざまな状況下で戦う兵士たちのニュース映画がフルモーションで流れた。

われわれはこの一年でユニオンがいっそう強力になったと考えます。金で動かない者には、愉快とは言えない卑劣な手段を見つけ、有無を言わせず働かせています。けちな路上犯罪から手のこんだスパイ行為まで、あらゆることに長けています。ユニオンを見くびってはならず、つねにきわめて危険な存在だとみなさなければならないと言っても、強調しすぎではありません。

プレゼンテーションは終わった。ボンドはかつての敵、スペクターを思いだした。ユニオンに酷似している。金儲けにしか関心がなかったし、エルンスト・スタヴロ・ブロフェルドはその秘密結社を会社のごとく効率よく取りしきっていた。ただ、ユニオンのほうがゲリラ志向の戦術をとるところはある。スペクターは華々しく世界を揺るがす大事件を狙っていた。ユニオンにはそういったこだわりはない。社会的地位や階級への偏見もない。それがメンバーの採用がうまくいく要因のひとつだろう。

キーパッドのそばの電話が鳴った。ボンドは受話器をとった。「はい」

ミス・マネーペニーだ。「ジェイムズ、やっぱりそこにいたのね。ブリーフィングルームに一一〇〇時きっかりに招集がかかってるわ」ボンドは腕時計を見る。十時五十分だ。

「二十四時間前に通告してほしいね、ペニー」

「気にしないで。深刻な問題なの。お偉がたも同席する予定だから。じゃああとで」マネーペニーは電話を切った。

取り残されたボンドは、なにも映っていない暗いモニターをぼんやり見つめた。深いため息をついて持ち物を集める。キーパッドを押して、ユニオンの情報をすべてプリントアウトしてオフィスに届けるよう命じると、視覚ライブラリを出て、エレベータで最上階に向かった。

そこは慌ただしい動きにつつまれていた。秘書たちがせかせかと行き来し、電話のベルがひっきりなしに鳴っている。ボンドは急ぎ足でフォルダーの山をブリーフィングルームへ運んでいくミス・マネーペニーに追いついた。

「なにごとだい?」ボンドはたずねた。

「部長が数分前にコード・スリーを発令したのよ、ジェイムズ。なかにはいったほうがいいわ。国防大臣や軍のお偉がたがみえてるから」

「だれかコンタクトレンズをなくしたな」ボンドはつぶやいて、部屋にはいった。

ブリーフィングルームには優に百人以上がすわることができる。作戦室とおなじく、壁にはマルチメディア・プレゼンテーション用の大スクリーンがあり、演壇やおびただしい数の電子装置に向かって、学校で使うような机つきの椅子が半円形に配置されている。ボンドはそっと室内にはいり、列の端近くに席を見つけた。あたりを見まわして、意外な人たちがいるのに驚く。

Mは演壇のそばで国防大臣と小声で話していた。ビル・タナーがかたわらにひかえて、指示を待っている。S課、記録分類課、防諜課の長など、ほかの課の幹部たちも席を埋めている。その隣は来賓席で、ホイップル空軍中将、MI5の部長、そしてほかならぬローランド・マーキス空軍大佐もいた。

タナーが開会を告げる。「お集まりのみなさん、まず国防大臣からお話があります」

大臣は演壇に立つと、咳払いした。「昨夜、わが国に対して産業スパイならびにテロ行為がおこなわれました。最高機密である〝スキン17〟と呼ばれる高温プラズマの結合過程の製法が、フリートにあるDERAの極秘研究施設から盗まれたのです。わが国にとっては、一刻も早く犯人を探しだし、製法を取りもどすことがなにより重要です。DERAのクリストファー・ドレーク局長にくわしい説明をしてもらいましょう」

大臣は長身で威厳ある五十歳の紳士、ミスター・ドレークにあとをゆずった。

「それではみなさん。ご要望により、DERAが英国空軍のためになにを開発してきたかを専門外のかたにもわかる言葉でご説明します。世界に先駆けてマッハ7のスピードに耐えられる航空機材を開発することは、英国の積年の目標でした。未知のスピードであるマッハ7は、航空宇宙産業における〝聖杯〟です。いまや周知の事実ですが、航空機がそのスピードを出すパワーを作りだすテクノロジーは何年もまえからありました。機体用の素材も存在します。考えてもみてください。民間機、それにとりわけ軍用機にとっての利益がどれほどあるかを。ロンドンからニューヨークまで四十分で飛べる――半時間で三カ国を空爆できるのです。二年前、国防省からわれわれに指令がありました。RAFとともに、マッハ7のスピードでの摩擦や傷に耐えられる素材を開発せよと。D

それだけの高速で飛べば、単なる大気中の塵でも機体の外装を傷つけ穴をあけてしまうことがつねに問題でした。この難題を克服する方法が流体力学の分野で見つかったのです。物体が流体のなかを通過するとき、まわりに境界層が作られて、それが流体の要素を押しのけ、〝トンネル効果〟が生じます。このトンネルによって、物質の通過は比較的スムーズになります。ただ、ここには乱流の問題があります。数学的処理は複雑ですし、さらに工学技術の問題もあります。これを解決するには、航空機用の新素材〝スマートスキン〟を作ればいいのです。スマートスキンは境界層の性質を強化・改良して、飛行機が飛ぶのに最適な空力配置をとります。その材料がカーボンファイバーとシリカセラミックなのですが、両者はたやすく結合しないので、DERAは高温プラズマ結合過程の開発に二年を費やしました」

大スクリーンにスライドの映写がはじまる。最初はドクター・ウッドの写真だ。

「昨日、フリートの極秘倉庫でこのプロジェクトを推進していたドクター・トマス・ウッドは、その製法を完成させました――とわれわれは確信しています。DERAとイギリス軍部はこのプロジェクトを最高機密にしてきました。われわれは早く成果を発表したくてたまりませんでした。戦略的には、どうしても英国を同盟国や敵よりも優位に立たせたいから。商業的には、莫大な値打ちがあるからです」

スライドはフリートにある倉庫の外観に変わる。

「昨夜二一〇〇時をまわったころ、何者かがフリートの研究室に侵入したのです。施設は全焼しました。記録はすべて焼失してしまい、救出できそうなものはなにもなかったと言っていいでしょう。ドクター・ウッドは見つかりましたが、不運にも遺体となっており、脚と頭を撃たれていました。ドクターが作ったスキン17の仕様書は跡形もなく消えうせていました。泥棒はファーンバラにあるDERAの施設に保管してあった以前のバージョンのバックアップもまんまと盗みだしています。ということは、残念ながら、DERAの職員のなかにこの犯罪に関与している者がいるのかもしれません。あいにく、この重要な仕事のコピーはほかにありません。二年間のたゆみない研究と開発のたまものである大事な成果を記録したものはないのです。言うまでもなく、スキン17の仕様書のコピーがふさわしくない者の手に渡らないようにすることがなにより肝要です」

タナーが壁ぞいにゆっくり近づいてきて、ボンドの席のそばに立っていた。

「これが、きのう言っていたプロジェクトだね?」ボンドは小声できいた。

タナーはささやきかえした。「ああ」

スライドはスティーヴン・ハーディングの写真に変わった。

「これはドクター・スティーヴン・ハーディング、ドクター・ウッドの右腕として働いていた男です。ほかのメンバーはさまざまな場所から呼びもどされて、いまこの部屋にいます。ドクター・ウッドは昨日メンバーに一日の休みをあたえました。拡張可能なプロトタイプの最終テストをひとりでしたかったからです。われわれの知るところでは、ドクター・ハーディングには昨夜九時に研究室に来るよう指示していました。ドクター・ハーディングが犯人かどうかはわかりませんが、彼の行方がわからないことは気がかりです。どこにも見つからないのです」

ボンドはタナーにささやいた。「やれやれ、きのういっしょにゴルフをしたばかりじゃないか」

「そうなんだ。まったくおかしな話だよ」

ミスター・ドレークが言った。「ローランド・マーキス大佐をここに呼びたいと思います。大佐はスマートスキン・プロジェクトのRAF側の連絡将校でした」

マーキスは立ちあがり、姿勢をただして前に進みでた。

「質問にお答えするまえに、ひと言申しあげておきたい。わたしはドクター・ウッドとそのチームがこのプロジェクトであげた成果を誇らしく思っています。英国はドクター・ウッドという国の宝を失ったのです。それでは、大臣、M、優秀な同僚のみなさん、遠慮なく質問をどうぞ」

大臣がまず口をきった。「大佐、きのうドクター・ハーディングと会ったそうだね」

「そのとおりです、閣下」マーキスは答えた。「ストーク・ポージスでいっしょにゴルフをしました。あいさつをして別れたのは一七〇〇時頃です」

「あとの予定についてなにか言っていたか」

「いいえ、閣下。わたしはドクター・ウッドがチームに一日の休みをあたえたことも、スキン17の完成が近いことも承知していました。ドクター・ハーディングはドクター・ウッドからの知らせを心待ちにしていました。状況が気になるようで、すくなくとも二度はクラブから電話をかけたようです。その晩遅く、つまり昨夜、研究室に行くということも聞いていました。それ以外にはほとんど、彼は話をしませんでした。専門家なので、DERAの外では仕事の話をしませんでした。わたしにでさえ」

Mがたずねた。「このドクター・ハーディングのことは、どのていどご存じですか」

「あまりよく知りません。出会ったのは二年前で、その後もスキン17プロジェクトの監督というわたしの管理業務を通じてのつきあいです。たまたまある日、ふたりともゴルフが趣味だとわかったというだけです。いっしょにプレーしたのはきのうが三度目でした」

「プロジェクトについては、どのくらい掌握していたの？」Mがたずねた。

「じっさいになにをしていたのか、専門的なことはわかりませんでした。目標は知っていましたし、どんなふうにそれに取りくんでいるのかはだんだんわかってきましたが。しかし、わたしは物理学者ではありません、部長。わたしの任務は予算を管理し、彼らの必要なものがきちんと手にはいるようにすることと、RAFの上司に毎月報告することでしたので」

「ドクター・ハーディングの居場所についても、心当たりがないんですね？」

「見当もつきません」

「彼にはこういうことができると思いますか」

マーキスはしばらくためらってから、ようやく答えた。

「そうは思いません。ドクター・ハーディングは内向的でおとなしいインテリ・タイプに見えました。一度も怒ったところを見ていません。暴力的な性向を持っているとは想像できませんし、まして売国奴だなどとは。前科もありません。わが政府の歴史上、スパイや逆スパイに関して予想外のことが起こってきたのは承知しています。ですが、やはりドクター・ハーディングはドクター・ウッドとともに早すぎる死を迎えたのではないでしょうか」

　しばらく沈黙がつづいたあと、ボンドが手をあげた。マーキスは相手をみとめて眉をあげた。「では、ええと、ミスター・ボンド？」

「犯行声明のようなものはもう届いているんですか」

「いや、それはまだです」

「大佐の考えでは、外国の仕業だと思いますか」

「いまの時点では、どんな可能性も排除するつもりはありません。MI5が捜査を指揮しています。しかし、概要説明《ブリーフィング》ファイルをごらんになればわかりますが、そのなかにDERAのフリート施設がちょうど九カ月半前に受けとったファックスのコピーがあります。ドクター・ウッドが見せてくれたものですが、いたずらだと思っていたようです。ただ施設のファックス番号は機密扱いなので、わたしはとっておきました。そのスライドを映してもらえますか」

　壁のスライドがふたたび入れ替わり、ファックスのぼやけたコピーがあらわれる。しかし、文字は見まちがえようがなかった。

スキン・プロジェクトの成功を祈る。進捗状況には当方も興味津々だ。

——ユニオン

　ボンドは背筋の凍る思いがした。

　マーキスは話をつづける。「わたしはこのユニオンについてあまり知りませんが、今朝このグループの最近の活動に関してブリーフィングを受けました。説明を聞いたところでは、いかにも彼らがやってのけそうな仕事ですね。ほかにご質問は？」

　質問が出ないのを見ると、Mは立ちあがった。「ありがとう、大佐。昼食後あなたとドクター・ウッドのチーム・

メンバーから事情を聴取します」

Mのオフィスに行くと、部長はビル・タナーとふたりきりだった。

「おはいりなさい、００７《ダブル・オー・セブン》」Mは言った。「すわって」

ボンドはここ二年でますます尊敬の念が深まった女性の向かいにすわった。MがMI6を引き継いだ当初は、ふたりのあいだにはすくなからぬ軋轢《あつれき》があった。だが、いまではたがいに敬意を払っている。とりわけ一年前のデカダ事件のおり、Mの個人的危機にさいして、ボンドは真価を発揮した。

「きのう、あなたと参謀長は、マーキス大佐とドクター・ハーディングといっしょにゴルフをしたそうね」

「ええ、そうです」

「あなたの考えを聞かせてちょうだい」

ボンドは肩をすくめた。「みんなと同様、当惑しています。ハーディングの人間性についてはマーキスと同意見です。こんな真似をするタイプには見えませんでした。わたしはむしろマーキスのほうを疑っています」

Mは眉をあげた。「まさか？ なぜ？」

「傲慢な野郎なので」

ボンドの遠慮のない物言いにもMは頓着しない。「あなたがたの因縁は聞いているわ。子供っぽい悪感情は持ちこまないで、ダブル・オー・セブン」

「そう言われても、部長、マーキスはたいして評価できる男じゃありません」

「マーキス大佐は卓越した将校で、ちょっとした国民的英雄ですよ。あなただって登山での業績は知っているでしょ」

「ええ、部長。まったくおっしゃるとおりで、わたしは個人的な感情に負けてあの男を判断しようとしています。それでもやはり下衆《げす》野郎ですよ、あの男は」

「あなたの意見は心に留めておくわ。でも、マーキス大佐を有罪とするには、同業者の妬みだけじゃ不足なんじゃないかしら」

痛いところをつかれた。

Mはタナーにうなずいた。タナーは8×10インチ判の光沢のある白黒写真をボンドに手渡した。防犯カメラで撮られたもので、列に並んでいるドクター・ハーディングがぼやけて写っている。アタッシェケースとスーツケースを携えていた。

「手に入れたばかりだ」タナーは言った。「昨夜十時三十分ごろ、ウォータールー駅税関の防犯カメラのひとつに写っていた——つまりユーロスターのターミナルだ。ドクター・スティーヴン・ハーディングはブリュッセル行きの最終列車に乗車した」

「なぜベルギーなんだい?」ボンドはたずねた。

「さあね。B支局には連絡して、ドクター・ハーディングの足取りがつかめるかどうか頼んだ。MI5は捜査をわれわれに預けた。スキン17はもう国内にはないと思う」

Mが声を大きくした。「ダブル・オー・セブン、ブリュッセルに行って、B支局のエージェントと会ってちょうだい。任務はドクター・ハーディングの足取りを追うこと。彼がスキン17を持っているなら、全力を尽くして取りもどしなさい。国防大臣はマッハ7の件に心を奪われていて、わが国が最初にこの目標を達成することを切望しているの。製法を取りもどせと、はっきり命令なさったわ。スキン17が、イランやイラク……あるいは中国のような国の手に渡れば、目もあてられないだろうとおっしゃったけど、そのとおりだと思います。ロシア・マフィアの手にも渡ってほしくないし、日本のものにもなってほしくない。ダブル・オー・セブン、これは主義の問題でもあるの。われわれが開発したのよ。この英国で。ドクター・ウッドは英国が生んだすばらしい物理学者だった。われわれは製法を開発した功績を認めてもらわなければならないの。わたしの言うことがわかるかしら?」

「はい、わかりました」

「じゃ、幸運を祈るわ」

ボンドは所持品を取りにオフィスに寄り、ヘレナ・マークスベリのデスクの前で立ちどまった。

「その、ブリュッセルに行かなきゃならないんだ」ボンドは言った。

ヘレナは猛然とタイプを打ちつづけ、ボンドを見ようとしない。「聞いてるわ。Q課でジャガーを受けとってから出かけて。車で行けるようにユーロトンネルを利用する手筈を整えているの。そのほうがいいだろうと思って」

「ありがとう」

「ホテルの手配はB支局がしてくれます。連絡員の名前はジーナ・ホランダー。あすの一四〇〇時に小便小僧の前で落ちあうことになっています」

「わかった」

「気をつけて」

ボンドはヘレナの手を押さえ、タイピングを中断させた。

「ヘレナ……」

「お願い、ジェイムズ」ヘレナは静かに言った。「そのまま出かけて。わたしはだいじょうぶ。あなたがもどるころには、なにもかも……元どおりになってるわ」

ボンドは手を放してうなずいた。それ以上なにも言わず、エレベータに向かって歩きだした。

5 黄金のペースメーカー

ジェイムズ・ボンドがドクター・ハーディングを追ってベルギー行きを命じられたおよそ十二時間前、当の物理学者はブリュッセルの南駅に到着し、この名高い市に唯一残る十九世紀に建造されたホテルへタクシーで向かった。ブリュッセルの中心にして歴史地区のブルケール広場にあるメトロポールは、ホテルというより宮殿のようだ。フランスの建築家アルバン・シャンボンは内装にさまざまな様式を採りいれ、材質——鏡板、磨きこまれたチーク材、ヌミディアの大理石、鍛鉄——の持つ豪華さと豊かさを注ぎこんだ。

訪れる客はみな、フレンチルネサンス様式の正面エントランスや、アンピール様式のロビーに息をのむが、ハーディングにとってはホテルの歴史的価値や美的価値などどうでもよかった。ハーディングは疲れていた。おびえていた。とっとと第二段階にけりをつけ、報酬を手にして、南太平洋の島にでも逃げだしたかった。

「ウイ・ムシュー?」フロント係がたずねた。

ハーディングは口ごもった。「あの、すまないが、英語しか話せないんだ」

フロント係は外国客に慣れているので、さらりと英語に切り替えた。「いらっしゃいませ、お客様」

「部屋を予約している。ピーターズ。ドナルド・ピーターズだ」

フロント係の若い女性はコンピュータで確認した。「たしかに承っております、ミスター・ピーターズ。代金もお預かりしておりますが、何日ご滞在なさいますか」

「まだはっきりしないが、たぶん三日くらいだろう」

「けっこうです。お発《た》ちのさいはお知らせください。お荷物は?」

「これだけだ」

ハーディングは宿泊カードに偽の情報を記入し、鍵を受けとった。

「お部屋はサラ・ベルナール・ルーム、四階の一九一九号室です」

「ありがとう」ハーディングはポーターを手で追いはらい、自分で荷物を持ってエレベータに向かった。エレベータは檻のような形をした旧式の機械で、金属製の堂々たる柱が天井にのびている。

部屋のドアには、サラ・ベルナールのサインが彫られた金の飾り板がついていた。どうやらその有名女優は、かつてこのスイートに住んでいたことがあるらしい。このホテルはたしかに、前世紀を通して金持ちや有名人が集う場所だった。

ハーディングは部屋にはいってドアに鍵をかけると、安堵のため息をついた。だれにもつけられていた気配はない。不審な人物が待ちぶせていることもなかった。たぶん、ほんとうにうまくいくのだろう。

ここ数週間になかった安心感をおぼえて、ハーディングは居室のミニ・バーへ行き、鍵をあけた。ウォッカの小瓶を見つけ、蓋をはずしてラッパ飲みする。そしてようやく、ホテルのすばらしさを味わいはじめた。

スイートにはひろい部屋がふたつあった。居室には、大きな木製の机、ミニ・バー、テレビ、ガラス張りのコーヒーテーブル、緑色の椅子とソファ、姿見のついた戸棚、鉢植え、テラスへ通じる大きな窓がある。壁は黄色で白い刳形が配されている。ひろびろとした寝室には、キングサイズのベッド、ガラス張りのテーブル、居室とそろいの緑色の布張りの椅子、二台目のテレビ、オーク材の化粧テーブルと洋服ダンス、ベッドわきの小卓がそなえられており、やはりテラスへ通じる大きな窓がある。バスルームは茶色のタイル張りで、必要なアメニティグッズがすべてそろっている。シャワー用のバスタブの上半分はすりガラスで仕切られていた。

「すごいじゃないか!」ハーディングは声に出して言い、いそいそと手をこすった。こんな贅沢ははじめてだ。ユニオンのもとで働くのは、たしかに役得がある。

タクシーの運転手は、真夜中過ぎに医院へ行きたがる客に興味をそそられた。

「医者しまった、しまった」運転手はあやしい英語で言った。

「約束があるんだよ」ハーディングは言いはり、千ベルギー・フランを手渡した。「ほら、向こうに着いたら運賃を払う。用がすむまで待っていてほしいんだ」

運転手は肩をすくめ、金を受けとった。タクシーはヒポドローム近くの市内でも閑静な地区にあるフランクリン・ルーズベルト通りを進んでいる。緑豊かな公園や豪奢な邸宅が集まる一画だが、闇のなかでは景色などわからない。

タクシーはドクター・ヘンドリック・リンデンベークの家の前でとまった。ヨーロッパの国々ではたいがいそうだが、ベルギーでも医師は通常自宅で開業している。

ハーディングは呼び鈴を鳴らした。リンデンベークはすぐに応対に出た。まだ若いフラマン人の心臓専門医だ。

「どうぞおはいりください」医師は英語で言った。なかへうながす手が震えていることにハーディングは気づいた。

ドクター・リンデンベークは患者待合室に案内した。籐細工の家具が置かれた白い部屋で、ひろい診察室につづいている。診察室には診察台のほかに、大きな木製の机、本棚、器具を並べたトレイ、鉛の壁で仕切られたレントゲン撮影機があった。

「患者の準備はどうだね？」ハーディングはたずねた。

ドクター・リンデンベークはうなずいた。「手術は明朝八時におこないます。手落ちのないようにじゅうぶん睡眠をとらないと！」医師はひきつった笑いを浮かべた。

「どんなミスもしないほうがいいぞ。じゃあ、具体的なことを聞かせてもらおうか」

医師は机から用箋を取りあげ、人間の上半身のスケッチを描いた。左胸の上部に小さな四角を書きこむ。「ペースメーカーはここに植えこみます。ありきたりの手術ですから、三、四時間もあればすむでしょう。もっと早いかもしれません」

「患者はその日のうちに帰れるのか」

「ええ。ですが、ひと晩泊まっていただくほうがいいでしょう。翌日には帰れます」

ハーディングは気に入らなかった。スケジュールはつまっているのだ。

「旅行はどうだ？　飛行機に乗せてもだいじょうぶかい？」

「もちろん。皮膚が癒合するまで二、三日は安静が必要なだけです。ペースメーカーを埋めこんだ傷口が開いて化膿するおそれがありますから。そんなことは避けたいでしょう」

「ああ、そうだな」ハーディングはうなずいた。「だが、長いフライトには耐えられるんだろう？」

「それはだいじょうぶだと思います」

「よし」ハーディングはスケッチを手にして、アタッシェケースを開いた。スケッチをしまって、スキン17のマイクロ写真がはいった封筒を取りだす。「これだ。フィルムがはいっている。なにをするにしても、ぜったいなくすなよ。自分の首だと思って。ユニオンになにを握られているか忘れるな」

リンデンベークは大きく息をのんだ。「忘れるわけないでしょう」医師はハーディングからおそるおそる封筒を受けとった。

ブリュッセル南部のレニック道路沿いにあるエラスムス病院は、ベルギーでも有数の近代的な設備をそなえた大きな施設だ。大学病院であるため、エラスムスにはベルギー一の設備と技術ばかりでなく、優秀でプロに徹した人材もそろっているとみなされている。

午前七時五十五分ちょうど、ボンドがスキン17の緊急ブリーフィングに参加する数時間前、ドクター・リンデンベークは手術衣とマスクとキャップを身につけ、三階の手術室にはいった。手を洗い、ナースにゴム手袋をはめてもらう。五十八歳のリー・ミンという中国人は、すでに手術台に横たわり、薬のせいでぼんやりしている。患者に手術を受ける準備をさせるのに、一時間近くがかかっていた。

「おはようございます、ミスター・リー」リンデンベークは英語で言った。

「おはよう」リーは小声で言った。

「麻酔医がこれから皮膚に麻酔をかけます。手術中はなにも感じなくなりますから」

「わかった」

ミスター・リーの左側の鎖骨の下に局部麻酔が打たれる。リンデンベークは薬が効くのを待ちながら、機器を点検した。ペースメーカーはスルザー・インターメディックス社製の最高級デマンド型で、心臓の動きを読みとり、脈拍が一定レベルよりさがったときだけ心臓を刺激する。このスルザー・インターメディックスというアメリカの企業を選ぶのは、ベルギーに支社があって便利だというだけでなく、同社の技術が最高だと信頼しているからだ。

「準備が整いました、ドクター」麻酔医がフラマン語で声をかけた。

ドクター・リンデンベークは針をさしこみ、左の鎖骨下静脈を探った。静脈を見つけると、針のわきの皮膚を切開する。つぎに、ピストンのない注射筒のような形をしたイントロデューサーを針にそって滑らす。それから、ペースメーカーのリードをイントロデューサーを使って静脈に挿入する。患者の体内のリードが見えるようにレントゲン透視をおこないながら入れていく。

「スタイレットがいるな」リンデンベークはリードを取りだし、形状が安定するように針金《スタイレット》を挿入した。これでリードの位置が合わせやすくなるはずだ。

単調だが、正確さと集中力を要する処置だ。最初のリードの位置が決まるまでに一時間近くかかった。さらにもう一本挿入しなければならない。手術がはじまって九十分が経過するころ、リンデンベークはつぎの段階へ移った。

リードの電気状態を点検して、心臓を正常に働かすのに必要なエネルギーを確認する。リンデンベークは慎重に電気を調整すると、金色のペースメーカーをトレイから取りあげた。リードをペースメーカーにつなぎ、心電図モニターで患者の状態を確認するよう命ずる。

「問題ないようです、ドクター」ナースが言った。

リンデンベークはうなずき、手術の最終段階に進んだ。胸筋と皮膚のあいだに非開胸的切除で小さな〝ポケット〟を作る。それがすむと、密封したペースメーカーをポケットに植えこみ、切開部位を閉じた。

「よし」リンデンベークは言った。「すべて終わりましたよ、ミスター・リー」

リーはまばたきした。「眠ってたようだな」

「よくがんばりましたね。これから回復室へお連れします。またあとでお会いしましょう。あまり動かないようにしてください」

リーがストレッチャーで運びだされると、リンデンベークは手袋とマスクをはずして待合室へ行った。雑誌を読んでいたハーディングはドクターを見て立ちあがった。

「どうだった？」

「すべて順調です。どうしてもというなら、今夜帰ることもできます。わたしはあすの朝まで休ませることをおすすめしますが」

ハーディングはしばらく考えていた。「わかった。用心するに越したことはない」そう言ってから、声を落としてたずねる。「で……正確にはどこにあるんだ」

リンデンベークはささやいた。「マイクロ写真はペースメーカーの内部の電池にはりつけてあります。ペースメーカーを密封して殺菌するために、そうせざるをえなかったんです」

ハーディングはうなずいた。「けっこうだ。それでいい。ご苦労だった」

「ご満足いただけてよかった。これでついに、悪夢も終わりますね？」

ハーディングはほほえみ、鳥のような小さな目を輝かせた。「きょうの午後にでも、上の者に伝えておく。連絡することになっているから。世話になったな、ドクター」

待合室を出ていくハーディングを、ドクター・リンデンベークはつったったまま見送った。どうも虫の好かない男だった。ユニオンとつながりのある者は、どんなやつだって好きになれない。だがこれで、彼らの望みに応えたのだ。あとは今後平穏に暮らせるよう祈るだけだ。

ハーディングはタクシーでホテルにもどり、〈メトロポール・カフェ〉で豪華なランチを心ゆくまで楽しんだ。メニューは、ウナギの燻製入りのクリーム・ポテト・スープ、サーモンフレーク・ペストリーにキャビアとアスパラガス、それにデュベル・ビール。ランチを終えてから、エアショット通りに出かけた。ブリュッセルに細々と残る赤線地区だ。そこで、太ってはいるがサービスのいい娼婦と過ごして、数千ベルギー・フランを使った。

夜、ホテルの部屋にもどると、電話のメッセージ・ライトが点滅していた。メッセージを確認し、眉をひそめながら、その番号にかける。

いい知らせではなかった。

「くそっ」ハーディングはそっとつぶやき、受話器を置いた。それからブリュッセルの連絡員に電話をかける。

「もしもし」電話に出たフランス人に言った。「フランス語は話せない。こちらマングースだ、わかるな？　いまはいった知らせだ。イギリスの情報部員があす、青いジャガーXK8に乗ってやってくる。われわれを追っている。正午から午後二時のあいだに、E19を通ってブリュッセルにはいるはずだ。なにか手を打てるかい？」

6　ブリュッセルへの道

ジェイムズ・ボンドはジャガーXK8を取りにQ課へ行き、前回使用したときから改善されたいくつかの点について、ブースロイド少佐から簡単な説明を受けた。そのひとつはスーパーチャージャーだ。イートンM112は通常、三七〇ブレーキ馬力、三八七ポンドフィートのトルクを発揮するが、五〇〇ブレーキ馬力まで出力をあげてほしいというボンドの強い要望に、ブースロイドはしぶしぶしたがったのだった。

ボンドは高速道路M20を通って、ドーバーとフォークストンのあいだにあるユーロトンネル・ターミナルへ行き、シャトル列車に車をのせ、三十五分後にフランスのカレーに着いた。そこから南東のリール方面に向かい、パリとブリュッセルを結ぶ高速道路E19に乗った。このところ雨と太陽がほどよく降りそそいだおかげで、あたりの景色は緑や黄やオレンジに染まっている。田園地帯を通りすぎながら、ボンドはひろびろとした道路で新しいスーパーチャージャーの威力を試していた。イングランドを離れて、ついに事件の調査に乗りだすのは気分のいいものだった。

ブリュッセルの中心部を取りかこむリングという環状道路まで二十マイルの地点で、猛スピードで追ってくる二台の単車に気づいた。あのダークグリーンはどうやらカワサキZZ-R一一〇〇らしい。そのスーパーバイクにはなじみがあり、パワフルで重く、とても速いことも知っていた。ラムエア・システム――走行風をカウリングの正面に配置したダクトから加圧されたエアボックスに送りこむ装置――により加給されたカワサキは、なんなくジャガーについてくる。

三台目のZZ-R一一〇〇が前方の進入ランプからあらわれたとき、あとの二台はジャガーの後方五十ヤードに迫っていた。彼らは練習を積んだような作戦行動をとっている――タイミングの巧みさは尋常じゃない。ボンドは座席で背筋をのばし、ステアリングを握りしめると、九十マイルまでスピードをあげ、右側車線の前方にいるバイクを追い越そうとした。だが、そこそこの交通量があるため、うまくいかなかった。

ボンドはセンターレーンにはいり、ライダーを追い抜きざま相手を観察した。その位置から見ると、ライダーは軍隊の野戦服にオリーブグリーンのヘルメットという姿で、バイクと色の調和がとられていた。コスチュームなのか？三人のライダーはモーターショーの余興かなにかで、危険はまるでないのだろうか？

だしぬけに右側のバイクがボンドの車線に移り、進行を邪魔した。しかたなく、スピードを七十マイルまで落としたが、そのせいで後方の二台との距離が縮まってきた。

三十フィートにまで近づいた追跡者たちは、ボンドとおなじ車線で二列になって走っている。いちばん左側の車線に移動すると、三台のバイクはリモコン操作されているかのように、ボンドにならった。

もう疑いの余地はない。この男たちはプロだ。センターレーンにもどり、さらに右端のレーンに移ると、ただちにスーパーバイクの男たちも移動し、ふたたびジャガーを囲んだ。

バックミラーで後方の男の顔をのぞきこんだとたん、ふいにウィンドウグラスの真下から黒煙があがるのが見え、つづけざまにジャガーの後部が急激に揺れるのを感じた。ボンドは歯を食いしばった。ガソリンタンクにマシンガンを連射されたのだ。

後方のふたりが「なんでこの車は爆発しないんだ？」とでも言うように顔を見合わせるのを見て、ボンドはほくそえんだ。ボディに張られたチョバム装甲は弾を貫通せず、衝撃に反応して爆発し、弾丸をそらす反応材質を使用している。外装は粘性流体の効果で自己回復する。

ヘッドセットを通じて連絡をとりあえるらしく、ライダーたちはつぎの作戦に移る準備にはいった。後方にいたひとりが右側の車線に移動してスピードをあげ、ジャガーと並んだ。ボンドのほうを見て口を動かす。芳しからぬ言葉を吐いたにちがいない。

ボンドはステアリングを急に右にまわし、スーパーバイクに体当たりした。カワサキは道路から路肩へ飛ばされて横転し、百フィートほど滑ってからとまった。バイクが完全にだめになることを願ったが、ライダーに怪我はないようだった。数分もすればまた追跡を再開するだろう。ボンドはマニュアル・モードに切り替え、アクセルを目いっぱい踏んだ。ジャガーはさっと前方のバイクを追い抜くと、ゆっくり走る一般車のあいだを縫い、緑色のライダーたちとの距離をひろげた。交通量のあるハイウェイでは、できることなら最終手段を使いたくない。自動車電話でベルギーの警察に通報すべきかとも考えた。

残りのふたりのライダーは、車の列を出たりはいったりしながら、ボンドに追いつこうとしている。前方の左端のレーンが道路工事のため封鎖されていた。二車線しか使えなくなって、道路はよけいに混みはじめた。スピードをあげたボンドは、まもなく十輪式の大型トラック二台に行く手をはばまれた。二台は両方のレーンをふさぎつつ、危険なスピードで追い越しごっこをしている。どちらか一台がレーンを移動することを願って、クラクションを鳴らす。おなじ車線にいたトラックの運転手が、やれるものならやってみろというように自分のクラクションを鳴らした。

「防衛システム、起動」ボンドは声に出して言った。Q課が加えた新しい機能のひとつがこの音声作動システムで、電話、オーディオ、ライト、そしてもちろん武器類の操作にもすべて対応する。ダッシュボードのテレマティックス・スクリーン上でアイコンが点滅し、ボンドの指示が実行されていることを示した。

「偵察機、作動」小さな模型飛行機のような偵察機のシルエットがスクリーンにあらわれる。通常はシャシの下に格納されて出番を待っている。この偵察機は車体の下から飛びたつと、選んだ高さまで舞いあがり、ジョイスティックか衛星ナビゲーションシステムを使って操作することができる。

スクリーンの表示が〝偵察機、準備完了〟に変わった。

「偵察機、発射」ボンドは命じた。即座にジャガーの下からシューッという音がして、偵察機が格納庫から発射された。コウモリのような機は宙に舞いあがってから方向を変え、ジャガーの三十フィート上方を並走している。ライダーたちは自分の目が信じられないようだ。ひとりが偵察機を指さし、なにやら叫んでいる。

片手をステアリングに置いたまま、ボンドは左手でジョイスティックを操作した。偵察機を前に出し、スピードをあげて、なおも肩を並べて疾走している大型トラックのあいだにぴたりとつけた。

スピードは落とさずに高度をゆっくりさげる。偵察機はハチドリのようにそっと位置を決め、二台の大型トラックのドアの高さを保ちつづけた。右側のトラックの運転手が左に目をやり、窓の外を奇妙な物体が飛んでいるのに気づいた。運転手はびっくりして、あやうく車線をはずしそうになったが、なんとかステアリングをまっすぐにもどした。

偵察機にも装備されているチョバム装甲は、相手を強打するのにも抜群の効果を発揮する。ボンドはジョイスティックを動かし、偵察機を思いきり右に振って、翼で運転席側の窓を破壊した。すかさず、偵察機を引きあげる。運転手は完全にコントロールを失った。トラックは急に右にそれて路肩に乗りあげ、転覆して溝につっこんだ。

これで警察がやってくるだろう。ボンドは加速し、おびえて四十マイルにまでスピードを落としたもう一台のトラックをさっと追い越した。いっぽう偵察機はふたたびジャガーの真上にもどった。

意外にも、前方の道路は比較的すいていた。ボンドは速度を増しながら、後続の二台のバイクも、見通しのいい地点まで追ってくるだろうと思った。まもなく、二台がさっきの大型トラックをすばやく抜きさるのが見えた。一台がスピードをあげ、もう一台はややゆるめて後ろについている。

「シリコーンオイル爆弾を準備せよ」これもまた新たに加えられた機能で、リアバンパーからオイルやシリコーンオイルの爆弾を追跡車両の通り道に落とすことができる。大型の標的に用いる既存の熱追尾式ロケットよりも、最短でしかも〝クリーン〟な打撃をあたえる。

先頭のカワサキがジャガーの背後につき、ライダーがまたもやマシンガンをぶっぱなした。車の後部で弾が跳ねかえるのを感じると、ボンドは言った。「爆弾発射」

コンパクトディスク大の装置がバンパーから落ちて、道路上を転がった。それを見たライダーはよけようとしたが、すでに遅かった。装置はものすごい音をたてて爆発し、カワサキとライダーを粉々にして宙に吹きとばした。ほどなくハイウェイは、黒煙と焼けた金属と人間の肉片だらけになった。

もうひとりのライダーは左側のレーンに寄り、残骸のまわりをジグザグに進みながら、なおもボンドを追ってくる。射程距離にはいると、ライダーはまたジャガーに向けて発砲した。

「リア・レーザー、準備」ボンドは言った。スクリーンにアイコンがあらわれる。

ライダーはまだ乱射しながら近づいてくる。後部タイヤがひとつ破裂したが、ジャガーはパンクしても走れるように設計されていた。

「カウント・スリーで、一秒間レーザー発光」ボンドは言った。

とつぜんのまぶしい光に、後方のライダーはめんくらった。はじめは照りつける陽光がジャガー後部の金属に反射したのかと思った。つかのま目が見えなくなったライダーは、ハンドルをまっすぐに保ち、早く視界がもどることを願った——だが、痛みが加わった。熱い火かき棒で焼かれたような激しい痛みを感じ、つぎにただの暗闇になった。レーザーの閃光はライダーの網膜に一生治らないやけどを負わせていた。

ジャガーのバックミラーには、カワサキがよろめきながら左側に寄っていくのが映った。工事中の車線に突入してガードレールに衝突し、反対車線へ滑っていく。クラクションが鳴りひびき、ドライバーたちは急ブレーキを踏んだ。バイクをよけようとした車が玉突き衝突するなか、カワサキはライトバンに当てられて二百ヤード以上引きずられた。そこでようやく二台の鉄の塊はとまった。

遠くでサイレンの音がする。ボンドが向かう市街のほうから聞こえてくる。ふたたびバックミラーに目をやると、さっき道路から押しだした三人目のライダーが追跡に復帰していた。ボンドはライダーがジャガーの真上の安全な位置にいる偵察機に気づいていないことを正しく見抜き、ジョイスティックをそっと押して偵察機のスピードを落とし、回れ右をさせた。偵察機の位置をライダーとおなじ高さまでさげ、ジョイスティックを押した。偵察機はフルスピードでバイクに向かっていく。

ライダーは鳥のような妙な物体がまっすぐ飛んでくるのを見て、息をのんだ。男には悲鳴をあげる時間しかなかった。

偵察機はバイクと正面衝突して、ライダーを振りおとした。すかさず、ボンドは偵察機を引きあげる。横滑りしていたバイクは溝に落ちて停止した。

「偵察機、格納準備」並外れた装置をジャガーの後方にもどしながら言った。

つぎの指示を出して、偵察機がシャシの下の元の場所におさまったとき、車はリングにはいった。渋滞の列にまぎれこみながら、ジャガーは何事もなく、あたりに点在する発電所や自動車販売店やビジネス街を通りすぎた。

自動車電話を作動させ、ロンドンの本部の短縮ダイアルを告げる。通常の保安手続きののち、ビル・タナーのオフィスにつながった。秘書が出て、Mと参謀長はオフサイトで会議をしていると言う。

「しかたない、ヘレナ・マークスベリにまわしてくれないか」

秘書が電話を転送し、すぐにボンドの個人アシスタントの軽やかな声が聞こえてきた。

「ジェイムズ?」その声音には懸念が感じとれた。きっとあるじが数日留守にするのでせいせいしていたのだろう。

「ヘレナ、問題が起きた。ぼくのブリュッセル行きが知られていたんだ。三人のライダーに殺されそうになった」

「まあ、ジェイムズ、怪我はない?」ヘレナが心配そうな声でたずねる。

「ああ。この件をただちに参謀長に伝えてほしいんだ。Mといっしょにオフサイト・ミーティングに出かけているらしい」ボンドは個人アシスタントに詳細を話した。「ふたりを探しだして、コード80が発生したと告げてくれ」すなわち、保安侵害が起こったということだ。

「了解。ただちに取りかかるわ、ジェイムズ。あなたはブリュッセルにいるの?」

「もうすぐだ。また連絡する」

「気をつけてね」ヘレナは言って、電話を切った。ふたりのあいだがぎくしゃくしているにもかかわらず、ヘレナがプロらしい態度を維持してくれることが、ボンドにはありがたかった。

ボンドはまもなくリングをおり、ブリュッセルの中心部へつづくインダストリアル通りにはいった。またしても、ブースロイド少佐とQ課のみんなに心のなかで感謝した。

美しく晴れた春の日だった。ボンドはグラン・プラスの近くに車をとめた。グラン・プラスはブリュッセルの目玉ともいうべきみごとな広場で、四方をベルギー王室の歴史を象徴する建物に囲まれている。装飾切妻、金箔をちりばめたファサード、中世の旗や金線細工をほどこした屋根の彫像など、絢爛たる眺めがひろがる。ゴシック様式の市庁舎は十五世紀初頭に建てられたものだが、いまも変わらぬ姿を保っている。ネオ・ゴシック様式の王の家やビール職人のギルドハウスなどは十七世紀の建造物だ。ブリュッセルの市会議員がいまでも集う市庁舎の外観には、十五世紀から十六世紀の内輪のジョーク的な彫刻が飾られている。酒を飲んでいる修道士たち、眠っているムーア人とそれを囲む女たち、〝吊るし刑具〟と呼ばれる中世の拷問具にそっくりな椅子の山、女の胸を持つ悪魔を殺す聖ミシェルなど。ボンドが聞いた話では、建築家のヤン・ファン・ロイスブルークは建物がすこし傾き、入り口も真ん中になっていないことに気づいたとき、鐘楼から飛び降り自殺をはかったそうだ。

時刻は午後二時になろうとしている。ボンドは連絡員への目印であるレイバンのウェイフェアラー・サングラスをかけると、カラフルな狭い石畳の道を南西に進み、シェーヌ通りとエテューヴ通りの角をめざした。そこに、カメラのシャッターを切る観光客に取りかこまれて、かの有名なマネケン・ピス、小便小僧の像がある。現在のマスコットは元祖ではなく（狼藉の対象となったため初代の像は移動させられた）実物の正確なレプリカだが、ブリュッセルでいちばん愛されているシンボルなのはまちがいない。その起源についてはボンドもよく知らないが、十五世紀初頭にまでさかのぼるらしい。憎むべきスペインの歩哨が窓の下を通るたびにおしっこをまきちらしたベルギー人少年の彫像だという説もあれば、唯一有効な手段を使って市庁舎のぼやを消しとめたという説もある。きょうの彼は〝ジュリアンくん〟という呼び名にふさわしく、白い毛皮の襟がついた奇妙な赤いマントをまとっている。ルイ十五世がこの少年に華やかな衣裳を贈って以来、それが慣習となり、ジュリアンくんのもとに届いた衣裳は数百着にのぼる。

「かなり大きな膀胱じゃないと、ああは出しつづけられないわね」女性の声が、きついヨーロッパなまりのある英語で言った。

左手を見ると、しゃれたベージュのパンツに軽いジャケットをはおった魅力的な女がいた。レイバンのサングラス、ストロベリーブロンドのウェーブのかかったショートヘア、薄いクリーム色の肌、薄い赤の口紅を塗った肉感的な唇、そして口の端に楊枝をくわえている。年のころは三十前後で、ファッションモデルのようなスタイルをしていた。

「ここが水飲み場じゃなくてほっとしているよ」ボンドは答えた。

女はサングラスをはずした。日差しのもとで、まぶしいブルーの瞳をきらめかせながら手をさしだした。「B支局のジーナ・ホランダーです」

ボンドはその手を取った。なめらかで暖かかった。「ボンド。ジェイムズ・ボンドだ」

「こっちよ」ジーナは顎をしゃくってうながした。「支局へ行ってから、あなたの車を取って、ホテルに案内するわ」女の英語は上手だったが、まるで不自由なく話しているわけではなさそうだ。

「フランス語にしようか《パーレ・ヴ・フランセ》?」

「ウイ」ジーナはそう答えてから、英語にもどす。「でも、あたしの母国語はオランダ語のフラマン語なの。オランダ語、できる?」

「きみの英語ほどはうまくない」

「じゃあ、英語にしときましょ。練習も必要だし」

ジーナは美人とまでは言えないものの、人をひきつける魅力がある。短いカーリーヘアが妖精のような雰囲気を作りだしていて、ボンドは使うのを避けている〝かわいい〟という形容がぴったりだ。小柄だが、まるで六フィートの身長があるような自信と気品に満ちた歩き方をする。

「ところで、ぼくのホテルはどこ?」ボンドはたずねた。

「メトロポールよ。この街でも一、二を争う高級ホテル」

「知っているよ。まえに泊まったことがある」

「われわれの標的もそこにいるの」

「ほんとうかい?」

「支局に着いたらくわしく話してあげる。すぐこの先よ」

ジーナは〈小さな肉屋通り〉を折れ、伝統的な人形劇を楽しめる王立トーヌ劇場のそばの洋菓子屋にはいっていった。焼きたてのパンの香りに心を動かされる。

「シュークリームはいかが?」

ボンドはほほえんで答えた。「あとで。たぶん」

ジーナはカウンターにいた女性にフラマン語でなにやら言い、ボンドを厨房につづくドアに案内した。なかでは、大柄な男が汗を流しながらロールパンを並べたトレイをオーブンに入れていた。厨房をつっきって、さらにドアを抜けると階段があり、二階のロフトへたどりついた。そこがB支局だ。

居心地のよさそうなワンルーム・ワンバスルームのフラットをオフィスとして使っていたが、部員ひとりと設備がちょうどおさまるくらいの広さだ。ありふれたコンピュータ機器、ファイリング・キャビネット、ファックスとコピー装置などのほかに、ソファベッド、テレビが置いてあり、小さなキッチンがついている。部屋はまぎれもなく女性らしい好みで飾られ、ベルギーレースがふんだんに使われていた。

「ここには住んでないんだけど、遅くなったときにソファベッドがあると便利でしょ」部屋へ通しながらジーナは言った。「好きなとこにすわって。なにか飲む？」

「ウォッカと氷を頼む。だが、まず最初にロンドンに連絡しないと。ちょっと困ったことが起きてね」

「なにがあったの？」

「機密事項の漏洩。ぼくがベルギーに来ることがもれていたんだ。E19で襲われた」

「まさか？　じゃ、あれはあなただったの？　高速道路で事故があったと聞いたけど。だいじょうぶ？」

ボンドは砲金製のシガレットケースを取りだし、煙草を一本抜きとった。ジーナにもすすめたが、首を振って断わられた。

「こっちはだいじょうぶだが、やつらは無事じゃなかった。バイクに乗った三人組だ。どこからともなくあらわれ、ぼくを殺そうとした。あいにく大型トラックが大破した。一般車も数台、衝突したようだった。さっきロンドンに連絡したんだが、ミーティングとやらで出払っていてね」

ジーナはデスクを指さした。「ここでは保安侵害はないわ。その電話を使って」

ボンドは電話に手をのばし、上着のポケットから露出計のような小さな黒い装置を取りだした。三インチのアンテナを引きだし、スイッチを入れると、その検出器で電話を調べる。

「それなら毎朝やってるわよ、ミスター・ボンド。もっと最新の装置で」

「この小さなおもちゃより高性能だとは思えないが」ボンドは結果に満足しながら言った。CSS八七〇〇Vバグ・アラートはつねに精密だ。「すまない、こうする決まりでね」

「かまわないわよ」ジーナは飲み物を用意しにキチネットへ行った。

ボンドは受話器を取り、安全な回線につないだ。今度はタナーが出た。

「やあ、ジェイムズ、さっきはすまなかった。Mに頼まれて――」

「気にするな。ヘレナから聞いてくれたか」

「ああ。いま調べているところだ。きみのブリュッセル行きを知っていた人間は何人だ?」

「きみとMだろ。マネーペニーとヘレナももちろん。ブースロイド少佐、S課と記録分類課の長……えーと、ずいぶんいたみたいだな、ビル」

「部外者はいないな?」

「ああ、うちの家政婦も知らないよ。ぼくの居場所なんか見当もつかないだろう」

「わかった。いいか、心配するな。穴が見つかったらふさぐから。ところで、Mから新しい指令が出ている」

「で?」

「ホランダーのおかげでハーディングの居場所がわかったから、きみは彼を監視してくれ。くりかえすが、監視するんだぞ。やつの雇い主、あるいは取引相手を突きとめるのが目的だ。やつはスキン17を持っているはずだ。でなければ、イギリスから逃げだすはずがない」

「了解。だが、すでに持っていないという可能性もあるぞ……向こうが行動を起こしたらどうする?」

「判断はまかせる。まちがいなく、彼をイギリスに連れもどしてほしい。すでに逃亡犯罪人引き渡しの手続きを進めている。スキン17が失われそうな事態になったら、どんな手段を使ってもいいから取りかえしてくれ」

ボンドは通話を終え、デスクの大きなリクライニングチェアで背筋をのばした。

見計らったように、ジーナが飲み物を持ってくる。ボンドにはウォッカ、自分にはオルヴァル・ビール。ジーナはソファベッドに腰をおろし、足をあげた。

ボンドはグラスを掲げて言った。「乾杯」冷えたウォッカをひと口ふくみ、うれしい驚きに打たれた。「リガのウォルフシュミットじゃないか。すばらしい。ぼくたち、すごく気が合いそうだ」

「どうも。特別な日のためにとっておいたの。イギリス人はなかなか感動しないって聞いたけど」ジーナは笑った。

「どういたしまして。イングランドはほとんど一年中退屈な国だからね、どんなことにでも感動するんだ。それより、きみはそいつを気に入っているんだね。トラピストの修道僧が作っているんじゃなかったっけ?」ボンドはビールのことをたずねた。

ジーナはうなずき、瓶に口をつけた。爪楊枝を口の端にくわえたまま、器用に飲んでいる。ボンドははじめて、ジーナがしまった体をしているのに気づいた。形のいい脚の筋肉は服の上からでもわかる。腕も引きしまってたくましい。服装は高級婦人服売り場のマネジャーのようだが、爪楊枝のおかげでいたずらっぽい雰囲気が出ている。この女性が生き抜くためのしたたかなすべを身につけているのはまちがいない。大人になったピーターパンみたいだが、このピーターパンには胸がある。たまたまこの胸もいい形をしていた。

「じゃ、ドクター・ハーディングについて教えてもらおうか」

「ロンドンから彼への警戒指令があったから、まず南駅の入国管理に行って通常の調査をしたの。そしたら、防犯カメラに映ってて、〝ドナルド・ピーターズ〟として通過したことがわかった。あとはドナルド・ピーターズが泊まってそうなホテルを探しただけ。メトロポールにいたわ。おもてのカフェで見張った。いやになるほどコーヒーを飲んでね！　きのう、食後にようやく姿をあらわしたと思ったら」ジーナはかすかにくすりとしてからつづけた。「彼は女性が……春を売る地帯に出かけたのよ」

ボンドもいっしょにほほえんだ。「楽しんだのかな？」

ジーナは頬を赤らめた。「あたしにきかないで。用がすむと、彼はホテルにもどった。あたしはベルボーイにチップをやって、彼が外出するようなら携帯電話に連絡するよう頼んだ。彼はひと晩じゅう部屋にいた。今朝、タクシーで出かけて……見失ってしまった。でも、まだチェックアウトはしてないわ」

「すると、彼にはやろうと思えばなにかできる時間が、二十四時間近くあったわけか」

「そのようね」

「そして、いまも取引をしているかもしれない」

「かもね」

「行こう」ボンドは立ちあがった。「彼の部屋をのぞいてみたい」

7　苦いスイート

ボンドはジャガーでホテルまで行き、車を駐車係に預けた。ジーナもあとを追い、ホテルの外にあるオープンカフェのいつもの席にすわった。ボンドがなかにいるあいだ、ジーナがエントランスを見張るという寸法だ。

チェックインをすませながら、ボンドはメトロポールに滞在した若いころを思いだした。パリに夫がいて、仕事場はロンドンというフランスの映画スターと恋に落ちたのだ。ふたりはマスコミを避けて、ブリュッセルで逢瀬を重ねた。嵐のように激しい恋は数カ月つづいた。彼女に極東で撮影される映画の仕事が決まるまで。それ以来、その女優とは会っていない。

金持ちや有名人を相手の商売だから、メトロポールのスタッフは客のプライバシーを尊重する。ボンドがよいホテルに望むのは、趣味のいい贅沢と特有の風格だ。金箔を張った天井の格間、イタリアのスタッコ細工、モダンな錬鉄、ルネサンス様式の青いステンドグラスの窓、きらめくシャンデリア、ここは本物の宮殿だ。

部屋は六階で、申し分ない。荷物を解き、電動ハブラシを取りだす。ブラシを取りはずし、装置の底をまわしてあける。三つのC電池の隣には、硬いワイヤがひと組はいっている。このホテルではまだ旧式の合鍵が使われているから、この仕事にはQ課の電動ピックガンがなにより役に立つだろう。アルミニウム製のこの装置は、ピンタンブラー式の錠をハンドピックよりすばやく簡単にはずすことができる。なおかつ、ほかの道具ではあかないピッキング防止機能がついた鍵にも通用するのだ。

それを上着のポケットに入れ、受話器に手をのばす。フロントに電話して、ドナルド・ピーターズの部屋につないでくれるよう頼んだ。先方は出なかった。よし、それでいい。

ワルサーPPKのマガジンを点検してから、バーンズ・マーチン社に作らせたセーム革のショルダーホルスターにおさめ、部屋を出た。大階段を二階分おり、廊下をのぞきこむ。あたりに人気はなかった。すばやく一九一九号室へ行き、ドアをノックする。応答がないのを確認してピックガンを取りだし、ピックを選ぶ。三秒でドアがあいた。

室内にはいってドアをしめると、玄関ホールから居室へ向かった。ハーディングのアタッシェケースや身のまわり品が置いてある。電話の横のメモパッドには〝エラスムス病院〟と書かれていた。アタッシェケースをあけようとしたが、鍵がかかっている。ボンドはべつのピックを選んで、鍵穴にさしこんだ。錠はぱちんとはずれた。

中身はあまりはいっていなかった。ブリュッセルの地図、鉄道時刻表、電卓、用紙、ペン……それに、医師が使う用箋に描かれた奇妙なスケッチ。

人間の上半身の図で、左胸に小さな長方形のしるしがある。ボンドは用箋に印刷された医師の名前と住所を記憶し、元にもどした。

つぎに戸棚をざっと調べたが、めぼしいものは見当たらなかったので、寝室へ向かう。洋服ダンスのなかには、吊るされた衣類と旅行かばんがあった。ボンドはかばんにのばしかけた手をはっととめた。ドアの外で鍵をがちゃがちゃいわせる音がする。

さっと移動して、小さなバスルームに滑りこむ。わずかなすきまを残してドアをしめると、バスタブの頭のほうにあるすりガラスのパネルの陰に隠れた。スイートのドアが開き、三人の男たちの声が近づいてきた。

「気をもまないことだ、ミスター・リー」ひとりが言った。ハーディングの声だ。「飛行機の手配はこのバジルが万事整えてくれるから。気分はどうだい？」

スイートのドアがしまり、男たちが居室にはいってくる。

「痛みはさほどない」アジアなまりの男が言った。「笑わなければな」ミスター・リー……中国人か？

「バジル」ハーディングが言う。「わたしはこれから発つ。わたしの仕事は終わった。きみはミスター・リーにつきそって、ちゃんと問題なく飛行機に乗れるようにするんだ。わかったな？」

「ああ」低い声が答える。

「すわっていてくれ、ミスター・リー。荷物をまとめるから。ミニ・バーのものをなにか飲むかい？」

「いや、けっこう。テレビを見てる」居室のテレビの音が聞こえてくる。ニュースキャスターがフランス語でしゃべっている。

「ビールが飲みたい。そのまえに小便だ」バジルが言った。フランスなまりがあるが、セネガル人かもしれない。

「どうぞ。トイレはそこだ」

しまった！　隠れるところがない。すりガラスじゃ、姿が映ってしまうだろう。ボンドはバスタブのなかでしゃがみこみ、銃を抜いた。

バスルームのドアが開いた。すりガラスの向こうに、巨体が見える。黒人で、服装は黒っぽいTシャツとズボン。ガラスのせいでゆがんでいるのはたしかだが、それにしてもダムのように大きな背中だ。

バジルは便器の前に立ち、用を足しはじめた。小便小僧の悪党版などという考えが浮かんでしまう。

「バジル？」ちがう部屋からハーディングが呼ばわる。

「ちょっと待ってくれよ、ムシュー！」バジルが大声を出す。

ボンドは待っていなかった。ゆっくり立ちあがると、ガラスの陰から足を踏みだす。バジルは尿の放物線を見つめるのに夢中で、気づかなかった。背中に銃口を突きつけられても、小便はとまらなかった。

「ひと言もしゃべるなよ」ボンドは言った。「そのままつづけろ」

男はうなずいた。数秒後、膀胱は空になった。

「つぎはよく振ってから、しまってファスナーをあげろ」

男は言われたとおりにした。

「流したほうがいい。あとの人のために」

バジルは手をのばし、便器の上部のスチール製のレバーをひねった。水の流れる音は大きかった。ボンドはそのすきに、男の後頭部をぶん殴った。

あいにく、そこは金床《かなとこ》のように硬かった。一瞬のためらいにつけこんで、バジルはさっと振りむきざま、巨大な体を使ってボンドをすりガラスのパネルにたたきつけ、ガラスを粉々にした。ワルサーPPKがバスルームの床に落ち、暴発する。

バジルは上着の襟をつかんで、ボンドを紙みたいに軽々と持ちあげた。顔を突きあわせる姿勢になって、ボンドは殺し屋の背丈が六フィート以上で、体重も三百ポンドくらいだろうと見当をつけた。上腕の太さは最低でも二十インチはありそうだ。

鼠をいたぶる猫のように、巨漢はボンドをバスタブのまわりの壁にくりかえしたたきつけた。タイルの塊がはがれおちる。

「どうした？」ハーディングがバスルームをのぞきこみ、恐ろしさにつかのま立ちつくした。それから背後のリーを振りかえった。「急いで、ここから逃げだすんだ！」

ハーディングと中国人が目の端にちらりと映ったが、バジルに髪をつかまれ、顔にパンチを食らった。解体用の鉄球のような威力だ。またもや、ボンドはガラスの破片がちらばるバスタブにくずれおちた。バジルは左脚をあげ、重いブーツで胸を何度も踏みつける。

ハーディングは居室に駆けこんでアタッシェケースをつかみ、寝室の荷物もかき集めてからリーをひっぱった。

「やつらはほうっておこう。行くぞ！」

ボンドは目がまわり、気を失いそうになっていた。胸郭を踏みつけるブーツの重みと、激痛は感じた。急いでバスタブから出なければ、胸腔を踏みつぶされてしまうだろう。

ぼやけた意識と苦痛のなかで、かたわらを手探りし、ガラスの破片を見つけた。長く鋭い破片を握り、ブーツがまた襲ってくると、バジルのふくらはぎに思いきり突き刺した。

殺し屋があげた大きな叫び声で、ボンドは意識がはっきりした。両手でブーツをつかんで押しあげ、巨漢のバランスを崩させて床に倒した。

ボンドはさっと起きあがり、バスタブの縁を飛びこえた。ドアのそばの隅にワルサーが転がっているのが見える。バジルの体を飛び越えようとしたが、巨漢はボンドの足をすくって、トイレのほうに押しやった。ボンドは便器に激しくぶつかり、腰をしたたかに打った。便器の縁が腎臓に食いこみ、背筋に苦痛が走る。

バジルは立ちあがり、喉に両手をあてがってきた。万力のような力で締めあげる。そのすさまじい力からすれば、ただ窒息させようというのではなかった。喉笛をつぶそうとしているのだ。ことによると首の骨を折る気なのかもしれない。

首を圧迫する力が増すにつれて、ボンドは白目をむいた。とっさに、左手のシンクのそばのカウンターに手をのばし、武器になりそうなものを探った——相手をひるませるものならなんでもよかった。脱臭剤のスプレーが手に触れた。片手で蓋をはずし、人さし指をボタンにかけると、目の前の男に吹きかける。

バジルはまた叫んで、ボンドの首から手を放した。

ボンドはすかさず両脚を胸に引きよせて蹴りだし、バジルを壁までふっとばした。

バスルームはひとりにちょうどいい広さで、大人の男ふたり、しかもそのうちのひとりが巨漢ときては狭すぎた。

バジルが壁に当たって跳ねかえる。脚にはガラスの破片が刺さったままだ。ボンドはあえぎながらなんとか起きあがろうとし、カウンターの上の備品をすくってバジルの顔に投げつける。そのすきに立ちあがって銃に飛びつこうとした。だが、黒人の動きもすばやかった。ボンドにタックルすると、そのままふたりは玄関ホールに飛びだした。銃はバスルームに残されたままだ。

そこはいくらかひろかった。ボンドは後方に回転して寝室にはいり、立ちあがった。バジルがすさまじい勢いで追ってくる。ボンドは椅子をつかみ、黒人に投げつけた。だが、蚊をたたくように払われてしまった。椅子は姿見にぶつかり、鏡を粉々にした。

「あーあ、鏡を割ったな」ボンドは完全に息を切らしながら言った。「おまえの七年間の不幸がはじまったぞ」

バジルはライオンの咆哮のような不気味な音をたてて突進してきた。ふたりはキングサイズのベッドに倒れこみ、転がって反対側から床に落ちた。ボンドは鋭いパンチを二発見舞ったが、頑丈な相手には痛くも痒くもないようだ。身をよじって逃れ、立ちあがると、後ろ蹴りをうまく決めた。仕返しに、バジルはマットレスを枕のようにひょいと持ちあげ、犀《さい》のような力で投げつけてきた。ボンドは化粧テーブルまで飛ばされた。やにわにランプをつかんで黒人を殴りつける。笠と電球がばらばらになった。

取っ組み合いは居室に移動した。スペースがあってさらに動きやすくなる。ホームバーの上には栓を抜いたワインのボトルがあった。ボンドはボトルの首を持ち、壁にたたきつけた。真っ赤な液体がそこらじゅうにちらばる。ぎざぎざの武器を手にしたボンドは、バジルとにらみあいながら、ゆっくりと円を描き、ボトルの鋭い先端で相手との距離をとった。

バジルはにやりと笑い、飛びついてきた。ボンドはボトルを振りまわした。かみそりのような切り口が黒人の顔をこすり、血の筋が五本平行にできた。あたりまえの人間ならば目がくらんだだろうが、バジルは怒っただけのようだった。

ボンドはふたたびボトルを振りだしたが、今度は腕をつかまれ、ねじりあげられた。あまりの痛さに、武器を取りおとす。バジルはボンドを投げ飛ばした。ライティングデスクを越え、窓にぶつかった。美しいスイートのほかの調度とおなじく、窓は粉みじんになった。

黒人とのあいだにあるデスクをそちらへ蹴り倒したが、バジルはなんなく払いのけた。敵につかまるまえに、ボンドはさっと振りむき、バジルの股間に飛びこんで背後に滑りでて、二秒で立ちあがった。

体勢を立てなおしたとき、敵が突進してきた。一瞬のタイミングをはかり、ボンドは男の頭をつかむと、相手の力を利用して、すばやく思いきりわきへ払った。

バジルはリーがつけっぱなしにしていたテレビに頭からつっこんだ。テレビは勢いよく爆発した。火花が飛びちり、灰色の煙がもくもくとあがる。黒人はふいに体をこわばらせ、つづいてがたがた震えだし、やがてぐったりとなった。頭にテレビをはめたまま、バジルはじゅうたんにどさりと倒れた。これでかたづいた。

ボンドは怪我の具合を確認した。腰が悲鳴をあげている。肋骨もやたらに痛む。一本や二本、折れているかもしれない。腎臓もいかれているだろう。顔や手の打撲傷から血がにじんでいる。

だが、ちゃんと生きている。

ボンドは床に転がっている電話を見つけ、ジーナの携帯にかけた。

相手が出るなり言った。「ハーディングと中国人がホテルから逃げた。ふたりを見たかい？」

「いいえ。いつごろ？」

「ほんの数分前だ」

「まずい。裏から出たにちがいないわ」

「探してみてくれ。十分後にぼくの部屋に電話して」

「こっちに来る？」

背中の痛みで思考がぼやける。「しばらくしたら」と返事をするのがやっとだった。受話器を置くと、ミニ・バーをあけ、バーボンのボトルを取りだした。蓋を取って、ぐいっとやった。一度咳きこんだが、ぬくもりがしみわたり、生き返った心地がした。

足をひきずりながらバスルームへ行き、銃をひろいあげるとスイートをあとにした。意外にも、騒ぎを聞きつけた者はひとりもいなかったようだ。廊下にはだれもいない。

ボンドは自分の階まで階段をあがり、だれにも邪魔されない自室にたどりついた。バスルームへ行き、鏡に姿を映す。右の眉の上に、ひどい切り傷がある。左の頬骨のあざは黒ずみはじめている。両手を洗うと、関節の傷は浅いことがわかった。厄介なのは腰と肋骨だ。

自分だけのバスタブに栓をして、湯気の立つほど熱い湯をはる。上着を取り、おそるおそるシャツとズボンを脱いだ。裸になったとき、湯がいっぱいになった。

たじろぎながら、やけどしそうな湯に傷だらけの体を沈めた。二分もしないうちに、ボンドは眠っていた。

8　ベルギーの味

翌朝、ボンドはジーナに連れられて個人病院へ行き、検査を受けさせられた。スイートでの死闘のおかげであちこち痛み、気分は最悪だった。ゆうべのMとの電話も、ささくれだった気持ちを悪化させるだけだった。

「つまりドクター・ハーディングを逃がしたということね？」Mはきいた。

「部長、わたしはなにもしていません」ボンドは答えた。「必死で闘っているあいだに、彼が逃げてしまったんです」

「ふん！」というMの返事が聞こえる。ますます、前任者に似てきたな。

「で、そのときミズ・ホランダーはどこにいたの？」

「自分の役目を果たしていました。ハーディングと中国人は裏口から抜けだしたんです。彼らがまだブリュッセルを離れていないのはわかっています」

「どうしてわかるの？　最近、へまが多いようだけど、ダブル・オー・セブン」

ボンドはぴしゃりと言いかえしてやりたかったが、ぐっとこらえて深呼吸した。「ミズ・ホランダーは出入国管理局に強力なコネがあります。飛行機にしても鉄道にしても、彼らが出国したらすぐわかります」

「車はどう？　車に乗ってベルギーから出てしまえばわからないでしょ」

会話はなごやかとはほど遠い雰囲気のまま終わった。ボンドは全力をあげてハーディングを見つけだすことを誓い、Mは全力では足りないというようなことを言った。電話を切ってから、ボンドはウィスキーのグラスを壁に投げつけた。

朝になっても、事態は好転しなかった。目覚めると、大槌で打たれたように体中が痛んだ。

医者がフランス語でジーナに説明している。ボンドには話の内容が完璧にわかった。肋骨が一本折れているらしい。

「腎臓は打撲以外に問題はありません」医者は英語でボンドに言った。「尿に血がまじるようでしたら、さらに検査をする必要がありますが」

医者はボンドの胸をハーネスでしっかり固定し、一週間はつけたままにするようにと指示した。ベルクロ方式なので、入浴時には取りはずしができる。だが、寝るときは装着したままでいなければならない。

医院を出ると、ジーナの赤のシトロエンZXにもどった。「もうひとりの医者のところへ行きましょう」ジーナはそう言いながら、片時も口から放さない爪楊枝を反対側に移動させた。「この男について調べてみたの。ドクター・ヘンドリック・リンデンベークは心臓専門医で、評判によれば名医らしいわ」

ボンドは南西に向かう車中で黙りこんでいた。歴史地区を離れると、ブリュッセルもヨーロッパの他の近代的な都市とさして変わらない。昔の名残は消え、二十世紀後半の建築物――ショッピングモール、オフィスビル、瀟洒なタウンハウスがあらわれる。フランクリン・ルーズベルト通りは、ロンドンのパークレーンのようなものかもしれない。

「心配しないで」ジーナは不機嫌なボンドに気詰まりを感じて言った。「かならず見つかる。まだブリュッセルを出ていないって直感が告げてるから」

「ぼくの直感は、このとんでもない仕事から足を洗って、早期退職すべきだと告げている」

「まあまあ。これまでにも、うまくいかないことはあったでしょ？」

「ああ。だが、ときどきなんでこんなことをしているんだろうと思うだけさ。昔なら、敵ははっきりしていた。共産主義が世界的な脅威だったし、われわれは主義にもとづいて行動していた。いまはちがう。自分がいんちき警官になったような気分だ。もっとましな死に方があるだろう」

「やめなさいよ」ジーナがきびしい声で言った。「最善をつくす。ほかになにがあるの？　だれにだって、限界があるわ」

「ぼくは限界を経験した。何度も」

「ジェイムズ、いずれわかるときが来るわ。限界を超えようとするときが来たら。そうすれば、人生も仕事もすなおに受けいれられるわよ」

ボンドはあまりに疲れていて、反論する気にもなれなかった。

「あなたに必要なのは、夜の外出ね」ジーナは明るく言った。「おいしいベルギー料理に、お酒……なんて、どう？」

ボンドはジーナを横目で見た。「デートに誘っているのかい？」

ジーナは妖精のようににっこりした。「いいでしょ？　ふたりとも今夜あいてるなら」

ボンドは口もとをほころばせた。「いいとも」

目的地に着き、ジーナはドクター・リンデンベークの家の前に車をとめた。ふたりは車をおり、インターホンを鳴らして〝警察〟だと告げた。ナースが応対に出てきて、ドクター・リンデンベークは診察中だと言った。

「待ちます」ジーナがフラマン語で言った。身分証を提示すると、簡素な待合室に通された。

「まもなく終わると思います」ナースはそう言ってさがった。隣の部屋から、穏やかな男性の話し声が聞こえる。数分後、初老の女性と医師が出てきた。医師はフランス語で女性にあいさつすると、ジーナとボンドのほうを見た。

ジーナがフラマン語で説明する。政府機関の者だが、二、三、うかがいたいことがある、と。即座に、ボンドはこの男が一枚噛んでいるのがわかった。リンデンベークは目を見開き、ごくりと唾をのんだ。

「どうぞ、こちらに」医師は英語で言い、オフィスを手でうながした。

ボンドはたずねた。「ドクター・リンデンベーク、こんなスケッチをお描きになりましたか」ボンドはデスクからペンを取り、処方箋用紙に人間の上半身を描いた。ペースメーカーの位置を記すと、医師は椅子に沈みこみ、両手で頭をかかえた。

「いかがです?」ボンドは重ねてたずねた。

「わたしは逮捕されるのか」医師はきいた。

「いまのところはまだ。だが、洗いざらい話したほうがいいでしょう」

「わたしには守秘義務がある……」医師はつぶやいた。

この男は単なる駒にすぎない。すこし脅かしてやれば、すっかり打ちあけるだろう。

「ドクター・リンデンベーク」ボンドは言った。「きょうおうかがいしたのは、重大なスパイ行為の件に関してです。ご協力いただけないようでしたら、あなたを逮捕せざるをえません。スパイ行為は重罪です。死刑となる場合もあります。最低でも、開業医の免許は剝奪されるでしょう。さあ、お話しくださいますか、それとも警察に連行しましょうか」

医師は泣きだしそうだった。やがて、ぽつりと言った。

「ええ、わたしが手術しました。強制されて」

「最初から話してみませんか」ジーナが水を向ける。口のなかで爪楊枝を移動させながら。

ふたたび、リンデンベークは逡巡している。

ボンドはちがう角度から説得を試みた。「ドクター・リンデンベーク、あなた自身にも危険が迫っているかもしれません。あなたが相手にしているのはひじょうに冷酷な連中です。殺し屋なのです」

リンデンベークはデスクの水差しからグラスに水をついだ。訪問者たちにもすすめたが、首を振られた。

「すべてお話ししたら、わたしを守ると保証してくれますか」医師はたずねた。

「場合によっては」ボンドは言った。「あなたがどこまで話してくれるか、その情報がどれだけ役に立つかによります」

医師はうなずき、話しはじめた。「五カ月……いや、六カ月前のことです。わたしはちょっとしたトラブルに巻きこまれました。ある患者と。女性です。わたしは独身で、女性と知りあう機会があまりないんです。その患者にひかれて、少々深入りしすぎたかもしれません。でも、向こうもたしかに誘いかけてきました。われわれの関係は、なんて言えばいいか——おたがいさま？」

「合意のうえ、ですね」ボンドは言った。

「そうです。だが、どういうわけか、ふたりの写真が撮られていて、この診察室で。わたしははめられたんです。しばらくすると、彼女はレイプと医療ミスでわたしを訴えました。わかってみれば、彼女はユニオンという組織の一員だったんです」

医師はその名前に心当たりがあるだろうかというように、ボンドとジーナの顔を見た。

ボンドはうなずいた。「それで？」

「彼らのことを知っていますか」

「ええ。どうぞつづけてください、ドクター」

医師はいくらかほっとしたようだった。「よかった。頭がおかしいと思われるのではないかと心配だったんです。このユニオンという連中が接触してきて、彼らの言うことをきけば医療ミスの訴えを取りさげてもいいと言われました。そのとき、わたしは反抗したんです。レイプじゃないことを法廷で証明できると思っていましたから。それから彼らの悪辣な行為がはじまったんです。写真が郵送されてきました——児童ポルノの写真です。週に二、三度、届きました。わたしは焼き捨てました。しかし、ユニオンはまた連絡してきて、わたしが幼児虐待者の〝リスト〟に載っていると言うんです。彼らに奉仕しなければ、わたしは逮捕され、そのみだらな行為を働いたかどで起訴されると」

「彼らの連絡方法は？」ボンドはきいた。

「いつも電話です。フランス人の男から。市内通話であることはまちがいありません」

「それからどうなったんですか」ジーナがきいた。

「ほかにどうできたでしょう？　わたしは協力を承知しました」リンデンベークは汗をかいている。グラスに水のおかわりをつぐ手は震えていた。

「彼らの望みとは？」

「中国人のミスター・リー・ミンという男が会いにきました。彼は五十代後半で、じっさいにペースメーカーを必要としていた。不整脈があったんです。この男のためにエラスムス病院で手術ができるよう手配しろと言われました。ペースメーカーを手に入れ、あらゆる準備を整えろ。手術の前夜、英国人が訪ねてきてマイクロドットを渡す。それはフィルムだ、と。手術のまえに、そのマイクロドットをペースメーカーに入れておくよう命じられたんです。安全性には問題がないので、わたしは言われたとおりにしました」

「いつのことです？」

「手術は二日前でした」

「ミスター・リーのカルテを見せていただけます？」ジーナがたずねた。

リンデンベークはすこしためらってから、うなずいた。

「これです」医師はカルテを手渡した。ボンドは目を通したが、たいした情報はなかった。〝リー・ミン〟は偽名の可能性が強い。患者の住所はプルマン・アストリア・ホテルになっていた。

「マイクロドットに写っているものについて、なにか聞いていますか」

リンデンベークは首を振った。「知りたくもなかった」

本音だろうとボンドは思った。この男は嘘をつくにはおびえすぎている。

「ミスター・リーがいまどこにいるか、ご存じですか」ボンドはきいた。

リンデンベークは肩をすくめた。「わかりません。彼は中国からの旅行者です。英国人はどのくらいで旅に出られるかと質問しました。たぶん、中国へもどるんじゃないでしょうか」

「これを依頼したのがユニオンだということは、まちがいないんですね?」

「ええ」

ボンドは立ちあがった。「わかりました。ドクター・リンデンベーク、やはりいっしょに来ていただいたほうがいいでしょう。もうすこしくわしい事情をうかがい、顔写真を見てもらいたいので。あなたの身の安全のためでもあるんです。ユニオンが背後にいるとすれば、あなたがしゃべったことはいずれわかる。殺されるおそれがあります」

「逮捕されるのか?」

ジーナはうなずいた。「そのほうがいいんです、ドクター。より安全ですから。ダウンタウンの警察署にお連れします。この件が解決したら、あなたをべつの場所へ移します。犯人を捕まえたとき、裁判に出ていただきたいので」

「証言するということですか」

ボンドはうなずいた。「あなたは、われわれの追っているハーディングという男があなたにマイクロドットを渡したことを証明できる唯一の人なんです」

「彼はドナルド・ピーターズと名乗っていたが」

「偽ったのです。さあ、ドクター、あとの予約はキャンセルしたほうがいい。行きましょう」

ヘンドリック・リンデンベークはマルシェ・オウ・シャルボン通りにある警察署――築五十年はたっているこげ茶色のレンガ造りの建物に連行された。国防省から連絡を受けたブリュッセル当局は、すでに事態を承知していた。リンデンベークはおそらく未決のまま、翌日最高裁判所で開かれる審問にふされるだろう。検察官はすでにハーディングとリー・ミンにたいしスパイ罪を検討するよう指示されており、当のふたりは全国指名手配になっていた。容疑者引き渡しはまたべつの問題になるだろう。ベルギーは彼らをイギリスに送還するにしろしないにしろ、審問を開くはずだ。リンデンベークはベルギー国民だから、手放しはしないだろうし、中国人は本国に送還されるだろう。だが、ハーディングはイギリス人だから、なんとしてもイギリスに連れてかえらなければならない。

ボンドとジーナは午後を警察署で過ごし、リンデンベークが独房に入れられるのを見送った。オプソマー警部はなにかわかりしだい連絡すると請けあった。ベルギーの国家治安部隊が捜査を担当する。この先はなにもできることはない。

警察署を出るまえに、ジーナがプルマン・アストリア・ホテルに電話をかけたが、リー・ミンはすでにチェックアウトしていた。

大物を捕まえはしたけれど、ボンドは不満だった。Mも手放しで喜ばないことはわかっていた。

ふたりはメトロポールにもどった。肘かけ椅子に崩れこむジーナのかたわらで、ボンドはデスクにつき、ロンドンに電話をかけた。儀式めいた保安手続きのあとで、ボスにつながった。

「ダブル・オー・セブン？」

「はい、そうです」

「具合はどう？　怪我をしたそうね」ほんとうに心配しているような口調だ。

「まだ生きています。肋骨が一本折れて、あざがいくつかあるだけです」

「あなたならもっとひどい怪我でも生き延びたことがあるでしょう」

「ご報告できることがあまりないのですが。ドクター・リンデンベークは勾留されました。事態は国家治安部隊が処理します。われわれは彼の件に関するかぎり、蚊帳《かや》の外です」

「それはかまわないわ。ベルギーが彼を手放さないということであれば。ともかく、いまのところはね。ハーディングと例の中国人についての手がかりはないの？」

「ありません。おそらく、まだブリュッセルにいると思われます。しかしまた……」

「わかりました。ダブル・オー・セブン、B支局と協力してあと一日、調査をつづけなさい。それでなにも見つからなければ、イングランドにもどってきなさい。大臣にうれしくないニュースを伝えることになりそうね」

その声からは落胆が感じとれた。Mの期待に応えられなかったのだ。「あすミズ・ホランダーとインターポールのファイルを調べて、リー・ミンの正体を突きとめてみます。姿どこかで見たような気がするんです」

「よろしい。では、またあす話しましょう」

ボンドは電話を切ったが、なにも言わなかった。憂鬱なムードを察したジーナが言った。「ねえ、今夜なにをするか覚えてる？　さあ、ディナーに出かけましょう。下のレストランは最高よ。服を着替えるかなにかしたら。イギリス男が魅力的で陽気なベルギー娘を夜遊びに連れだす準備をね」

ふたりはホテルの豪華なバー〈ル・19エメ〉で落ちあった。コリント式円柱やゆったりした革張りの椅子を配した紳士のクラブだ。

ジーナは襟ぐりの深い黒のカクテルドレスに着替えていて、ミニ丈の裾からこれまで隠されていた脚があらわになっている。ネックレスについたひと粒の真珠が、くっきりした胸の谷間にからかうようにぶらさがっている。

「食事にふさわしいかっこうだね」

「あなたもね」ブリオーニであつらえたディナースーツ姿のボンドの腕に手をからめる。

〈アルバン・シャンボン〉はベルギーでも有数の高級レストランとして評判が高い。店内は木の床、白い壁、凝った彫刻をほどこした青いモールディングで趣味よく整えられている。両側は鏡張りで、じっさいよりひろびろとした印象をあたえる。給仕長はふたりを小さな丸いテーブルに案内した。青いテーブルの上には白いクロスがかかっている。

席につくと、シェフの帽子をかぶった長身の男性が近づいてきた。

「ムシュー・ボンド？」シェフはたずねた。

「ドミニク！」ボンドは歓声をあげて、料理長の手を握った。「うれしいな。こちらは同僚のジーナ・ホランダー。ジーナ、こちらはヨーロッパ一のシェフ、ドミニク・ミシューだ」

ジーナはフランス語であいさつした。「はじめまして《アンシャンテ》」

料理長はジーナの手にキスをして言った。「今夜はぜひ特別料理をお試しいただきたい」

「喜んで」

「よかった。では、あとはフレデリックにまかせましょう。ごゆっくりお楽しみください」ミシューはおじぎをして厨房へもどった。給仕長のフレデリックがメニューとワインリストを持ってくる。ボンドはフルボディの赤ワイン、シャトー・マグドレーヌ・ブーウーを頼んだ。

ニューエイジのピアノソロが静かにスピーカーから流れてくる。憂いをおびた高音の男性の声がアドリブで歌をつける。ジーナは目を閉じてほほえんだ。

「この曲、知っているの？」ボンドはきいた。

ジーナはうなずいた。「ウィム・メルテンというベルギーの作曲家の曲よ。同時代人で、美しいものを作るの。彼の曲を聴いてると、たまに悲しくなるけど」

ボンドは肩をすくめた。「ぼくにいくらかでも音楽の好みがあるとするなら、ジャズかビッグバンドだね。インクスポッツって聞いたことある？」

「ないみたい」

ワインが来たので、ジーナに乾杯してから口をつけた。そしておもむろにたずねる。「ジーナ、きみの隠れみのはなんだい？」

「えっ、どういうこと？」

「表向きの身分があるだろ？　その昔、ＭＩ６はユニバーサル貿易として知られていた。そのあとはトランスワールド財団で、ぼくは輸出入業者として世界を旅した。職業をたずねられたら、なんて答えているの？」

「卒論はファッション・デザインだった。あたし、ほんとうはデザイナーなのよ。だからそう言うわ。学生時代からの友人と手を組んでるの。彼女はブリュッセルで婦人服店を経営してる。いっしょにデザインを考えるわ」

「それらしく見えるよ」

「ありがとう。あなたはなんて言ってるの？　ＭＩ６がもう輸出入業者じゃないなら」

ボンドは苦笑した。「たいていは公務員と言う。相手はそれ以上きかなくなるね」

ウェイターがサラッド・ダスペルジュ・ア・ローフ・ポシェ・エ・クレミューズ・ア・ラストラゴンを運んできた。やわらかいベルギー産のホワイトアスパラとグリーンアスパラにポーチドエッグをのせ、エストラゴン・クリームソースを添えた料理だ。

「あなたって、イギリス人っぽくないわね」しばらくして、ジーナが言った。

「そうかい？」

「ベルギーにいるイギリス人って、だいたいきまじめで、すぐにびっくりする。週末に大酒を飲みにくる連中はちがうけど」

「ぼくはどっちでもないな」

「もちろん！　お酒の好みはあるけど、すぐにびっくりするようには見えない。それからね、英国の男性は〝本物〟の紳士だっていつも思ってるの。あなたは紳士だわ」

「お世辞を言われるとなんでも出したくなる」

「ベルギーの女性のことはどう思う？」ジーナが口の端についたソースを舐めながらきいた。そういえば爪楊枝をくわえていないことに、ボンドはいま気づいた。

「きみは典型的なベルギー女性なのかい？」

ジーナは笑った。「ちがうわね。それにちゃんと分類できないかもしれない。ベルギーは多言語国家だから。南部のフランス女性は北部のフラマン女性とちょっとちがうし。でもあたしたちはきっと、オランダ女性ほどの激しさやセクシーさはないわね」

「きみが？　それは残念だ……」

その言葉はジーナの笑いを誘った。「ほかのヨーロッパの女性にくらべて、性に関してオープンじゃないって意味じゃないわよ。ただ口に出して言わないだけ。教養のちがいにもよると思うけど。言ってることわかる？」

「言葉より行動ってことかな？」

ジーナはからかわれているのがわかった。「気をつけたほうがいいみたいね」ボンドの面前で指を振る。「英語があまりうまくないから、言葉の意味をゆがめられて、後悔することになるかも」

メインの料理が来た。ジーナはフィレ・デ・ブフ・ポワル、レギュム・デ・セゾン・フリ・エ・ソース・ショロン——牛フィレ肉のステーキ、野菜のフライ、ショロンソース添え。ボンドはシェフの特別料理を頼んでみた。メダイヨン・デ・ヴォー・デ・レ・エ・リゾット・オ・レギュム・エ・パルメザン——ミルクで育てた子牛のフィレ肉に、野菜とパルメザンチーズのリゾット。

「おいしいわ」ジーナが上品に肉を口に運びながら言う。

「いつもながらムシュー・ミシューの腕はすごい」子牛は軽くやわらかく、完璧にミディアムに焼きあげてあるので、真ん中のピンク色をした部分から肉汁がしたたっている。

「その盗まれた製法っていうのは、そんなに重要なものなの？」

「ああ。もっとも、イギリスにとっては科学的な理由より政治的な理由のほうが重大だ」

「どうして？」

「イギリスは、もはやかつてのような帝国ではない。ぼくのボスは、この製法によってわが国の株があがると考えているようだ。それにたいへんな値打ちもあるしね。国防省は目の前の利益が頭にちらついている。だが、われわれがまだ技術的進歩でひけをとらないことを世界に知らしめるほうがより重要だ」

デザートはベルギーの名物、ボンドのお気に入りの一品でもある本物のカフェ・リエジョワ——冷たくてクリーミーなコーヒー・ミルクシェークで、飲むと上唇に白いひげができる。ジーナはそっと人さし指でクリームをぬぐい、指を舐めた。その姿はとてつもなくエロティックだった。

食事が終わったのは十一時近かった。

「ベルギーでは、ディナーは夜の娯楽なのよ。たいてい夜のお出かけは、芝居やショーを観にいくか、ディナーを楽しむか——でも、両方ともってことはない。ベルギーのディナーはしみじみ味わうもので、急いではいけないってしきたりがあるの。何時間もかかるときもあるわ。時間ってあっという間に過ぎるじゃない?」ジーナが夜の残りをどう過ごすかにすこし神経をとがらせているのがボンドにはわかった。ふたりでワインを二本空けたいま、ジーナはさらにリラックスし、媚態を示すようになっていた。

レストランを出ながら、ボンドはきいた。「さあどうする? すこし歩こうか」

ジーナはボンドの腕に自分の腕をからめ、唇の近くにひっぱってささやいた。「いや。あなたの部屋に連れてって」

「おや、それはびっくりだな。まったく驚いた」

ぼんやりした金色の光が寝室の窓からさしこみ、ベッドにまだら模様をつけている。ジーナはカクテルドレスを肩からはらりと落とし、ピンクの帆立貝のような形をしたデイジーレースのワイヤーカップ・ブラとTバック姿になった。もどかしげにボンドの服を脱がせ、肋骨のハーネスをはずすと、やさしくベッドに押し倒し、その上にまたがる。

そして、身をかがめてキスをした。

しなやかな舌が、まるで生きている小魚のように、ボンドの口のなかを勢いよく動きまわる。爪楊枝の扱いのうまさを思えば、意外でもなんでもない。ボンドはその舌を吸い、自分の舌でジーナの口のなかを探った。

ジーナは身を起こし、ブラをはずした。胸のふくらみは豊かで、張りがある。乳首は硬く屹立していた。ボンドは胸に手をのばし、手のひらで軽く乳首をこすった。ジーナはそっとあえぎ、目を閉じた。体をずらして、ボンドのものに触れる。巧みな手の動きで、それは石のように硬くなった。ジーナはパンティを脱ぎ、濡れたところにボンドのものをあてがい、身を沈めた。ボンドの上で、腰を前後させる。はじめはゆっくりじらすように、やがて情熱の炎が燃えあがるにつれて快楽のままに動きを速めた。引きしまった体をくねらせ、うごめかせて、震えるような悦びをたがいの心の奥まで送りこんだ。

「ああ、ジェイムズ」ジーナはのぼりつめながら叫んだ。「完璧よ……完璧よ……」

ボンドは痙攣の波につつまれるのを感じつつ、みずからを解き放った。つかのま、ふたりはたがいに溶けあって、炎のような心と電気の走る魂を持つひとつの生き物になった。

たしかに完璧だ。

9 隠蔽工作

午前八時半ちょうど、ベルギー警察はヘンドリック・リンデンベークを警察本部の独房から出し、最高裁判所で開かれる予審へ出廷させる準備をした。前夜に逮捕された囚人を、この一八八三年に完成した荘厳な建物に移送するのは、警察にとっては通常の手続きだった。

ボンドはくれぐれも隠密に移すべきだと忠告しておいた。すきあらばユニオンはリンデンベークを暗殺するだろうから、と。有能だがせっかちなオプソマー警部は、イギリス情報部員に調子を合わせ、あらゆる予防措置をとるから心配ないと請けあった。

にもかかわらず、オプソマーはその朝、立ちあわなかった。べつの事件で呼びだされ、四人の護送は部下のポーレルト巡査部長にまかせたのだ。その日の囚人はリンデンベークのほかにふたりいた。

リンデンベークの犯罪の重大性や、リンデンベークが現在進行中の捜査にとって重要な証人であることを知らされていなかったポーレルトは、三人をまとめてふつうの囚人護送車に乗せた。特殊な事情があるときには装甲車を使用するが、ポーレルトにはその必要はないように思えた。それにはもっと時間も人手もかかるだろうから。

手錠と足かせをされたリンデンベークは、車庫までふたりの警官に連れていかれた。ほかのふたりの囚人は観光客にひったくりを働いて逮捕されたのだが、すでにオリーブグリーンのメルセデス・バンに乗っていた。リンデンベークは後部に乗りこんで腰をおろした。逮捕されてからずっとびくびくしどおしだ。こんな扱いには慣れていなかった。自分は医師なのだ！　社会的地位のある患者を相手にしているのだ！　一刻も早く事件が解決して、安全な隠れ家に移してもらいたい。弁護士はすべてよい方向に落ちつくと自信たっぷりだったが、リンデンベークはふたたび開業できるかどうか心許なかった。

ポーレルト巡査部長はバンの後部に鍵をかけ、助手席に乗った。車庫のドアをあけるよう手でうながす。

小さな築七十年の教会が、警察の建物から半ブロックもないところにある。都合のいいことに、尖塔にしゃがんでいると窓から通りが見渡せる。

ドクター・スティーヴン・ハーディングはその窓に向いてすわり、警察本部に目をすえていた。CSS三〇〇VHF／UHFトランシーバーを顔の前に持ってくる。

「スタンバイ」ハーディングは言った。

車庫のドアが開いた。

「よし、出てくるぞ。ヘリを出してくれ」

「了解」トランシーバーの相手が言った。

護送車は車庫を出て、最高裁判所までの十分間の道をたどりはじめた。

「緑色のバンだ」ハーディングが伝える。「前にふたり。後ろにリンデンベーク以外の人間がいるようだが、何人かわからない」

「問題あるかい？」先方が言った。

ハーディングはくすりと笑った。「いや、ちっとも。四人は四人だもの、な?」

バンは狭い道をじりじりと進んでいる。通常のラッシュアワーの混雑以外、移送は予定どおり運んでいた。通りにも異常は見られない。これなら楽に送りとどけられるだろうとポーレルトは思った。

ブリュッセルは大都会なので、ヘリコプターがあらわれても警戒する者はいない。ソ連製のMi‐24ハインド攻撃ヘリコプターは白く塗られていたから、人目につく心配はなかった。じっさい、それが都心の頭上にあらわれたことに気づく者はひとりもいなかった。

バンはひろい幹線道路のミニム通りにはいり、南西の最高裁判所をめざした。

ハーディングは言った。「ヘリが見える。あとはまかせた。交信終了」アンテナをしまうと、ハーディングは尖塔のなかで窮屈な姿勢から身を起こした。すみやかに階段をおり、こっそり外へ出る。そこにはレンタカーの濃いブルーのメルセデス五〇〇SELがとめてあった。助手席にはリー・ミンがいて、目をつむっている。

ハーディングは車に乗りこみ、教会から走り去った。リーが目を覚まして、たずねる。「どうだった?」

「もうすぐわかる。ここからずらかろう」

バンは混雑した大通りをゆっくり前進している。頭上には例のヘリコプターが旋回していた。短翼の上にあるロケット・ポッドに搭載した三十二基の57ミリ発射体で武装したハインドは、とりわけ小さな目標物に命中させることに長《た》けている。

赤信号でとまると、バンの運転手はヘリコプターの音を耳にして窓からのぞいた。運転手は巡査部長に知らせた。ポーレルトは空をあおいだものの、日差しが目にはいってよく見えなかった。ヘリコプターの輪郭だけは見えたが、色は白かった。

「テレビのニュース用だろう。心配するな」

運転手は笑った。「〝心配するな〟っていうのは臨終名言集のトップに来る言葉ですよ」

信号が青に変わり、バンは交差点に向かって動きはじめた。

上空では、ユニオンのメンバーが片手を発射装置に置いたまま、バンとほかの車とのあいだにいくらか距離ができたのを確認した。いまだ。

ヘリコプターの下部から二発のロケット弾が発射され、バンに向かっていく。あまりのスピードに、目撃した人々はなにが起こったのかまるでわからなかった。わかったのは、バンがものすごい勢いで爆発したことだけだ。歩行者は悲鳴をあげた。ほかの車はスリップし、爆発物を避けようとして衝突した。それからしばらく、通りはひどい混乱におちいった。ようやく煙が晴れたとき、残っていたのは燃えているバンのシャシと黒焦げになった五つの死体だけだった。

ハインドは南へ飛び去った。バンが空から攻撃されたと警察当局が判断したころには、ヘリコプターはとっくに消えていた。

いっぽう、メルセデスSELはリングを走り、E19への出口をめざしていた。

「パリまではどのくらいだ？」リーがきいた。

「さあな」ハーディングが言った。「いいからゆっくりすわって、景色でも眺めたらどうだ。飛行機の時間には間にあうように送りとどけるから」

「おれのボスは計画の変更を喜ばないぞ」この数日、中国人と身を潜めていたハーディングは、気難しい相手がうっとうしくなっていた。

「おい、リンデンベークが捕まったんだから、しかたないだろ。やつが消されるのを確認しなきゃならなかったんだ。われわれの身元をばらされては困る。ユニオンは土壇場で変更せざるをえなかった、わかるな？　あんたをブリュッセルから北京に飛ばすという計画がむずかしくなったんだ。ベルギーのあらゆる出入国管理カウンターには、われわれの写真が貼られているだろう。飛行機に乗るまえに逮捕されていたよ」

ハーディングの声は自分で感じているよりも確信に満ちていた。メトロポールでの一件以来、神経がぴりぴりしていた。なにもかもが狂いはじめた。バジルはリーの護衛としして雇われたのに、どじを踏んだ。リーは北京に直行する気でいたが、計画は直前で変更になったのだ。

「言っておくが、ユニオンは約束を果たした。製法のマイクロ写真は手に入れた。それはあんたのなかにある。それを持って中国に帰りたいというのはそっちの問題だ」

「いや、おれが無事に中国にはいるのを見送るのも、ユニオンがうちのボスと交わした契約の一部だ」

「だからそうしてるだろ？　そうだよ、だから当初の計画を変更したんだ。新しい計画はもっと複雑で時間がかかるが、中国に着くことはまちがいない。そうあせるな」

「インドには行きたくないんだ」

「それはどうしようもないな。わたしのボスからの指令だからね。パリの空港まで行ったら、デリー行きの便に乗る。インドにいるのはほんのわずかだ。そこからカトマンズまで飛ぶ。カトマンズっていうのはネパールにある」

「そんなことぐらいは知ってる」

ハーディングは肩をすくめた。「カトマンズには人が待っている。彼らがあんたのホテルの手配をする。その情報はみんな、渡した包みのなかにはいっている。国境を越えてチベットに密入国する手はずは整っている。そこからあんたは自由だ。だが、北京に行くにはチベットからしかないんだ」

「えらくめんどくさそうだな。忘れてもらっちゃ困るが、おれは手術を受けたばっかりなんだ」

「もうちょっと感謝したっていいだろ。ユニオンがわざわざあんたをチベットまで運んでやるのは好意からなんだぞ。ここまでする必要はないんだ。さっきも言ったが、われわれの義務は、あんたに製法を埋めこんだ時点で終わっている。ユニオンは顧客に満足してもらいたいだけなんだ。だから、余分な措置をしてまで、無事に国へ送ろうとしてるんじゃないか。それに、あんたが北京にもどるまではあとの半金をもらえないしな」

「おまえはどうなんだ？」リーはきいた。「おまえは国を売った。これからどこへ行くんだい？　五千万ドルの何パーセントをもらえるんだ？」

「イングランドに帰れないのはたしかだ。わたしの取り分のことは心配するな。この状況に見合うだけのものはもっている。家を捨て、故国を捨て、仕事を捨てなければならない……どこか南太平洋の島にでもひっこむよ」

「フィリピンはやめとけよ。ひとつもおもしろくない」

ベルギーを出てフランスにはいりながら、ハーディングはリーがネパールに着いてからの段階を気にしていた。だが、ド・ゴール空港でリーを落としてしまえば、任務は完了する。あとのことは、計画には協力したとはいえ、自分の手を放れる。あのいまいましい秘密情報部員さえ首をつっこまなければいいのだが。なんという名前だったか。ボンド……? そう……あのゴルファーだ。

だが、やつの動きを知るのはわけもない。

ジェイムズ・ボンドとジーナ・ホランダーはB支局でコンピュータ画面をにらんでいた。隣に予備のラップトップを置き、ふたり同時に作業を進めている。ジーナの承認パスワードを使ってインターポールのデータベースにつなぎ、データを調べているのだ。もう三時間も画面にあらわれるアジア人の顔写真を眺めているが、リー・ミンとおぼしきものにはまだ行きあたらなかった。

「みんな若すぎる」ボンドは言った。「もっと条件を絞りこめないかな?」

「無理ね。ここからじゃ。現役の中国人エージェントを望めば、現役の中国人エージェントがみんな出てくるわ」

「これじゃ、らちがあかない。もう何百人もの顔を見たと思うが、正直言って、みんなおなじに見えはじめた。べつに悪口を言っているわけじゃないよ」

「彼は犯罪者じゃないわね。一般の中国人かも。中国人でさえなかったりして」

「現役じゃない中国人エージェントを調べてみよう。彼は五十代後半だ。もう引退している可能性もある」

ジーナがキーパッドに文字を打ちこむと、ちがうデータ画面に変わった。予想どおり、年季のはいった熟年の顔が並んでいる。

「それらしくなってきたぞ」ボンドが言った。

ジーナはラップトップにもおなじデータを呼びだした。

「あたしはNからZへ向かうわね」

ふたりはまた一時間作業した。

「現役じゃないエージェントがすくないのはせめてもの幸いね」

自分の分担の半分まで来たとき、見覚えのある顔が画面にあらわれた。ボンドは手をとめ、じっくり眺めた。その男はミン・チョウ、かのおぞましき中国秘密警察の元メンバーとなっている。一九八八年に心臓病のために引退していた。

「これだ」ボンドはささやいた。

「ほんと?」

写真は二十年前のものだった。だから、ボンドの記憶にある顔よりも若い。〝詳細〟ボタンをクリックすると、個人データが画面に出てきた。

ジーナが読みあげる。「ミン・チョウは七〇年代に防諜部門に勤務したのち、中国人民解放軍の将校になった。上海に駐在していたイギリス人スパイの調査にあたり逮捕したことで名をあげた。MI6の情報部員マーティン・ダッドリーは、骨董品を密輸入している現場を中国軍情報部に押さえられ、現行犯逮捕された。裁判にかけられるまえに、ダッドリーは刑務所で死亡した。その後まもなく、ミン・チョウは昇進した」

「そうだったのか! どうりで見覚えがあると思った。マーティン・ダッドリーは何年もMI6に情報を供給していた。正体がばれるまでね。当時、イギリスと中国にはひと悶着あった。ぼくは彼の裁判で証言するため、外交団とともに中国に送られた。裁判がはじまる日の朝、彼は死体で発見された。われわれは殺されたと思っているが、中国側は自分で首を吊ったと主張した。ミン・チョウ――どうして忘れられるものか――彼が責任者だった。ミスター・ダッドリーは殺されたのではないかと言うと、ミン・チョウは笑ったんだ。『すみませんな。事故は起こるものです』やつが嘘をついているのはあきらかだった。目を見ればわかった」

ボンドは人さし指で画面をはじいた。「年はとっているが、われらがリー・ミンはミン・チョウだ」

「じゃ、現役なの?」

「そうとはかぎらない。正式には中国の秘密警察の人間ではないかもしれないが、きみも知っているように、引退したエージェントが〝フリーランス〟として雇われるのはよくあることだ」

「ユニオンに?」

「そのにおいはたしかにぷんぷんしている。彼らがこの件に一枚嚙んでいることはまちがいない」

「ベルギーじゅうの出入国管理所にこの顔写真を送ったほうがいいわね」

「もっと念を入れよう。こいつの顔を世界中にひろめるんだ」

リー・ミンことミン・チョウがデリー行きの便の搭乗手続きを終えたとき、その顔写真がインターポールによって西欧諸国の入国管理局に転送された。あいにく、リーはすでに税関と入国管理を通過し、ゲートで搭乗がはじまるのを待っているところだった。そうではなくても、リーは捕まらなかっただろう。インターポールの情報に添付された中国人の写真には、手配中の男は写真より二十歳以上年をとっているとは書かれていなかったから。

英国航空の若い顧客サービス係ジョージ・アーモンドは、たまたま休憩中で、スケッチブックを持ってリーの搭乗ゲートの向かいにあるカフェにいた。ジョージは絵にはかなり自信があった。とりわけ、肖像画を描くのが好きだった。通路の向こうにすわっている中国人はかっこうのモデルだ。特徴のある顔だし、時を超越したその厭世的な表情を絵に残したいと思った。

まもなく、かなり本格的なリー・ミンの似顔絵ができあがった。

三十分後、リー・ミンがアジアに向けて飛びたったあと、ジョージ・アーモンドは持ち場にもどった。顧客(相も変わらず機内食がまずいとか荷物がないとか言わずにいられない人々)の応対のあいまに、気晴らしにインターポールの通報に目をやる。顔写真を眺めながら、それをスケッチしている場面を想像した。犯罪者というのはだれも特徴のある顔をしていて絵心を動かされる。

リー・ミンの写真を見たとたん、ジョージの心臓は早鐘を打ちはじめた。スケッチブックを出して、一時間にもならないまえに描いた絵を開き、両方の顔を見くらべる。

「たいへんだ」ジョージは声に出して言ってから、受話器を取って空港警備に電話をかけた。


むずがゆい物質のおかげで、みごとな老け顔になり、しわも増えた。スティーヴン・ハーディングは鏡をのぞいて満足した。目尻にはカラスの足跡やたるみまである。

それからもう一度、偽の口ひげに専用の糊をつけた。においはきらいだし、いやにべとべとする。このつけひげの変装も、一度目はひどい失敗だった。糊をつけすぎて、そこらじゅうの指についてしまった。マニキュアの除光液できれいに落とすのに三十分もかかった。

ハーディングはそわそわと時計を見た。あと一時間足らずでド・ゴール空港へ行き、飛行機に乗らなければならない。

ハーディングは慎重に口ひげを鼻の下にのせた。乾いたスポンジをあてて、三十秒間そのままにしてから、手並みを点検した。口ひげは曲がっておらず、左右対称で、申し分なかった。ハーディングは納得した。つぎは髪だ。

ユニオンは便利なものをくれた。外見は小さなハーモニカのようだが、じつは髪を白くする装置だった。内側に隠れた金属の櫛《くし》を出し、数回とかしつけるだけで、嘘のように老けこむことができる。教えられたとおりにすると、ハーディングは数分のうちに白髪まじりの六十歳に変貌した。


ボンドとジーナがリーの顔を見つけたあと、中国人とスティーヴン・ハーディングの顔写真はふたたび世界中の法執行機関に一斉送信された。

眼鏡をかけた白髪まじりの口ひげの男が入国管理に近づき、イギリスのパスポートをさしだしたとき、管理官にはしきりに画面にあらわれる〝最重要指名手配者〟の顔と関連づける理由がなかった。

「航空券を拝見できますか」管理官はきいた。ハーディングが要求にしたがう。「モロッコですか。きっと暑いですよ」

「わたしの喘息にはいいらしい」ハーディングは言った。

「水には気をつけてください」相手が国際的なスパイ行為で指名手配されているなど夢にも思わない管理官は、パスポートにスタンプを押し、航空券とともに返した。

だれもそれ以上注意を払わないまま、小柄な男はセキュリティを楽々通過し、ゲートで搭乗手続きをし、カサブランカ行きの飛行機に乗った。

10 黄泉の国へのフライト

「事態はあなたの手を放れたわ、ダブル・オー・セブン」Mはきっぱりと言った。

「デリー行きの便に乗せていただければ――」

「もうよろしい、ダブル・オー・セブン」有無を言わせぬ口調に、ボンドは黙った。

「わかりました」ひと呼吸おいて、ボンドは言った。

ふたりはMのオフィスにいた。ボンドはベルギーからもどったその足で報告を終えたところだった。気の重い話し合いだった。スティーヴン・ハーディングの行方はわからない。おそらくヨーロッパにはいないだろう。リー・ミンのほうは、パリにいた機転のきく航空会社職員のおかげで、デリーを経由してネパールへ向かったことがわかっている。ビル・タナーはデリーの関係当局から報告を受けていた。

リー・ミンは空港のチェックを通過し、カトマンズ行きの便に乗り継いだという。要請により、デリーの入国管理官はリーが搭乗するまえに呼びとめることはした。ボディチェックの指示が出ていたものの、不測の官僚的な手落ちのせいで、管理官たちはなにを探せばいいのかまるでわかっていなかった。手荷物検査をし、とにかくリーを裸にして非合法なものを探した。ところがなにも見つからなかった。中国人紳士には真新しい手術の傷跡があるだけだったから、管理官たちは狼狽した。人違いだったのか。紳士には後ろぐらいところがなさそうだ。さあ、どうしたらいい？

結局、入国管理官は中国人を解放した。リーは機上の人となって、いまごろはネパールのどこかにいるはずだ。インド当局には、さらなる指示があるまでリーを拘束しておくという考えが浮かばなかったのだ。

「うまくいかないこともあるさ、ジェイムズ」とタナーは言ってくれたが、なんの気休めにもならなかった。まんまとスティーヴン・ハーディングに逃げられて、挫折感と腹立たしさをおぼえていた。とりわけ、売国奴というやつらには我慢できない。ボンドはこれまで数々の裏切り行為と渡りあってきた。

「いまはI支局の担当です」Mは言った。「あなたがネパールに着くころには、リー・ミンだかミン・チョウだかは中国にはいってしまうわ。彼がネパールを出るまえにI支局が取りおさえてくれることを願いましょう。カトマンズのホテルまでの足どりはつかんでいるそうだから。逮捕は時間の問題だという話でした。あなたは追って通知があるまで通常業務にもどりなさい。こともあろうにここで保安侵害が起こりました。気に入らないわね。まったく気にいらないわ。わかりましたか」

まるでボンドの落ち度のように聞こえる。「部長、断言しますが、この任務もいつもと変わらない慎重さで対応しています」

「よしなさい。あなたを責めているんじゃないわ」Mはときに、面倒見のいい母親のような接し方をすることがある。あたかも愛する長男に腹を立てているような口調だ。長男はほかの子供たちよりも重い責任を負うものだと思っているから。

「あなたのブリュッセル行きを知っていた者はひと握りしかいないのよ。このSISに裏切り者がいるのかしら。ぞっとするわ」

「まったくです。こんなことはしばらく起こっていませんん」

「わたしの在職中には起こってもらいたくないわね。ミスター・タナー、あれから判明したことを教えてあげて」

タナーは咳払いして、話しはじめた。「ドクター・トマス・ウッドの遺体の検死がおこなわれた。頭と脚を撃たれたほかに喉が切り裂かれていたようだ。耳から耳まで」

「ユニオンのサインだ」ボンドは言った。

「かもしれない」タナーがうなずいた。「死体から取りだした銃弾は九ミリだったが、損傷がひどすぎて使用された銃まではわからない」

Mが言った。「分析官はユニオンの関与はじゅうぶんありうると見ています。とくにドクター・ウッドが受けとった妙なファックスのことを考えるとね。それに、連中は最近、情報機関に侵入する手口に長けているらしいし」

「そうですね」ボンドは言った。「保安侵害の犯人はユニオンかもしれません」

Mはボンドをじっと見つめた。「しばらく機密漏洩対策係をしてもらうことになりそうね、ダブル・オー・セブン。漏れ口をふさぎなさい」

ザキール・ベディはデリー駐在のインド人で、英国秘密情報部に雇われてもう三十年近い。長年にわたって、テロリストの逮捕を手伝い、パキスタンを偵察し、ロシアの軍事機密をアフガニスタンからそっと持ちだし、訪れた要人の護衛やガイドをつとめてきた。定年を間近にひかえ、ベディは最後にもう一度はらはらするような任務を組織のために果たしてから引退したかった。そうすれば、けっこうな額の年金はもちろん、ことによると勲功章までもらえて自慢の種にできるかもしれない。

この日のカトマンズの午後、ベディの目標が実現しそうになってきた。

ちょうど昼食後のこと、ベディはネパール警察でも使用されているタタ社の青いジープにすわっていた。ここは中心街から離れたバネシュワールという地区で、街を囲むリングロードがそばを走っている。通りの向こう側には名高いエベレスト・ホテルがある。ネパールでもトップクラスのホテルで、シェラトン系列から経営が変わったいまも高水準を保ち、バー、レストラン、スポーツ施設、ディスコ、カジノをそなえ、上層階からは山の眺望が楽しめる。

左にいる巡査部長はトランシーバーに向かってネパール語で話している。中国人が泊まっている部屋に突入し、ミスター・リー・ミンを国際スパイ行為のかどで逮捕するため、三人の警官がホテルにはいろうとしているところだ。逃亡犯罪人引き渡し令状は即座に出された。イギリスとインドとネパールの三者で熱心に協議したすえ、ザキール・ベディがイギリスを代表して入国し、逮捕を見守り、身柄を引きとることになった。

エアコンのきいた室内で、リー・ミンはベッドに横たわり、前夜から苦しめられている猛烈な腹痛をこらえていた。年をとり、心臓の具合も悪化するにつれ、旅は楽ではなくなった。こんな仕事に志願するべきじゃなかったとしみじみ思う。それでも、北京にもどることができれば手にはいる金が、役に立つのはたしかだ。

カトマンズに着いて二十四時間あまりがたったが、ほとんど眠っていなかった。体が時差ぼけに順応できない。なんといっても、ベルギーに三週間いて、ひどく消耗する手術を受けたのだ。いまは疲れはてて、せめて数時間だけでも眠れたらと願うだけだ。だが、困ったことに神経がぴりぴりしている。こっそりチベット入りする連絡がいつはいるのかわからないせいだ。いつ知らせがあってもいいように待ちかまえていなければならない。ホテルを出るわけにはいかなかった——そうしたいわけではないけれど。

うとうとしかけたとたん、ドアに大きなノックの音がした。リーはうめきながら、なんとかベッドから起きあがった。ドアをあけると、粗野な顔つきのネパール人が三人飛びこんできた。

「シーッ」ひとりが唇に指をあてて言った。三人とも背が低く、がっしりしている。ひとりは黒い口ひげがあった。その男がグループのリーダーらしく、窓辺に行って日よけを一インチあけ、のぞいてみるようリーに手招きした。下には青いジープがとまっていて、男がふたり乗っていた。ひとりは伝統的な紺のズボンと明るい青のシャツの上にVネックのセーターを着て、階級章と勲章をつけている。色あせたえび茶のベレーをかぶり、黒いコンバット・ブーツをはいている。

「警察か?」リーはたずねた。

男はうなずき、ぎこちない英語で言った。「いっしょに来てくれ。あんたをネパールから逃がす」

リーは言った。「わかった。すぐ荷物を――」

「だめだ。そのまま来るんだ」男は仲間にネパール語でなにやら言った。ひとりがドアをあけて廊下をうかがう。手を振って、人影はないと合図する。

男たちはリーを部屋から連れだし、非常階段に導いた。

リーはすばやく動けず、たちまち足手まといになった。ふたりが腕を組みあわせた上にリーをすわらせ、階段をおろした。

ネパール人警官たちはホテルにはいり、エレベータでリーの部屋がある階へあがった。ちょうど警官が部屋に着いたとき、リーと救援者たちは一階の階段室から出て、レストランのひとつへ向かっていた。

一同は観光客グループを押しのけて店内を通りぬけ、厨房にはいった。リーダーがコックのひとりにネパール語で話し、じゃがいもを詰めるバーラップ製の大袋を受けとった。

「ここにはいれ」男はリーに言った。

「えっ?」

男はぐずぐずせずに、袋をリーの頭からかぶせた。リーが抗議しかけると言った。「黙れ! 音をたてるな!」

リーは口を閉じ、この屈辱に耐えることにした。黄麻の大袋がすっぽりと全身をおおう。リーは小柄で体重も軽いので、袋を肩にかついで運ぶのはわけもなかった――まるでじゃがいもがはいっているかのように。

三人組は急いで袋を路地に運びだした。そこで、本物のじゃがいも袋を満載したピックアップの荷台にリーを積みこむ。荷の山の上に投げだされて、リーが大きくうめいた。「静かに！」リーダーがまた命じる。「あんたはトラックの上だ。空港まで運転していく。声をたてるな！」

男たちはトラックに乗りこみ、バックで出た。これからアルニコ・ラジマルグ・ハイウェイ経由でトリブバン空港をめざす。

ザキール・ベディはじゃがいもを積んだトラックがホテルのわきから出てきて、南東へ向かうのを見た。だが、このあたりはホテルに品物を配達するトラックがよく通る。ベディは視線をホテルの正面玄関にもどし、なかにはいった警官たちからの知らせを待った。

上階では、ネパール警官がリーの部屋をノックしようと手をあげ、ドアがすこし開いているのに気づいた。ドアを蹴りあけると、室内はもぬけの殻だった。警官はトランシーバーを口もとに持ってきて叫んだ。

ベディはネパール語がわかるので、報告を聞いて悪態をついた。

「あの男を見つけないと！」ベディは巡査部長に言った。ふたりはジープからおり、ホテルに駆けこんだ。警官ふたりがロビーで待っていた。手分けして、あらゆる出入口をあたることにした。

ベディはカジノのほうへ走っていく途中、くだんのレストランの前を通りかかった。直感が働いて、ボーイ長に中国人が通らなかったかとたずね、リーの写真を見せた。ボーイ長は肯定するような声を出し、厨房を指さす。ベディはトランシーバーに向かって叫びながら、レストランを駆けぬけた。

警官たちも厨房に駆けつけ、巡査部長がコックたちを問いつめた。ついになかのひとりが、中国人をじゃがいも袋に隠すために金をもらったことを白状した。

「じゃがいも？」ベディはきいた。「じゃがいもを積んだトラックがホテルから去っていくのを見たばかりだ。空港に向かったんだ！　行こう！」

警官たちとベディは外のジープに突進して、追跡を開始した。

カトマンズの南東四キロのところにあるトリブバン国際空港は、ネパールでただひとつの国際線の玄関口だ。一九八九年に建設されたこの空港は、一時間に千人以上の旅客が利用する。出入口に行列ができ、待合室が露天だった古い空港ターミナルからくらべると、大幅に改善された。トリブバン空港から運航している国際線ならびに国内線にまじって、民間旅行会社も何社か遊覧飛行を提供している。

じゃがいもを積んだトラックは、道路のでこぼこを通るたびにリー・ミンとじゃがいも袋を激しく揺さぶりながら空港に急行した。メインターミナルを通過して、民間の格納庫が並んでいる場所に乗りつける。英国の航空会社〈大空の旅〉社の双発プロペラ機が、十名から十四名のアメリカとイギリスの旅客を乗せて、ヒマラヤ山脈遊覧に出る準備をしていた。だが、トラックは観光客の列のわきを通りすぎ、べつの格納庫へ向かった。給油を終えた単発プロペラ機が、パイロットとともに待機している。

トラックがタイヤをきしませて急停止し、男たちが出てきた。彼らは急いで大袋を荷台からおろし、中国人を解放した。

「馬鹿野郎！」リーは叫んだ。「あんなに揺られたら、胸の傷が開くじゃないか！」

「おとなしく飛行機に乗れ」リーダーが命じた。「言われたとおりにしないと逮捕されるぞ。警察が追ってきてるんだ！」

リーはぼやきながら飛行機のほうへ歩いていった。「これはだいじょうぶなのか？」

リーの背後で、リーダーは仲間ふたりに顔を向け、彼らが待っていた合図をした。

いっぽう、警察のジープも猛スピードで空港施設にやってきた。巡査部長は空港警備に連絡をとり、じゃがいもを積んだトラックが民間の格納庫付近で目撃されたという情報を得た。運転手にターミナルの角を曲がるよう指示する。〈大空の旅〉社のかたわらを通過すると、タキシングして滑走路に向かおうとしている四人乗り単発機が見えた。

「その飛行機をとめろ！」ベディが叫んだ。

ジープは飛行機の正面にまわりこんだ。三人の警官が飛びだし、FN七・六二ミリ自動装塡式ライフルをコックピットに向ける。巡査部長はハンドマイクをつかんで、パイロットにとまれと命じた。

停止した飛行機に警官たちが近づく。ベディはジープからおり、飛行機のわきにまわった。ドアが開くと、ステップに飛びのり、キャビンに頭をつっこむ。

乗客はひとりもいなかった。

困惑してパイロットのほうを向き、中国人の居場所をたずねた。パイロットはなにをきかれたのかわからないみたいに首を振った。ベディはネパールの警察の制式拳銃であるブローニング・ハイパワー九ミリを抜いた。

「居場所を言わないと、おまえのきれいでぴかぴかの風防ガラスに脳みそが飛びちるぞ」ヒンドゥー教徒として育ったベディは、いまでも人命を奪うことは重罪だと信じているけれど、服務中にはそうすることをためらったことはない。年をとるにつれて、宗教はしだいに重みを持たなくなっていた。法と秩序のために働いているのだから、破壊神シバは自分の味方だと思っているのだ。

パイロットは二百ヤードほど離れた格納庫を指さした。さっきの旅行社だ。

ベディは機から飛びおり、警官たちにジープに乗れとどなった。

「あそこだ！」ベディは叫んで、格納庫を離れかけている双発のプロペラ機を指さした。

横腹に〈大空の旅〉と書いてある機は、滑走路にはいってスピードをあげだした。急いであとを追いながら、巡査部長がハンドマイクで声をはりあげ停止を命じた。だが、パイロットはとまろうとしない。巡査部長は管制塔に連絡して離陸をやめさせるよう指示し、パイロットが応答しないと知らされた。

コックピット内が見えれば、警官たちにもパイロットが外部と連絡できないわけが了解できただろう。例のネパール人三人組のリーダーが、頭に拳銃を突きつけているのだ。

「いいから離陸しろ」リーダーは命じた。

残りのハイジャック犯ふたりは、おびえた十一人のアメリカやイギリスの成人男女に銃を向けている。リー・ミンもそのなかにまじって、窓辺の席にすわっていた。リーにはいったいなにが起きているのかわからなかった。これもユニオンの計画なのか。旅客機をハイジャックすることが？　あの男たちはどこへ向かおうとしているのか。まさか遊覧飛行機で国境を越えてチベットに行けやしないだろう！

ザキール・ベディはジープの運転手にスピードをあげろと命じた。しかし、飛行機は速度を増しつつあるから、じきに地上を離れるだろう。

「やつらを撃て！」ベディの指令で、警官のひとりが自動装塡式ライフルで狙いをつけ、発砲した。銃弾は尾翼に穴をあけ、わずかに飛行機を損傷したが、機のスピードは落ちなかった。

飛行機は最高速度に達し、離陸した。ターミナルのほぼ真上を通って、大空へ舞いあがる。

「空軍を呼べ！　あの飛行機をとめないと！」ベディは巡査部長に叫んだ。

「空軍？　そんなものないですよ！」

その事実を思いだして、ザキール・ベディは両手で頭をかかえこんだ。十秒数えて心を静めてから言った。「管制塔にあの飛行機の進路を追うように指示してくれ。行く先を知りたい」

機内では乗客がうろたえはじめていた。ネパール人のひとりが静かにしろと言った。

リーダーはパイロットに銃を向けろともうひとりに言いつけると、狭苦しいキャビンに行き、乗客に話しかけた。

「落ちついてくれ。この飛行機は予定されていたエベレスト観光には行かない。ちょっと寄り道をしてダージリンに向かう。おとなしく協力してくれれば、だれにも危害は加えない。数時間でカトマンズにもどれるはずだ」

ダージリンだと？　リー・ミンは思案にくれた。なぜダージリンなんだ？　チベットに行くんじゃないのか！　それともこれは新たな迂回コースなのか？

乗客のなかの五十代の男が言った。「失礼、わたしは米国のミッチェル上院議員で、こちらは家内だ」それから通路の向こうの男女を指さす。「あちらはミスター・ロス夫妻。彼は英国下院議員だ。知っておいてもらいたいが、両国政府ともこのようなことを容認しない——」

「黙れ！」リーダーは銃を男に向けた。上院議員はしたがった。

リーはリーダーに合図した。「どうなってるんだ？　おれに関係のあることなんだから、説明してもらいたいね」

リーダーはにやりと笑った。「すまないな、前もって言えなくて。これからダージリンの安全な場所に連れていく。あんたがどうなるかは、おれたちの責任じゃない」

「どういうことだ？　チベットに行くはずだろう」

「計画は変わるもんだ」男はそう言っただけだった。

なにか変だと気づき、ふいにリーはひどく動揺した。鼓動が激しくなるが、すぐにペースメーカーが始動した。それでも、リーは不安でならなかった。どこか怪しい。この連中はユニオンじゃない。ほかの人間に雇われているんだ。

恐るべき情報部員だった昔の技術と経験を頼りに、リー・ミンは席から飛びだし、リーダーに襲いかかった。乗客たちが悲鳴をあげるなか、ふたりは通路でもみあった。ブローニングが暴発し、パイロットの頭に銃を突きつけていたハイジャック犯の喉に命中した。息をつまらせ、男は背後の操縦装置に倒れこんだ。

危なっかしく傾いた機体をパイロットは水平にもどし、東ネパールへ向けた。

リーダーが顔面に強烈なパンチを食らわせると、中国人は失神して自分の席に倒れこんだ。リーダーは隣の席の女性に命じた。「男のシートベルトをしめろ」

それからコックピットにもどり、仲間をひっぱって通路に横たえた。仲間は死んでいた。もうひとりの共謀者はおびえている。さて、どうする？　暗黙の質問に答えて、リーダーは言った。「計画どおりにつづける。おれたちの分け前が増えただけだ、そうだろ？」

三人目の男はそのことは頭になかった。不安そうににやっと笑い、うなずいた。

「乗客を見張ってろ。とくにあの中国人の野郎をな」リーダーはそう言ってから、ふたたびコックピットにもどった。

パイロットが言った。「東ネパールの上空は暴風です。

とてもひどそうだ。そっちへは向かわないほうがいい」

「ダージリンに連れていけ」

「嵐を避けては行けません。迂回するだけの燃料がないんです。カトマンズに引きかえすしかないでしょう」

「だめだ！　嵐のなかを飛べ。一か八かやってみよう」

「正気ですか。山に激突するかもしれないんですよ！」

リーダーはパイロットのこめかみに銃口を押しつけて脅した。「ダージリンに行け、さもなきゃ死んでもらう」

「わたしを撃てば」パイロットは口ごもる。「あんたも死ぬことになる」

「それでいい。いまおれに撃たせて、片をつけたいのか」

パイロットはためらっていたが、やがて機を東へ向けた。

半時間後、一行は嵐の影響に見舞われた。強風やみぞれまじりの雪が小型機に吹きつけてくる。乱気流で機体が上下して、乗客をさらにおびえさせる。声を出して祈る者もいれば、すすり泣いたり、愛する人にすがったりする者もいる。残りは押し黙ったままますわり、恐怖におののきながら前方を見つめていた。アメリカ上院議員は汗みずくだ。イギリス下院議員は下唇を噛んでいる。

タプレジュン上空に達したとき、視界がきかなくなった。もはやさすがのリーダーも心配せずにはいられなくなった。

「現在地点がわかるか」リーダーはきいた。

パイロットは肩をすくめた。「東ネパールのどこかだ。航法システムが作動していない。さっき滑走路で尾翼を撃たれたから、どこかが故障したんだろう。これではちゃんと操縦できない。引きかえすべきだ」

「飛びつづけろ」

パイロットの役目はヒマラヤ山脈の遊覧飛行をするだけだったから、それより面倒なことには慣れておらず、事態に対処するすべを知らなかった。途方にくれ、どっちが北か南かの見当もつかなかった。わかっているのは、完全にコースをはずれていることだけだ。

嵐は激しい攻撃を加えてくる。いきなり飛行機が落下したときには、パイロットはもうだめだと確信した。なんとか機体を水平にもどし、恐怖の厚い白壁のなかを飛びつづけた。パイロットは知らなかったが、機は北東のヒマラヤ山脈をめざしていた。

「まったく反応しない！」パイロットは叫んだ。「現在位置が判断できないんだ！　頼むから、引きかえさせてくれ！」

このときだけは、リーダーは黙ったまま、風防ガラスから白い壁を見つめた。そして、目を見開いた。ミルク色のカーテンの先に大きな山の頂が見えた。

「気をつけろ！」リーダーは叫んだが、間にあわなかった。

機体が山のへりをこすって、黄泉《よみ》の国へと傾いていく。今度はパイロットが大声をあげ、小型機を制御しようとした。操縦桿を力いっぱい引き、機をできるだけ高く上昇させようとする。奇跡的に、それはうまくいった。一分間たっぷり恐怖を味わったあと、機体は水平になった。

「どこかやられていないか？」パイロットはたずねた。リーダーは風防ガラスからのぞいたが、なにも見えなかった。

「翼がぶつかったようだが、まだ飛んでるな」リーダーは言った。そのとき右のプロペラが不審な動きをしているのが目にとまった。「あれは――だいじょうぶなのか？」

パイロットは制御装置を見た。「だめだ。制御できなくなっている。このままだと墜落するだろう。もうカトマンズにももどれない」

「ダージリンはどうだ？」

「無理だ。われわれはヒマラヤ山脈にいる。行き方がわからない。引きかえして、助かるかどうかやってみることはできる」

リーダーはしばらく考えてから、言った。「わかった、やってみよう。向きを変えろ」

パイロットにはなにも見えなかった。新たな座標を打ちこんだが、どこかおかしい。制御装置が応答しない。

「航法システムが完全にいかれている」パイロットは静かに言った。

「どうしたらいい？」リーダーはたずねた。ぶっきらぼうで横柄な態度はすっかり消えうせていた。

「祈れ」

風防ガラスにたたきつけられる氷雪を透かして、黒ずんだシルエットが接近してくるのが見えた。いまの状態では、山頂までの距離を推し量ることもできなかったが、その姿は怪物のようだった。

パイロットは反射的にかわそうとした。黒っぽいシルエットはのしかかるように近づいてきて、風防ガラスいっぱいにひろがる。

「機首をあげろ！ 機首をあげろ！」リーダーは叫んだ。

「できないんだ！」それがパイロットの最後の絶叫だった。

飛行機は世界第三の高峰カンチェンジュンガの山頂に近い、わりあい平らな岩棚に衝突した。両翼はたちまち折れ、胴体が氷でおおわれた岩の上を滑っていって燃えだした。機体は岩と氷の壁に激突して二回転すると、傾いてはいるが比較的水平な氷河でようやくとまった。

衝撃と凍えるような寒気と高度での酸素不足のため、乗客のほぼ全員が即座に死亡した。しかし驚くことに、意識こそ失っていたものの、三人が死地を脱した。彼らの地獄はじきにはじまるだろう。

11 ゴーサイン

ワルサーP99の発砲音が轟く。

地下室の壁に反響するすさまじい音はマガジンが空になるまでつづいた。

両腕をのばし、銃をしっかり握っていたジェイムズ・ボンドは、やがてゆっくりと力を抜き、マガジンを取りだして銃をカウンターに置いた。右手の壁のボタンを押し、標的を動かす。

〝悪漢〟のシルエットが手前に滑ってくると、射撃の成果を検討する。どの銃弾も線で囲った心臓の中心を撃ちぬいていた。

「悪くないね、ダブル・オー・セブン」教官が言った。ラインハルトは情報部のベテランでもう六十代だが、早期退職を拒否し、ＳＩＳ本部の地下にある射撃練習場でパートタイムで働いている。ドイツ系の先祖を持つカナダ人で、イギリスにやってきて第二次大戦後の栄光の時代に情報部にはいった。ボンドはラインハルトがすぐれた教官だと思っているし、ときおり、兵器類について重要なことを教えてくれたこの男のおかげで、命拾いしたと感じることもある。

「悪くない？」ボンドは不満の声をあげた。「心臓を粉々にしているんだぞ、デイヴ」

〝悪くない〟という言葉は、ラインハルトの辞書では〝たいへんけっこう〟という意味なのだろう。それ以上の褒め言葉は聞いたことがなかったから。ラインハルトはお世辞を言ったことがない。内心では007をこの建物中でいちばん射撃がうまいと思っているが、褒めすぎるのは相手のためにならないと信じているのだ。

「だが、あっちはどうしたかな？　きみの頭を吹き飛ばしたかもしれないぞ」ラインハルトは背後にある装置のボタンを押した。コンピュータ化されたボンドの画像が、取りつけてあるテレビモニターにあらわれる。べつのボタンを押すとテープが巻きもどされて、再生がはじまった。ボンドのシルエットが銃を抜き、かまえ、カメラに狙いをつける。ボンドが撃つと、銃のまわりが白い閃光でつつまれる。と同時に、上半身に赤い小さな点が打たれはじめる。教官はボタンを押して、画像を静止させた。

「ほらね？」ラインハルトは言った。「あっちの銃弾は……きみの肩と右肺と首の真下に命中している。致命的ではないが、最後の数発の狙いを狂わせたはずだ。それに急いで病院に行かないと、一時間以内に死んだだろう」

「最初の一発でやつを殺していたんじゃないか」ボンドは反論した。

「かもしれん」教官は認めた。ボンドが正しいのは百も承知だった。やたらに褒めて満足させたくなかっただけだ。それがラインハルトのやり方であり、ボンドもきっと心得ているにちがいない。

ボンドはツアイス・スコウプズ射撃用眼鏡とエアロ・ペルター・タクティカル7・イヤプロテクタをはずし、額の汗をぬぐった。「きょうはこれでおしまいにするよ、デイヴ、上にもどらないと」

「おつかれ、ダブル・オー・セブン。腕がなまっていないのがわかってよかった」

「だが、改善の余地があるって言うんだろ?」

「つねに改善の余地はあるさ、ダブル・オー・セブン。地球一の射撃の名手だなんて思いこむんじゃないぞ。ビリー・ザ・キッドのことを考えてみろ」

「パット・ギャレットに射殺された以外に、なにがあったっけ?」

「迂闊でうぬぼれていた。それが身を滅ぼすもとになった。だからギャレットにやられたんだ。自分がだれよりも腕がいいなどと思うなよ。努力しなくなるから。そして、すきを見せる。覚えておきなさい」

「ありがとう、デイヴ。だけどそうは言っても、自信を持つのも心理的には役に立つんじゃないか。なにがあっても勝てると信じるのは」

「もちろんだ! わたしの意見がなんでも正しいとは思っていない」ラインハルトはくすくす笑った。「きみはわたしの言うことを自分なりに消化することになっている。たとえそれが矛盾した考えでもね!」

ボンドは銃をホルスターにおさめ、あいさつをして教官と別れた。ふだんは使い慣れたPPKをショルダーホルスターに入れて、新しいP99は予備にしている。P99の問題点は、少々かさばってジャケットの下に隠しにくいことだ。P99をショルダーホルスターに入れて携行している者は多いが、ボンドの習慣はなかなかぬけない。かつてベレッタを愛好していたように古いPPKのほうが好きなのだ。P99にすっかり切り替えることはできないだろう。

ボンドはエレベータで自分のオフィスがある階までのぼり、受付エリアに足を踏みいれた。キーカードを使って作業領域にはいり、新参の秘書に声をかけると、ヘレナ・マークスベリのデスクに向かって通路を進んだ。

ヘレナは背を向けてタイプをしていた。受話器を左の肩にはさんでいる。ボンドは通りがかりに右の肩をやさしくつかんだ。ヘレナは顔をあげて作り笑いを浮かべ、軽く手を振った。ボンドはそのまま前進し、オフィスにはいった。

気詰まりな状況だった。なにもかもが〝平常どおりにもどった〟とは思えない。体調がもどったことはたしかだ。傷はすっかり癒え、ハーネスの必要はなくなっているし、肋骨を骨折したこともかすかな記憶でしかない。

未決書類入れにスティーヴン・ハーディングの捜索に関する在外情報部からの報告が一通あった。確定的ではないが、これまでにわかったところでは、ハーディングがヨーロッパを出て北アフリカか中東に向かった可能性を示唆している。この説はあながち飛躍した考えではないと思った。ユニオン本部の所在地がそれら二カ所のどちらかだという噂があるからだ。リー・ミンに関しては、SISにはいった最新情報によると、I支局は逮捕に失敗したそうだ。リーの行方については、いまにも知らせがはいるものとあてにされている。

電話を終えたヘレナが、ドアから顔をのぞかせて言った。「おかえりなさい。Mが十分後に会いたいそうです」そのまま引きかえしかけたアシスタントをボンドは呼びとめた。

「ヘレナ」

ヘレナは立ちどまって、ボンドを見た。

「ここへ来てくれ」

ヘレナはぐっと唾をのむと、観念した顔でオフィスにはいってきた。

「うまく対処できそうかな？　ほかの課への異動は考えていないよね？」

ヘレナは首を振った。「わたしはだいじょうぶよ。あなたこそ、うまくやっていけそう？」皮肉っぽい声。

その口調を聞いただけで、ボンドは頭に血がのぼった。男女関係というのはいったんおかしくなると、こういうつまらないことが起こるからいやなんだ。

「ヘレナ、すわりなさい」デスクの向かいにあるエナメル革の椅子に腰をおろすと、ヘレナは悪さをした女生徒が校長先生に呼びだされたような目でボンドを見た。

「なあ、いいかい。きみとぼくは楽しいときを過ごした。だが、ロンドンではこの恋愛をつづけないほうがいいってことで合意した。そうだよね？」

「そうよ」

「きみのほうはわだかまりがあるように思えるんだが」

ヘレナは後悔するようなことを口走るまいと下唇を噛み、ややあって言った。「ジェイムズ、じきに立ちなおるわ。だから、わたしのことは心配しないで。仕事にもどらないと」

「待ってくれ。まだ話がある。リークについてたずねておかなきゃならない」

ヘレナは平静を取りもどした。必要とあらば、うわべだけでもプロらしく見せることはできる。内心では苦しんでいても。

「二時間にわたって尋問されたわ。もちろん、なにも言うことはなかったけど。わたしのところから情報がもれるなんて、あるはずないじゃない」

ボンドはなにも言わなかった。

「信じてくれるでしょ？」

ボンドは信じた。「ヘレナ、ぼくは全面的にきみを信頼している。ベルギーでのぼくの動きがあらかじめ知られていたんで、当惑しているだけだ。だれがリークしたか心当たりはあるかい？」

ヘレナは首を振った。「その質問にはもう二十回は答えたわ、ジェイムズ。いいえ、ありません。じゃあ、仕事にもどっていいかしら。報告書を出さなきゃいけないから」

ボンドはうなずいて退室を許した。ヘレナの態度は冷ややかで、ぶっきらぼうだった。無理もないだろう。いまのふたりの関係を考えれば。

どうして自分の恋愛は、ある程度本気になるといつも泥沼にはまりこむんだ？　そこから脱出するのは容易ではない。だから元恋人とはめったに〝友達〟でいられないのだ。とっくの昔にあきらめてはいるが、いつまでたってもこのパターンに慣れることはできない。これまで出会った女性で、セックスと恋愛関係とを区別できる者はすくなかった。片方だけの、セックスだけの関係を持てる女性はごくまれだ。自分の理想の世界では、男はパートナーからパートナーへと渡りあるく人生で完全に満足できるのに。そのときどきの相手をおなじように愛することができる。ひとりを独占するのではなく。皮肉な考えだが、恋愛関係や結婚というのは、男を支配しつづけるために女が考案したんじゃないかと思いたくなる。

ヘレナは立ちなおるだろう。しばらく時間はかかるだろうが。やがてイングランドを離れる長期休暇がとれたら、たがいの情熱を復活させられるかもしれない。だがさしあたり、ヘレナ・マークスベリとは距離を置いたほうがいい。ほとぼりがさめるまで——あるいは場合によっては、焼けぼっくいに火がつくまで。


「なにかあったみたいよ、ジェイムズ」デスクのそばでMの聖域への入室許可を待っているボンドに、マネーペニーが言った。

「スキン17について?」

「たぶん。Mはほぼ一日中国防相といっしょで、いまもどったばかりなの」

「おもしろそうだ」

ドアの上のグリーンライトがついた。

「どうぞはいって」マネーペニーはおなじみのやさしい笑顔で言った。

Mは黒革の回転式肘掛け椅子にすわって、デスクの後ろのモニターを見ていた。かたわらにはビル・タナーが立ち、画像の細部を指さしている。ボンドの見まちがいでなければ、ヒマラヤ山脈の頂の写真だ。

「おすわりなさい、ダブル・オー・セブン」Mがボンドの顔も見ずに言う。それからタナーに言った。「機内の遺体が損傷していないって、なぜわかるの? ひどく燃えてしまっているみたいよ」

「ええ、部長、ですがこの写真からごらんになれるように——」タナーがボタンを押し、飛行機の残骸らしきものが大写しになる。「——胴体そのものは無傷です。焼けたのは後方のここ、尾部だけです。前部は比較的ダメージを受けていません。もちろん、両翼は残っていませんが」

「まさかあの墜落で生存者がいるとは思わないでしょ?」

「それは無理でしょうね」タナーは答えた。「助かったとしても、いまごろはまちがいなく死んでいるでしょう。与圧されたキャビンからいきなり海抜二六〇〇〇フィートに放りだされたら、高度変化だけで死んでしまいます。しかも凍りつくような気温ですし、どの乗客もそういう状況にふさわしい服装をしていそうもありませんから」

Mは椅子をまわしてボンドのほうを向いた。「ダブル・オー・セブン、あなたは山登りのベテランよね？」

どう返事をしたものやら迷いながら、ボンドは答えた。

「ええ、まあ、おおいに楽しんだことはありますが、しばらくやっていません」

「エベレストに登ったことは？」

「あります。エリブラス山にも登りました。しかし、経験の大部分はアルプスとオーストリアのチロルです。なぜですか？」

Mはモニターに映っている飛行機の残骸をペンで示した。

「スキン17が、ここに、この機内にあるの。ヒマラヤの最高峰のひとつにね」

ボンドは眉をあげた。「なんですって？」

タナーが今朝I支局からはいった最新情報を伝える。リー・ミンはどうやらハイジャックされた遊覧機に乗っていたらしい。最終目的地は定かではないが、東方でひどい嵐に遭遇し、カンチェンジュンガの山頂まで二〇〇〇フィート足らずの地点に墜落したことはわかっている。カンチェンジュンガはネパールの北東、インドのシッキムとの国境にある。

「そこに登ってミスター・リーの遺体を見つけるのに都合のいい口実があるの」Mは言った。「飛行機を所有していたのがわが国の旅行社なので、ネパール政府は山に登る許可をあたえざるをえないというわけ。その便にはイギリスとアメリカの国民が乗っていた。家族は遺体を取りもどし、遺品が残されているかどうか確かめたい。さらに重要なことに、その機にはわが国の下院議員とアメリカの上院議員、それに夫人たちが搭乗していた」

「通常はそんなことはしません」ボンドは言った。「長年にわたって、おおぜいが登山事故で死んでいます。エベレストではすくなくとも百五十人が命を落としていますが、遺体は今日まで山に残されたままです——どこのだれであろうと。きっとカンチェンジュンガにもそんな遺体がたくさん埋もれているはずです」

「そんなことは承知のうえよ、ダブル・オー・セブン。でも、ネパール人に筋の通った説明をしなければならない。われわれは遺族がきちんとした埋葬ができるように、人道的理由で収容作業をおこないたいと言えるでしょ。政府の役人も乗っていたし。本来の目的は、あのいまいましいペースメーカーを見つけることだけど」

ボンドの鼓動が激しくなりはじめる。話の行方がわかった。これは困難だが意欲をかきたてられる任務になるだろう。

「国防省が遠征隊を組織します。ネパール政府に登山許可を申請しているところよ。地元の人に崇められている山だそうね」

「カンチェンジュンガは特別です」ボンドは言った。「ほんとうに神聖な山で、わたしの知るかぎりでは、頂上まで行かなければ登ってもかまわないはずです。たいがい頂上まで行きますが」

「いずれにしても、国防省の遠征隊は北壁を登ります。それが過去に成功したルートだし、あの飛行機にたどりつきやすいルートでもあるから。あなたもいっしょに行って、ペースメーカーを取ってきてもらいたいの」

ボンドはちょっと考えてから、慎重に返事をした。「部長、カンチェンジュンガは世界で三番目に高い山です。どのくらいだい、ビル、二八〇〇〇フィート？」

「正確には二八二〇八フィート」タナーは答えた。「つまり八五九八メートルだ」

ボンドはつづけて言った。「八〇〇〇メートル級の山は手ごわいと言われています。エベレストのほうが高さはあるが、むしろはるかに容易だ。なにもエベレストが楽だというわけではありませんが。ただカンチェンジュンガ登頂はきわめてむずかしいんです」

「なにが言いたいの、ダブル・オー・セブン？」

「公園を散策するのではないということです。国防省がこの任務に経験豊かな人材を集めてくれるといいんですが」

「だいじょうぶよ。あなたには助手もつくの。第一王立グルカ・ライフル銃隊に頼んで、登山経験豊富な者を借りだしてきました。きょうの午後、オールダショット近くのチャーチ・クルックハムで会うことになっているわ」

「グルカ兵ですか」

「そうです。たしか軍曹よ。もちろんネパール出身で、たまたま山登りの名人なの。シェルパとも仲がいいし。あなたにはネパール人の援護が必要だと思いましたから」

ボンドは単独で働くほうがよかったけれど、異議をとなえなかった。この任務が予想どおり危険なものになるなら、助っ人がいるほうが心強い。

「さて」Mは言った。「なにをおいても重要なのは、リー・ミンの遺体に残されているものを回収することです。マイクロ写真入りのペースメーカーを手に入れなさい――だれかに奪われるまえに。英国国家の安全のためです。それだけではなく、国防相はこの成否にわたしの首がかかっていると断言なさいました。大臣はあの製法を手に入れたいのよ、なんとしても。わたしの言いたいことがわかりましたか」

「はい、部長」

「そもそもあれを盗ませる工作をした者も、取りもどすために遠征隊を送るでしょう。ユニオンがかかわっているなら、うちの分析官は彼らも遠征隊を組織すると考えています。だから任務はくれぐれも慎重に遂行してもらいたいの。チームのだれにも使命を気づかれないようにして。グルカ兵のパートナーと隊のリーダー以外には」

「リーダーとは……？」

Mはかがみこんでインターコムのボタンを押した。「ミス・マネーペニー？」

「はい？」声が返ってくる。

「ゲストをお通しして」

ボンドは問いかけるようにタナーの顔を見た。参謀長は目をそらして警告した。気に入らない事態になるだろう、と。Mはボンドの反応を見極めようとじっと目をこらしている。

ドアが開いて、ローランド・マーキス大佐がはいってきた。

12　まったく不可能というわけではない

「マーキス大佐、ボンド中佐」Mは言った。「あなたがたは知り合いだったわね。大佐はうちの参謀長もご存じね」

「ええ。元気かな、ボンド――いや、ジェイムズ？」マーキスはわざとらしい口調で言った。「タナー大佐も」

ボンドは中腰で握手し、また椅子にかけた。「ああ。きみは、ローランド？」

「おかげさまで」マーキスはボンドの隣の椅子に腰をおろしてMのほうを向き、ブリーフケースを床に置いた。

「マーキス大佐」Mが切りだした。「ミスター・ボンドはダブル・オーのナンバーを持つ情報部員で、先にお話ししたとおり、あなたの遠征隊に加わります。スキン17の仕様を取りもどすという使命は機密扱いです。ダブル・オー・セブン、あなたは例の外務省の渉外担当という身分で参加します」

「グルカ兵はどうするんですか」ボンドはきいた。

「グルカ？」マーキスが額にしわを寄せた。

「ダブル・オー・セブンには助手として王立グルカ・ライフル銃隊の者をつけることにしました。彼は経験を積んだ登山家で、あのあたりのことにもくわしい。彼への指示はダブル・オー・セブンが出します。あなた以外に、隊のなかでミスター・ボンドの使命を知っているのは、その者だけです」

マーキスは白い歯を見せてほほえんだ。「仲間は多ければ多いほど楽しい」

軽口には取りあわず、Mは言った。「SISはあなたの全面的な協力を得てダブル・オー・セブンが任務を達成することを心から願います」

「おまかせください、部長。しかしながら、わたしがチームを率いる以上、なにより安全を優先することはお含みおきください。隊員の命が危険にさらされるような協力を要請されたときはお断わりします。このような大所帯の遠征隊には、権威を持った人間が欠かせません。隊のリーダーとして、わたしの命令が絶対であることを決定しておきたいのですが」

Mは賛同を求めてボンドを見た。ボンドは肩をすくめた。

「わたしがリーダーでもそう言うでしょう」

マーキスはその答えに満足したようだった。「よかった。われわれはきっとうまくやっていけます。ボンドとわたしは学生時代からの友人なんです。そうだよね、ボンド?」

ボンドが答えるまもなく、Mが話に割りこんだ。「隊のメンバーについて教えてちょうだい」

「ああ、そうでした。急な話にもかかわらず、選りすぐりのメンバーを集めることに成功しました。チーム・ドクターはホープ・ケンダル、ニュージーランド出身のすぐれた登山家です。わたしも以前、いっしょに登ったことがあります。年は三十二歳で、すこぶる健康体です。通信連絡官はオランダ人のポール・バーク、国防省の推薦です。今朝、本人と会いましたが、適任どころではない人物だと意を強くしました。彼は国防省が貸与してくれた最新式の機器を持参しました。登山仲間のトマス・バーロウとカール・グラスには、わたしの補佐役をつとめてもらいます。アメリカの国務省からも有名な登山家が送りこまれます。彼らはアメリカ人の遺体収容にあたるでしょう」マーキスはつづいて、ネパールとの交渉にあたったりタプレジュンでシェルパ族のポーターやコックを雇ったりする者や、装備の責任者をつとめるフランスの有名な登山家の名前をあげた。そのほかに、飛行機に残っていると思われる乗客や荷物を山からおろすポーターや登山家が数十名加わることを説明した。

「SISはとうぜん、全員のセキュリティチェックを実行します」タナーが口をはさんだ。

「さて、わたしはひとまず予定表を作成しました」マーキスは先に進み、ブリーフケースから書類を取りだした。「あすから三日間集中の体力トレーニングに取りくみ、その後、健康診断を受けます」

「たいがいの人間は、こんな遠征に出るには何カ月もトレーニングするものだが」ボンドは言った。

「いかにも。だが、国防省は早期解決を望んでいる。六月のモンスーン・シーズンにはいるまえに飛行機までたどりつかねばならない。すでにもう四月二十三日だ。ゆったりトレーニング期間をとる余裕はないんだ。あの山で嵐に巻きこまれたくないからね」

ボンドは了解してうなずいた。「つづけてくれ」

「われわれはデリーに飛び、翌日カトマンズへ向かい、そこでアメリカ人やほかのメンバーと合流します。カトマンズには三日滞在して環境に慣れ、遠征のさらなる準備をします」

マーキスは大きなネパールのトレッキング・マップを開いた。ルートが黄色で示してある。「チャーター機でこのタプレジュンまで行きます」東ネパールのその地点をさす。「そこからカンチェンジュンガのベースキャンプまでは通常ですと十日かかりますが、われわれは六日に縮小します。そのためにはまたもや努力が必要ですが、時間はすこしでも多く節約したほうがいいですから。ベースキャンプはこの五一四〇メートル地点です」マーキスは〝カンチェンジュンガ〟と記された三角形の北側にある〝X〟を示した。ネパールとインドのシッキム州との国境にまたがる地点だ。

「高度順化のため、そこで一週間過ごします。それは避けられません」

「どうして？」Mがたずねた。

「人間の体は高度変化にすぐ慣れないからです」ボンドが説明する。「徐々に上昇しないと、ひどく体調を崩します」

「隊員から高山病を出すわけにはいきません」マーキスが言った。「ベースキャンプで一週間過ごしたあとは、三週間以内に山をすこしずつ攻撃していきます」マーキスは山の側面の精密な地図を開いた。「北壁に五つのキャンプをもうけます。第一キャンプはこの五五〇〇メートル地点。第二キャンプは六〇〇〇メートル地点。六六〇〇メートル地点の第三キャンプに到達したら、ふたたび高度順化のために一週間過ごします。それで足りるといいんですが。第四キャンプは七三〇〇メートル地点ですが、なかには遅れの出る者があらわれるかもしれません。第五キャンプは七九〇〇メートル地点、飛行機の残骸があるすぐそばです。墜落したのが比較的平坦な地点でほんとうに幸いでした。グレート・スクリー・テラスと呼ばれる場所で、頂上まで二〇〇〇フィート足らずのところです」

マーキスは腰をおろし、ボンドのほうを見た。

ボンドは顔をしかめた。「ずいぶん大胆なスケジュールだな」

マーキスが答える。「わたしもそう思う。ピクニックのつもりで言っているんじゃないんだ。限界を超える覚悟が必要だろう。だが、やれないことはない」

また限界か、とボンドは思った。

「われわれはやりとげる」マーキスはつづけた。「わたしはいちばん安全なおかつ最短時間で、隊を目的地に到達させるよう頼まれた。このスケジュールではひと月ちょっとかかる。五月の末になれば、天候は予測できなくなるだろう。嵐にも遭遇するにちがいない。モンスーン・シーズンに近づけばね。時間との闘いなんだ」

ボンドはその計画を受けいれるよりなかった。隊長と個性が対立することは目に見えていたけれど。

Mがボンドを見やった。「どうかしら、ダブル・オー・セブン」

「彼も言ったように容易ではありません。ですが、わたしは耐えられると思います」

「よろしい。あなたが参加するトレーニングについての詳細は、マネーペニーが準備してくれます。みんな、ご苦労さま。以上よ、大佐」

マーキスは腰をあげながらたずねた。「ボンド、この中国人のリー・ミンだかなんだかが、まだ仕様書を持っていると思うのか」

「そう思えるふしがある」

「どこに隠したんだろう。知ってるかい?」

「それは機密です」Mが言った。「あなたにでさえ。ごめんなさい」

マーキスはうなずいた。「そうでしょうね。わたしはただ、彼の服や荷物のなかにあったなら、墜落の衝撃できっと――」

「われわれは製法が隠された正確な位置を知っています」Mは重ねて忠告した。「その件についてはダブル・オー・セブンにまかせてください。あなたはその山まで彼を無事に往復させてくれればいいのです。よろしいですね？」

マーキスは直立し、軽く礼をした。「わかりました」ボンドのほうを向いて言う。「あす会おう、えーと、ボンド。早朝に」

「なにがあっても行くよ」ボンドはそっけなく言った。

アストン・マーチンDB5でのドライブは爽快だった。晴れあがった四月の空には雲ひとつない。コンバーチブルに乗っていたらどんなにいいだろうと思いかけたが、コンバーチブルを所有したことはない。たまにはそういう車も目先が変わって楽しいけれど、ボンドはハードトップのほうが好きだった。

チャーチ・クルックハムは偶然にもフリート村からさほど離れていない静かな村で、第一王立グルカ・ライフル銃隊大隊の基地になっている。グルカ兵には個人的な知り合いはいなかったが、彼らのことは心から尊敬している。Mから相棒と働くことを知らされたとき、ボンドは一瞬、身をこわばらせた。だが、相手がグルカ兵だとわかって緊張がほぐれた。世界でもっとも勇猛果敢だとみなされている戦闘部隊のメンバーと組むことに、興味をそそられていた。

ネパールの山地で育った屈強な男たちからなるグルカ兵は、一八一四年の英ネ紛争からイギリス軍事の歴史の一部になった。ボンドは当時のイギリス軍を暗然と思いおこした。帝国を拡大しようとした自国の根気強さには一目おいている。すでにインドを支配していたイギリスは、国境をひろげるべく北方のネパールに侵攻した。そこで断固として、独立心が強く、臨機の才のある兵士たちに遭遇したのだ。そのほとんどがせいぜい五フィート四インチくらいの背丈しかなく、イギリス軍は驚くと同時に感銘を受けた。最終的にはイギリスが勝利をおさめたものの、それ以来ネパール政府とは長い友好関係を保っている。イギリスとの取り決めで傭兵として従軍することになったグルカ兵の精鋭たちは、ネパールの人々の誉れとなった。イギリス軍から支払われる報酬は、ネパールの男が稼げる額や一家全員を養える額とくらべれば、かなり高給だった。

グルカ兵はのちにインド軍にも編入された。第二次大戦後にインドが独立すると、グルカ兵はふたつの国に分配された。連隊のいくつかはインド軍に残り、イギリスは四個の連隊――第二、第六、第七、第十グルカ・ライフル銃隊――を保有した。一九九四年七月、変化に対応するため、四個は合体してひとつの連隊になった。その王立《R》グルカ《G》・ライフル《R》銃隊は二個の大隊からなり、第一RGRはイギリスに、第二RGRはブルネイに拠点を置く。イングランドに駐留するグルカ兵は、もともと第二、第六グルカ・ライフル銃隊だったものだ。

ロンドンを出るまえにそういった歴史を復習したボンドは、どうしても型にはまったグルカ兵を頭に描かずにはいられなかった。がっちりした短軀に木の幹ほどの太さの脚をした男が、敵を追ってジャングルを駆けぬける。トピと呼ばれるネパールの伝統的な帽子――木綿の白地のキャップで、あざやかな色の模様がついている――をかぶり（もっとも、戦闘では迷彩をほどこした帽子やヘルメットを着用するが）、ククリという恐ろしく湾曲した剣を振りまわす。彼らは白兵戦になると敵の首をはねることで名高い。そんな評判のため、フォークランド紛争のさいには、グルカ兵が近づいていると聞いただけでアルゼンチン軍が逃げだしたと言われている。有名な鬨《とき》の声〝アヨ、グルカリ！〟は〝グルカ兵が来たぞ！〟という意味で、それを聞くと敵は震えあがったという。

ボンドは歩哨に証明書を見せて、基地内に乗りいれた。黒地に白い縁取りの兵舎を通りすぎ、将校食堂に到着すると、平服姿の長身のイギリス人が出迎えた。

「ミスター・ボンド？」

「ええ、そうです」

「アレクサンダー・ハワード大尉と申します」ふたりは軽く握手をした。「こちらへどうぞ」

通されたのは堂々たる部屋で、王立グルカ・ライフル銃隊の歴史を語る博物館とも呼べそうだ。ラウンジの装飾はイギリスの植民地主義とネパールの文化が一体となっている。西洋風の茶色いビニール張りの椅子やグリーンのじゅうたんのかたわらには、火のはいっていない木製の黒い暖炉がある。暖炉の正面にはヒンドゥー教の神ガネシュのみごとな彫刻がほどこされ、その上には本物の象牙質の牙が飾られている。じゅうたんには虎の皮が敷かれ、室内のあちこちに銀色のトロフィーや置き物が置かれていた。ボンドはじっくりと有名な絵画を眺めていった。一九一五年八月九日のガリポリの戦い、一八八〇年九月一日のカンダハルの戦い。名誉連隊長をつとめたチャールズ皇太子の肖像画もかかっているし、ククリや勲章や賞牌も展示されている。偉大なる陸軍元帥、スリム子爵の肖像画も飾られていた。ボンドは第二次世界大戦中のグルカ兵の偉業について書かれた彼の本に感銘を受けた。その本は現在、サンドハースト陸軍士官学校で推奨されている。

ハワード大尉は言った。「おかけください。チャンドラ軍曹はまもなくまいります」

「グルンというかただと聞いていましたが」

「ネパール人は生まれると自動的に自分の民族の名前を採用します。あなたやわたしが親の苗字を名乗るように。ですが、主要な民族は数えられるほどしかありませんので、おなじ苗字の者がおおぜいあらわれる。したがって、うちにもグルンという苗字の者が何人もおります。グルカ兵の多くはグルン族です。ネパールの西部はほとんどがグルン族かマガル族で、そこからさらに小さな部族に分かれますが。東部のライ族やリンブー族から参加している兵士も少数いますよ。われわれはここにいる兵士をファーストネームか番号で呼びます。ここはほかの連隊にくらべて、それほど堅苦しくないんです」

「なるほど」

「なにか飲み物をお持ちしましょうか」

「ウォッカ・マティーニをお願いします」

ハワードはほほえんで同意した。「けっこうな趣味で」飲み物を取りに歩きだしたハワードをボンドは呼びとめた。「シェイクしていただけますか。ステアではなく」

ハワードは物珍しそうにボンドを見てから言った。「承知しました」ボンドは歴史につつまれた部屋にひとり残された。イギリスのために死んだ異国の兵士の霊をとむらう記念碑や記念品とともに、生き残った兵士たちへの賞状やトロフィーも誇らしげに展示されている。

ハワード大尉が飲み物を持ってもどってきた。「軍曹との話が機密扱いなのは承知しています。ですから、わたしはこれで失礼します」

「ありがとうございます、大尉」ボンドは礼を述べて、酒に口をつけ、言い添えた。「すばらしいマティーニだ」

ハワードは軽く頭をさげて、部屋から出ていった。

しばらくして、チャンドラ軍曹がやってきた。やはり平服で、黒っぽいズボンにグリーンのセーターというかっこうだ。体はがっしりしていて、背丈は五フィート二インチ、体重はだいたい百五十ポンドといったところだろう。つやつやの黒い髪を後ろに撫でつけている。肌はアジアの中心の人種に多いオリーブブラウンで、インドと中国がまじっているように見える。たちまち目をひかれるのは盛大で温かな笑顔で、顔じゅうに笑窪《えくぼ》やしわができ、とりわけ、きらきらした人なつっこい目のまわりをしわだらけにさせる。

「ナマステ。チャンドラ・バハダー・グルン軍曹と申します」なめらかな英語で言った。〝ナマステ〟は伝統的なヒンドゥー教のあいさつの言葉だ。グルカ兵は英語を習うことが義務づけられている。この連隊のイギリス人将校もネパール語を習うことが義務づけられている。イギリス軍ではこの言語を〝グルカリ〟と呼ぶ。使用されるのはほとんど軍に固有の言葉なので、ネパールの日常会話で用いられるとはかぎらないから。

ボンドは立ちあがって、男の手を握った。しっかりとした乾いた握手で、力と自信にみなぎっていた。チャンドラは三十代だそうだが、その目には経験と知性の光が宿っていた。経歴を調べたところ、軍曹は十八の年に入隊していた。

「ジェイムズ・ボンドです。よろしく」

「どうぞおすわりください」チャンドラは手で椅子を示し、ボンドがすわるのを待ってから自分も向かいに腰をおろした。

「軍曹、この使命のあらゆる面について説明を受けていると思うが」

「イエス・サー」

ボンドは片手をあげた。「サーはやめないか？　これは軍事活動ではないし、わたしはきみの指揮官でもない。わたしの考えでは、われわれは対等だ」

チャンドラはふたたび顔をほころばせた。「わたしの使命は、あなたの命令にしたがうことです」

「まあ、そうだな、まったく役に立たない場合をのぞいてね。ヒマラヤ山脈では、そういうことがよく起こる」

チャンドラは笑った。「登ったことがあるんですね？」

ボンドはうなずいた。「ああ、だが、慣れているわけじゃない。エベレストには登頂したことがあるし、スイスの山々やオーストリアのチロルのピークにも行ったことはある」

「カンチェンジュンガはまだ？」

「まだだ。きみは？」

「一度途中まで登ったことがあります。雪崩とひどい嵐のせいで下山せざるをえなかった。また挑戦してみたいと思っていたんです」

「どうして山登りの名人になったんだ？」

「われわれは山地に住み、丘や山を上り下りして生活しています。だから脚の筋肉が発達するんです。少年のころ、わたしは父について登山隊に参加しました。父にはカトマンズに住むシェルパ族の友人がいて、彼らはトレッキング・サービス業をやっていました。わたしは大きくなるにつれ、しょっちゅうヒマラヤに登るようになった。そのせいだと思います」

「シェルパ族とは仲がいいのかい？」シェルパ族はネパールの東部や北部の山岳に住む民族だ。登山の達人で、国内をめぐったり山に登ったりする西洋からの旅行者の荷物を運ぶのに雇われることが多い。

「ええ、とても。ネパールにはさまざまな方言や部族がありますが、ネパール語はだれでもわかります。シェルパ族はわたしのことを〝山のいとこ〟と呼びます。山登りにそれほど興味を示すグルン族はすくなくて、わたしみたいなのはめずらしいんです。ネパールの家に帰るたびに妻に怒られます。わたしが山に登りにいってしまうから！」

「奥さんもネパールの人？」

「はい」チャンドラはそう言って、にっこりほほえんだ。

妻のことを思いだしてうれしそうだ。「われわれは妻を国に残してきます。彼女たちはめったに面会を許されません。われわれは三年おきに半年間、国に帰れます。そのほかに、通常の一カ月間の部隊一斉休暇や家族休暇もあります。そのときは、極東で妻と二年間過ごしました。だから、ときどきは妻とも会っています」

「マーキス大佐が組んだカンチェンジュンガ登山のスケジュールをどう思う？」

チャンドラはかぶりを振った。「まったく不可能というわけではありません」

「だが、不可能に近い」

千語に匹敵する微笑を浮かべてから、チャンドラはつけくわえた。「モンスーンに打ち勝たなくてはなりません。それが唯一の方法です」

「成功する見込みはどのくらいだろう？」


チャンドラはボンドをじっと見つめた。「六五パーセント」

ボンドは身を乗りだして、声を落とした。「ユニオンについては知っているかい？」

チャンドラは眉をひそめた。「それほどは。ゆうべ、そちらが用意してくださったファイルを読みました。ひじょうに興味深いグループですね。彼らの心理はおもしろい」

「どういうこと？」

「彼らの考え方を知りたいんです」チャンドラは具体的に言った。「金のためにそういうことをするというのが理解できない。わたしは貧しい国の出身です。生活のために必死で働くという考えは、われわれにはよくわかります。だからといって犯罪者になるのは、それも国を裏切るというのは、わたしにはまるでわかりません」

「彼らはとても危険だ。警戒を怠ってはならない」

「スキン17を盗んだのが彼らなら、絶対に途中で出会うでしょうね」チャンドラは推測した。「われわれの使命を妨害するでしょう」

ボンドは深くすわりなおし、マティーニのグラスをあげて新しい相棒に乾杯した。「ああ、わたしもそう思うよ、軍曹。まちがいなく」

13 ル・ジェラン

スティーヴン・ハーディングは北アフリカが好きになれなかった。においもなじめない。文化のちがいの衝撃も大きい。出会う者はすべて怪しいし、なんといっても暑い。ランダル・ライスという名で無事モロッコ入りしたが、あまりの暑さに、苦心のメイキャップが汗でだいなしになるのではないかとひやひやした。

それでもカサブランカだけは、過去に訪れたほかの場所にくらべて、いくらか西洋の香りがした。人口三百万のこのモロッコ最大の都は、産業の中心であり、港湾都市であり、北アフリカ西部でもっとも魅力的な観光地だ。ハンフリー・ボガートとイングリッド・バーグマンが主演した有名な映画も、カサブランカが注目を浴びるのにひと役買っている。モロッコ人たちが富と名声にあこがれて集まるだけのことはあって、カサブランカには西洋の大都市のような装飾がほどこされ、なおかつ、南ヨーロッパの都市が持つ退廃的な空気も感じられる。長い脚にハイヒール、ブランド品のサングラスをかけたスーツ族のかたわらを、ジャラバやバーヌースといったモロッコの伝統的なローブをはおって歩く者たちもいる。

この気候には厚手すぎるスーツを着たハーディングは、まぶしい光のなかに足を踏みだし、サングラスをかけた。まだ午前もなかばだというのに、暑さは耐えられないほどだ。眉をひそめてシェラトンから出ると、ホテル客目当ての物乞いが老いも若きも殺到してくるのを無視して、チャウイ通りを南に向かう。

西洋風の建物が目立つなかなかモダンな通りを行く。だが、二ブロック先の中央市場にはいると、がらりと雰囲気が変わった。まるで、一世紀昔に迷いこんだようだ。ハリウッド映画が描くようなけばけばしさと喧騒が、五感に襲いかかってくる。ハーディングはまっすぐ前を見つめ、ベール、トルコ帽、ターバン、フェドーラの波をかきわけながら足早に歩いた。独特の文化的風習にも、商いのためにやってくる部族民の衣裳にも、わくわくしなかった。果物や野菜やスパイスもほしくない。

いらないよ、と胸のなかで言いながら、商人を押しのけて進む。貴重な金色のアルガンオイルに表示された〝特製〟の文字にも心が動かない。べつの商人が袖をひっぱった。悪いね、きょうは持ち合わせがないんだ。そのパイルなしに織ったじゅうたんはじつに美しいが、買う気はないんだ。ともかく、ありがとうよ。

東南の角からなんとか市場を抜けたときには、ハーディングは汗みずくになっていた。石造りの大きな建物にもたれかかるようにして、ぼろぼろの掘っ立て小屋が建っている。軒から布をぶらさげただけの出入口の前に、九十にはなっていそうな物乞いが地面にあぐらをかいてすわっていた。かたわらにはへこんだブリキの皿がある。

ハーディングはすべきことを承知していた。ポケットに手を入れ、十ディルハム分の硬貨をつかむと皿に落とした。老人はなにやらつぶやいて、垂れさがった布のほうを指さした。振りかえってだれにも見られていないことを確かめてから、ハーディングはカーテンをくぐった。

なかは便所のようなにおいがした。ハーディングはこらえきれずに上着のポケットからハンカチを出して口にあてた。部屋は異臭がするだけで、人の気配はない。ハーディングはまっすぐ石壁まで行き、壁に手をのばした。亀裂の縁の隆起をたどりながら、目には見えないつまみを探りあて、必要に応じた力でそれを押した。秘密の扉がすっと横に滑り、スチール張りの通路があらわれた。足を踏みいれると、後ろで扉がしまった。

やれやれ！　エアコンだ！　これで、このうっとうしい国から脱出することができる。困難な任務は終わった。報酬を要求し、第二の人生をはじめるのだ。イギリスに捨ててきたのとはまったくちがう人生を。リー・ミンの飛行機がハイジャックされたことについて、ル・ジェランが騒ぎたてないことを願う。自分のつとめは果たしたし、あの部分に関してはまったくの管轄外だ。自分はユニオンが望んだとおりの方法で、スキン17の製法を届けた。約束の五百万ドルは当然の報酬だ。

だが、ハーディングは、ル・ジェランがどんなことをもしかねない男だということを知っていた。生きてモロッコから出られれば、それだけで幸運と思うべきかもしれない。

野戦服を着たアラブ人があらわれ、ついてくるよううながした。胸騒ぎがする。とりわけ、トンネル内に響きわたる軍靴の堅い靴音が、不安をあおった。通路にそって右に折れ、階段を八段おりると、ひろびろとした部屋に出た。テーブル、コンピュータの端末装置、何台もの監視テレビ、高性能のハイテク機器などが配されている。そこには、さらにふたりの衛兵が待ちうけていた。

「手と脚をひろげろ」衛兵のひとりが言った。

言われたとおりにすると、もうひとりが体中に金属探知機をあてた。

「これをのぞけ」ひとりが言って、顕微鏡に似た装置を指さした。ハーディングは装置に近づいてのぞきこんだ。ユニオンに入会したときに網膜の裏に焼きつけた刺青を確認するのだろう。視力検査のときに検眼士がなんと言うだろうと思ったが、幸いにも、シンボルというよりは瘢痕組織にしか見えなかった。

それはユニオンのメンバーだけが識別できるシンボルだった。

目の前を光線が横切るのを感じた。ハーディングは上体を起こして、衛兵たちのほうを見た。ひとりはテーブルのコンピュータ画面をじっと眺めている。残りは嫌悪の目つきでこちらを見返した。

「よし、一致した」コンピュータの前にいる男が言う。ハーディングにつきそってきた男が肩をたたき、テーブルをまわってドアに導いた。残りのふたりがボタンを押して開錠する。つきそいがハーディングのためにドアをあけて、言った。

「ル・ジェランがお待ちだ」

ハーディングはうなずき、落ちつきなくほほえんでから、なかにはいった。

部屋は薄暗く、細長くて、天井がやけに低かった。照明はついておらず、会議用のテーブルにつき、メモ用箋を前に置いた七人の男と三人の女をランプが照らしている。しかしながら、議長席の男の上には明かりがなく、暗がりのなかにいた。

ル・ジェラン。支配人だ。

ハーディングはル・ジェランと顔を合わせるのははじめてだった。メンバーのなかでも面会が許されるのはほんの一部だ。このテーブルについているような側近グループだけが、その資格をあたえられている。それでもなお、ル・ジェランの容姿をはっきりとらえるのはむずかしかった。シルエットを見るかぎりでは、長身で肩幅がひろく、引きしまった体つきをしている。顔や手は陰になっているが、コーカソイドだとわかるだけの明るさは届いていた。いや、ベルベル人かもしれない。新石器時代からモロッコに住んでいた先住民族の子孫だ。白い肌に青い目が特徴で、金髪か赤毛が多い。ベルベル人は古来つわものぞろいで、部族外のいかなる体制にも支配されることを拒みつづけてきたことで有名だ。

ル・ジェランはベレー帽をかぶり、黒っぽい服を着ていた。黒いサングラスがさらに顔の表情を隠している。ル・ジェランが盲人だという噂を耳にしたことがある。もしかしたら、ほんとうに……。

ハーディングがあらわれたとたん、会話がやみ、全員が振りむいた。

「はいりたまえ、ドクター・ハーディング」ル・ジェランが言った。教養を感じさせる快い声で、深みのある声質にはかすかにフランス語の響きがあった。じっさいにベルベル人だとしても、そういう話し方ではなかった。「その端にすわるといい。きみのために席を確保しておいた」

ハーディングは着席してぐっと唾をのんだ。緊張がピークに達している。

「ようやく会えてうれしいよ、ドクター」ル・ジェランが言う。「われわれは非常な関心を持って、スキン17プロジェクトの進捗状況を見守ってきた。ユニオンのために奮闘したきみの労をねぎらわねばならない。勇敢にも祖国を裏切り、国防評価研究局《DERA》の鼻先からあの製法をまんまと盗みだすのは、並大抵のことではなかっただろう」

「おそれいります」

「その製法をベルギーまで運び、われわれの顧客のペースメーカーに入れるという仕事も、みごとなものだった。あれはきみの考えだったのかね？　体に埋めこむというのは？」

「そうです」このぶんだと会合は順調に進むかもしれない、とハーディングは胸を躍らせた。

「さらに、警察に捕まったブリュッセルの医師に関しても、責任を持って行動してくれた。彼を消したのは適切な判断だった。それにしても、彼がなぜ捕まってしまったのか、わたしはいまでも少々腑に落ちない。だが、何事も完璧にはいかないものだ、そうだろ？」

「はい」ハーディングはふたたび唾をのみこみ、なんとか笑顔を作った。

ル・ジェランは間をおいて、上着の内側から砲金製のシガレットケースを取りだし、煙草を一本引きぬいた。まっすぐ顔をあげたまま、ハーディングの背後の壁をじっと見つめている。やっぱり目が見えないんだ！　なんてことだ！　ユニオンの長はなにも見ることができない。

ル・ジェランは金張りのダンヒルのライターで煙草に火をつけた。深々と吸いこみ、煙を吐きだすと、ふたたび話しはじめた。

「その結果、スキン17に問題が起こった」

ハーディングは恐怖から思わず目を閉じた。

ル・ジェランがつづける。「わたしの知るところでは、リー・ミンはカトマンズでチベット行きの指示を待っていた。ところが、予定より一日早く、ホテルから誘拐された。飛行場に連れていかれ、そこでヒマラヤ観光の便に乗せられた。飛行機は誘拐犯人にハイジャックされて山脈に向かい、嵐にあって墜落した。ちがうかね？」

ハーディングは咳払いをした。「わたしもそう聞いています。そういうことだと思います」

ル・ジェランはまた煙草を吸い、かすかに体を動かした。「だとすれば、これはユニオンにとって厄介な事態だ。わかるだろう、ドクター・ハーディング？　中国の顧客の期待を裏切ってしまった。金を返せと言われるだろう。なにしろ、スキン17の製法を約束どおりに渡せなかったのだから」

「約束は破っていません」ハーディングは抗議した。「われわれの責務は、彼をカトマンズまで連れていくことでした。それは実行しました。ネパールの仲間がリーを監視しきれなかったんです。あの製法をほしがっているのはユニオンだけではなかった。何者かが先まわりして、彼をさらったんです」

「だが、どうしてリーが持っていることがほかの者にわかる？」

「ことによると、わたしをベルギーまでつけてきたイギリスの情報部員が……？」ハーディングは考えこんだ。

「ああ、あのイギリスの秘密情報部員か。なんという名だったか。おお、思いだした。ボンドだ。ジェイムズ・ボンド。イギリスを発つときに、きみは少々注意が足りなかったのではないかね。ユニオンのもっとも重要な掟のひとつは、だれにも追跡されぬよう完全に足跡を消すことだ。残念ながら、その男は追ってきた」

「やむをえませんでした」空調がきいているにもかかわらず、ハーディングは汗ばんできた。心臓がどきどきし、胃がきりきりした。

「製法を盗むのを手伝ったイギリス空軍《RAF》の将校は？　彼がきみを裏切ったというおそれは？」

「ないと思います」ル・ジェランはなぜローランド・マーキスのことを知っているのだろう？　人選に関してはハーディングに一任されていた。その情報を知っている者はいないのに。

「彼にいくら払った？」

「一万五千ポンドです」

「口封じとしてじゅうぶんな額だと思うか？」

「はい」

そこでル・ジェランがはじめて声を荒らげた。部屋にいる全員の背筋に冷たいものが走ったほど、怒りに満ちた声だった。「なら、いったいだれがあの飛行機をハイジャックしたんだ？　ユニオンの大口のビジネスになるはずの者をさらったのは、だれなんだ？」

ハーディングは答えられなかった。会合は悪いほうへと流れていく。

「どうなんだね、ドクター・ハーディング？」

「わたしには……わたしにはわかりません」ハーディングは震えだした。

「教えようか、ドクター・ハーディング？」

「どういうことでしょうか？」

ル・ジェランはもう一服吸ってから、椅子の肘掛けについている灰皿で煙草を消した。声は静かになっていて、穏やかさを取りもどしたように思えた。「スキン17を中国人に売るというわれわれの計画の裏をかいた人物を教えようか？」

「お願いします」ハーディングは口ごもりながら言った。

「ユニオンを裏切ろうとしたやつだ。内部の者。自分のほうが賢いとうぬぼれた者たちだ。スキン17を約束どおりに届けなければ、われわれの信用は失墜し、評判に大きな傷がつく。それは、わたしがいちばん望まないことだ。今回のしくじりのせいで、べつの有望な取引をふたつ失うおそれがある。ユニオンのメンバーで、われわれをだしぬき、なにかを持ち逃げしようとしている者を知らないかね、ドクター・ハーディング？」

耳鳴りがしてきた。罠にはめられたのだろうか。「し、知りません。どうしてわかるんですか。つまり、それが内部の者の仕業だとなぜ言えるんです？」

「わたしはこの部屋のだれもが想像できないようなことをなんでも知っている。リー・ミンの誘拐犯たちはスキン17を奪い、法外な値段でわれわれに買いもどさせようとしたのだろう。つまるところ、強奪をなりわいにしているのはわれわれだけではないということだ。だが、ユニオンを相手にそんなことをするのは許せない」

ル・ジェランが目の前のコントロールパネルのスイッチをはじくと、背後の壁に鮮明な画像があらわれた。三人のネパール人が映っている。エベレスト・ホテルからリー・ミンを誘拐し、じゃがいも袋に入れて運んだ男たちだ。

「実行犯は三人。ネパール人だが、ネパールには住んでいない」

ル・ジェランは知っている！　どうする、知られているぞ！

「そこで、わたしの理解を助けてもらいたいのだが、ドクター・ハーディング」ボスは言った。「ドクター・リンデンベークはブリュッセルで逮捕された。彼はその……機能しなくなるまえに、なにかしゃべったと思うが。どうかな？」

「おそらく」

「ユニオンについてはどれほど知っていたかね？」

「皆無に等しいです。手術を拒否すればさらし者にされることは知っていました。彼を殺したのは、わたしとミスター・リーの正体を確認させないためです。わたしはそこから行方をくらましました」

「そうだったね。SISにいるわがほうのスパイはどうだ？」

「ロンドンの？」

「ほかにどこがあるのかね？」

「そのスパイも、ユニオンのことはほとんど知りません。

スキン17追跡に関するSISの動きを報告させています。いわばわれわれは、SISの一歩先を行っているわけです」

「それから、このボンドという男。SISが派遣したのはこいつだな?」

ハーディングはうなずいた。「彼はベルギーにいました。ネパールに行かされたかどうかはわかりません。わたしは移動していましたので」

ル・ジェランはまたケースから煙草を抜き、火をつけた。

「わたしが教えよう、ドクター・ハーディング。SISは国防省が編成した登山隊に彼を加わらせて、ネパールに送りこんだよ。彼らはあの山に登って製法を奪回するつもりなのだ」

「ということは」ハーディングは作り笑いを浮かべた。

「われわれに再度チャンスが訪れたわけですね? 製法を取りかえせる!」

「おそらくな」ル・ジェランはまたもやじっくりと煙草を味わった。「ところで、ドクター・ハーディング、わたしの後ろに映っている男たちを知っているかね?」

ハーディングは首を振った。「見たこともありません!」

「一度も?」

「はい」

ル・ジェランがべつのスイッチをはじくと、画面が変わった。あらわれたのは見覚えのあるパブ。その写真に映っている人物を見たとき、ハーディングの心臓はとまりそうになった。

三人のネパール人がビール片手に話をしている相手、それはほかでもない自分自身だった。

「これはスキン17計画が頓挫する三日前に撮られた。オールダショットからほど遠からぬところにあるレイク・アンド・グースという酒場だ。きみもなじみの店じゃないかね、ドクター?」

ハーディングは目をつぶった。絶体絶命だ。

「きみはこの男たちを雇って製法を盗ませた、そうだろう、ハーディング?」すごみの加わった声は、怒りに震えていた。

「ちがう――わたしは――それは……」ハーディングは泣きじゃくりながら言った。

「黙れ！」ル・ジェランがまたべつのスイッチを押した。ハーディングの後ろのドアが開く。衛兵がひとりはいってきて、背後に立った。ハーディングは恐怖におののきつつ、さっと振りむき、それからテーブルを囲む人たちに視線を移した。だれも表情を変えずにこちらを見つめている。

「ジェラン、お願いです。わたしは知らなかった……わたしはただ……」

「きみはただ、ユニオンを欺いて製法を横どりし、われわれが払う報酬より高い金でだれかに売りつけようとしただけだ。きみは欲をかいた。そうじゃないかね、ドクター？」

「はい。つまり、ちがいます！　そんなことはしてません！　誓って、わたしは……」

「愚か者め。わたしは愚か者を容赦しない」ル・ジェランはあるかないかの動きで、ハーディングの背後にいる衛兵にうなずいた。

衛兵は左手でハーディングの髪を荒々しくつかんで頭をのけぞらせた。そして右手に握った細身の短剣で、その喉を耳から耳までひと息に掻き切った。喉がごぼごぼと恐ろしい音をたて、前のテーブルに血が飛びちった。ハーディングはもだえながら、丸一分のあいだ生にしがみついていたが、ついに椅子から滑りおちて床に倒れた。ほかのメンバーたちは衝撃と恐怖で言葉もなかった。血しぶきこそ浴びなかったものの、目にした光景は生涯忘れることができないだろう。

ハーディングの後ろにいた衛兵は短剣をおろし、上体をかがめて死者の服で刃の血をぬぐった。

「ご苦労だった、軍曹」ル・ジェランが言う。「さがってよろしい。五分後に清掃班をよこしてくれ。それまでには終わる」

「了解しました」軍曹は敬礼すると、踵を返して退室した。

ほかの者は、ハーディングの死体とテーブルに散った液体から目を離すことができずにいた。女性のひとりが心ならずも嘔吐した。だが、やがて全員が平静を取りもどし、暗がりのなかにいる男に目を向けた。これまでいささかなりとも迷いがあったとしても、いまや、文句なしにこの男が指導者だ。

「ほかに先を越されるまえに、スキン17を手に入れたい」ル・ジェランの声は抑制され落ちついていたが、毒気がこもっていた。「あの製法を狙ってカンチェンジュンガをめざす登山隊が、すくなくとも三組あることがわかった。ひとつはイギリスからで、むろん、もっとも手ごわい相手だ。もうひと組はロシアから。われわれの友人であるロシア・マフィアのメンバーで編成されている。そして中国も遠征隊を組んだ。われわれより先に製法を回収しようと躍起になっている——そうすれば、われわれがすでにおこなった仕事に、報酬を支払わなくてもいいと思っているのだ。この三組以外にも、狙っているところがあるかもしれない」

ル・ジェランはケースから煙草を引きぬいて火をつけた。深々と吸いこみ、劇的な効果を狙って間をおいた。「ユニオンでは、高山をめざすいずれかの登山隊に同行する計画が目下進行中だ。だれより早くスキン17の製法を回収するのはユニオンだろう。今年請け負う仕事のなかでは、もっとも危険で重要なものになる。その準備のために、きみたちのほとんどが協力を求められるだろう。失敗は許されない。わかるな?」

全員がうなずいたが、ル・ジェランにはそれが見えなかった。幾人かが、テーブルから垂れてできた赤い水たまりに目を移した。気分が悪くなった者もいる。

「わかるな?」ル・ジェランはどなった。

一同はあわててボスに視線をもどし、大声で言った。

「はい、ル・ジェランさま!」

ル・ジェランは笑みを浮かべた。「よし。それではランチとしよう。みんな、腹が減っただろう?」

14 歓迎会

オークハンガー近くの将校訓練コースで、マーキスやほかのメンバーとともに、重いバックパックを背負って階段を昇り降りするという一日を過ごしたのち、ジェイムズ・ボンドはＱ課のブースロイド少佐との夜の打ち合わせのために、ＳＩＳの本部に車を走らせた。

「ここに来るために、ひじょうに大切なディナーの約束を延期したことを知っておいてほしい」ブースロイドは暗証番号を打ちこみ、ボンドを研究室に入れた。「しかも、相手が絶世の美女だということも」

「ほんとに？」

「それほど驚くことはないよ、ダブル・オー・セブン。年はとっとるかもしれんが、そっちはすこぶる元気だ」

「なにも言ってませんよ、少佐」ボンドはほほえみながら言った。「お相手はとても幸運な女性にちがいありません」

「まあな。結婚して二十八年になる。だいじな記念日だというのに、わたしはこうしておまえさんと夜を過ごしておる」

「それじゃ、さっさと片づけたほうがいいね？」

「たしかに。さあ、よく聞くんだ、ダブル・オー・セブン」ブースロイドはさまざまな物がのっている金属製のテーブルに案内した。「おまえさんの任務の内容を聞いて、午後に倉庫からひっぱりだしてきたんだ。さらに、今回の登山隊のために高性能通信機器を調達してもらうよう、大臣に働きかけておる。なんと言ったかな、あのオランダ人、彼がすべて受けとるはずだ」

「ポール・バーク？」

「そうそう」

ブースロイドはマウスピースがついた細い管をボンドに手わたしながら、話をつづけた。「こいつは水中の非常用酸素補給装置に似とるが、高地用にできておる。ほぼ十五分間ぶんの酸素がはいっとるし、パーカのポケットにぴたりとおさまる。くどいようだが、あくまでも非常用だぞ」

少佐はブーツを指さした。「ワン・スポート・エベレスト・ブーツの一級品だ。アルベオライトの裏地とスーパーゲートルがついておる。超軽量にできとるから、履き心地は満点だ。こいつのすぐれたところは、われわれの踵用特製コンパートメントを念頭においてデザインされとることだ。右のブーツには薬と救急用具、左には小さな工具が一式はいっとる。ドライバー、ペンチ、スパナ……役に立つことがあるかもしれん」

ノース・フェイス製のビバークザックを調べているボンドに、少佐は言った。「ああ、それか。それは外で寝るはめになったときに使うビバークザックだ。特別の電池式パワーパックを取りつけておいたから、電気毛布のように暖かい。それに、ひろげることもできるので、もうひとりはいってもだいじょうぶだ」

「そりゃ便利だな」

「ワルサーP99を持ってるかい?」

「ええ」

「貸してごらん」

ワルサーP99を渡すと、ブースロイドはボンドがこれまで見たこともない毛皮裏のホルスターに入れた。

「何枚もの服とダウン・パーカで着ぶくれしたおまえさんが、必死になって服の下から銃を取りだそうとする姿が目に浮かぶよ。それじゃ、銃をかまえるまでに殺されてしまう。この外側ホルスターなら、そんなくだらん問題はいっぺんに解消してくれる。パーカの上から装着でき、しかもポケットにしか見えん」

ブースロイドは銃を取りだしてボンドに返した。「おまえさんの一式はあとからカトマンズに送るよ。必要な衣類や用具は発注済みだ。金に糸目はつけん。Mはこの任務のためなら寝袋に数百ポンドかけても惜しくないと思っとるらしい。向こうについて、なにか疑問点があるようなら、ファックスを送ってくれ」

「ヒマラヤ山脈の真ん中にいたらどうします?」

「だいじょうぶだ。ポール・バークがインターネットやファックスや電話につなげる衛星通信を持参する。お望みなら、エベレストの頂上からでもデジタルカメラで撮ったスナップ写真を送れるよ」

「エベレストには登りませんよ」

ブースロイドが肩をすくめた。「似たり寄ったりだろ?」

最後に、少佐は箱のなかからビニールの包みを取りだした。「ここに空気でふくらませて使う七キロの携帯用ガモウ・バッグがはいっとる。おまえさんも知っとるように、ガモウ・バッグは高山病対策用の加圧装置だ。エア・ポンプと発電機が特別に装備されとるから、だれかがふいごで風を送る必要はない」

ボンドは変わった装置を手にした。酸素調節器のように見えるが、マウスピースがふたつついている。

ブースロイドはほほえんだ。「きっとそいつが気に入るよ」

「これはなんですか」

「酸素調節器に決まっとるだろ」

「なんでマウスピースが二個も?」

ブースロイドはかぶりを振った。「おまえさんのことはよく知っとるんだよ、ダブル・オー・セブン。それは二人用の酸素調節器だ。まさかのときに、ふたりいっしょに使えるというわけだ」

「それは心外だな。隊のメンバーはほとんど男なのに」

デリーまでの空の旅は恐ろしいものだったが、最寄りのホテルでの一泊はさらにひどかった。一隊が着いたのは真夜中近かったのに、通りは車や歩行者や牛でごったがえしていた。

どこへ行ってもインド人が信仰する宗教のシンボルに出会った——ヒンドゥー教のシバやガネシュやクリシュナ神の絵、仏教の像、シーク教徒のターバン、それにキリスト教の十字架像まで。だが、ネパールは完全にヒンドゥー教徒と仏教徒の国のはずだ。じっさい、ネパールは公式に自国を〝世界で唯一のヒンドゥー教国〟と呼んでいる。

ボンドは信心深い人間とはいえないが、東洋の宗教には敬意を払っている。それでも、さまざまな聖像がつぎつぎと夢にあらわれて、目覚めが悪かった。同室のチャンドラ軍曹はまったく気にしていないようだった。グルカ族はどんな不愉快な状況にあったとしても温厚なことで知られているが、チャンドラも例外ではなかった。ボンドが起きたときは、ボクサーショーツひとつでカウンターに立ち、鼻歌をくちずさみながら、思いがけなくも部屋についていた十年前のコーヒーメーカーで、コーヒーをいれていた。

「おはようございます」顔をほころばせて、チャンドラが言った。「コーヒーは?」

ボンドはうめき声とともに、ベッドから出た。「頼む。熱くて濃いやつをブラックで。冷たいシャワーを浴びてくる」

「それしか出ません。お湯は昨夜のうちになくなったようです」

こういった不便には慣れないといけない、とボンドは自分に言いきかせた。ひとたびヒマラヤのカンチェンジュンガをめざす旅に踏みだせば、文明世界の香りなどとうぶん望むべくもないのだから。

昼食前に空港で落ちあって、一行はインド航空のカトマンズ行きに乗った。

イギリス政府の関係者だったため、入国審査は簡単にすんだ。空港には登山隊の世話を担当するネパールの連絡将校が迎えにきた。許可証や書類がきちんと提出されていることを確認し、登山隊が割り当てられた峰からそれないようにするのがおもな仕事だ。

一行はおそらく三十年は使われてきたおんぼろバスに乗りこんだ。窓から通りを見ていたボンドは、自分がまちがいなく第三世界にいることを実感した。デリーとくらべてさえ、差は歴然としていた。カトマンズの文化の融合はすさまじかった。車は米を積んだ荷車を引く水牛をよけながらくねくねと進む。沿道にはむきだしの下水溝がのびている。道行く人の服装もちぐはぐで、西洋のファッション(Tシャツとジーンズ)もあれば、ネパールやチベットの民族衣裳もある。信号でバスがとまると、裸足の痩せた子供たちが駆けよってきて、手をさしだしながら「ボンボン！　ルピー！　イスクル・ペン！」と叫ぶ。ネパールでは菓子を意味する万国共通語は〝ボンボン〟というらしい。観光客は鉛筆やボールペンをあたえがちなので、学校で使うという口実でイスクル・ペンをねだる子供も多い。

〈ヤク・アンド・イエティ〉はカトマンズでは数少ない高級ホテルだ。ダルバールマルグにあり、旧ラナ宮殿の一翼を取りまくようにして建てられている。二百七十の客室はどれもふんだんに装飾がほどこされ、あらゆる意味において〝モダン〟という表現がぴったりの建物だが、デザインにはホテルの歴史がみごとに生かされている。ボンドは西洋風とネパール風ヴィクトリア様式の両方の雰囲気を感じとった。

「ここはとても美しいホテルです」バスをおりながら、チャンドラが言った。「ネパールは何世紀ものあいだ他国との国交を断絶していました。もともとはマッラ王朝が支配していましたが、その後プリティヴィ・ナラヤン・シャー王がカトマンズに王国を打ちたてました。しかしやがて、若き将軍ジャン・バハドゥル・ラナが国王の力を奪い、みずから首相となって大王《マハラジャ》の称号と君主にまさる権力を手に入れたのです」

　ボンドたち一行はガラス張りのダブルドアを通って、きらきら光る花崗岩を敷きつめたロビーにはいった。左手に大きなフランス窓のある展望台、右手に黒い花崗岩でできたフロント、その上方にネワール族の手による伝統的な彫刻をほどこした木製窓があった。フロントではサリーを優雅にまとった顧客係が笑みをたたえている。フロントの奥はラウンジになっていて、緑色と黄色の布張りの椅子が並び、一枚ガラスの大きな窓から、きちんと手入れされたすばらしい芝生が見渡せた。

　チャンドラの説明はつづく。「ラナ将軍家による支配は一九五一年まで百四年間もつづき、華麗な新古典主義の宮殿をいくつも築きました。ラナ一族の時代を偲ばせるもののひとつに、赤宮《レッドパレス》またはラル・ダルバールと呼ばれる宮殿があります。建てられたのはたしか一八五五年だと思います。その宮殿を改築したのがこのホテルで、〈ヤク・アンド・イエティ〉というバーのほかに、〈ナーチガール〉

と〈チムニー〉というレストランがはいっています。〈チムニー〉に据えられている銅製の暖炉が、かの有名なボリス・リサネヴィッチの〈ロイヤル・ホテル〉のものだったのはご存じですか。そのホテルにあったバーが〈ヤク・アンド・イエティ〉だったんです。このホテルの名前はそこからとられました。ボリス・リサネヴィッチは、ネパールではじめて西洋式ホテルを開いたんです」

「すばらしい」ボンドは言った。

通りの強烈なにおいはホテルのなかまではいってこない。そのかわりに、レストランのひとつから香辛料のきいたカレーのにおいが漂ってくる。

ボンドとチャンドラは、チベット・スイートという部屋に通された。壁はチベット特有の緑と青を基調にした豪華な絹でおおわれている。リビングルームにはすわりごこちのよさそうな椅子と手のこんだ木彫りの調度品が配され、壁と天井は真鍮や銅の細工物で飾られている。専用のテラスからは、ヒマラヤ山脈とカトマンズ渓谷の雄大な景観が楽しめる。主寝室にはクイーンサイズのベッドがふたつあり、やはりチベットらしい緑と青の絹のベッドカバーがかかっている。大理石のバスルームには、楕円形の浴槽とシャワーブースがあった。

「ここにいるあいだだけでも、贅沢な雰囲気を味わってください！」バッグを床におろしながら、チャンドラが言った。「三日後には、このすべてとお別れです！」

「たしかに。だが、一時間後にはホテルのバーでI支局の仲間と会うことになっている。チームのオリエンテーションはいつだっけ？」

チャンドラが日程表を調べる。「今夜、ディナーのまえです。午後は自由ですよ」

「よし。カトマンズの仮支局に行って、仲間がどんな情報を手に入れたか確認しよう」

ボンドはカーキ色の薄手のズボンと海島綿の濃紺のシャツに着替えた。チャンドラは連隊の野戦服を着た。下におりてロビーのそばのピアノ・ラウンジに行くと、メキシコ・トリオ・バンドが五〇年代から七〇年代のスタンダードナンバーを演奏していた。ボンドはウォッカのロックをダブルで頼み、チャンドラはネパールの地ビール、アイスバーグを注文した。

「奥さんには会うのかい？」ボンドはきいた。

「こっちに向かっているので、わたしたちがここを発つまえには会えると思います。時間がかかるんです。ほとんど徒歩ですから」

「なんという名前？」

「マンメヤ」

「美しい名だ」

「本人も美人です」チャンドラの顔に笑みがひろがった。

ふたりが酒を飲みおえたちょうどそのとき、ザキール・ベディがラウンジにはいってきた。ボンドとチャンドラを見つけると、テーブルに近づいてくる。

「ミスター・ボンド？」

「そうだが」

「ご希望の市内観光の準備が整いました。出かけますか」

「もちろん」ボンドは勘定を部屋につけて、チャンドラとともにベディのあとから外に出た。


昼間の日差しは強烈だった。土ぼこりと暑さとにおいにまみれながら、旧市街の中心地ダルバール広場まで一マイルほど歩いた。中央広場のまわりには旧王宮のほかに、いくつもの寺院が群がっている。そのネパール・パゴダ様式と呼ばれる何層もの屋根を持つ建築様式は中国や東アジアにまでひろがっている。寺院の多くは、屋根の支柱にエロチックでなんとも奇妙な装飾をほどこしている。官能的な彫刻がときには感性に訴えるインドのものとはちがって、こちらのはもっと小さく、もっと露骨で、漫画のようでさえある。チャンドラはボンドに、稲妻の女神ははにかみ屋の処女だったので、そんな破廉恥なものがある寺院には落ちてこない、という言い伝えを披露した。

広場は騒がしく活気に満ちていた。タクシーと牛が同じ道路を分けあい、品物を並べた露天商たちが大声で呼びかける。すくなくとも三人の遊行僧《サドゥー》が、もじゃもじゃの髪やあごひげをほこりまみれにし、敷物の上に半裸ですわっている。ドコを背負って歩く女たちもいる。その大きな柳細工のかごに野菜から薪までいろいろなものを入れ、ナムロと呼ばれる縄で額にひっかけて運ぶのだ。

三人は広場でひときわ高いマジュデワルというシバ寺院の裏から、やや静かな横丁にはいった。ベディはまだ、ユニバーサル貿易という看板がかかったままの骨董店に案内した。

「トランスワールド財団にかけかえなきゃいけないんですが」ベディが弁解する。「ネパール支局はめったにあけることがないんで、そのままにしてるんです。ふだんはだれもいません。経費節約のために」

ベディは鍵をあけて、ボンドとチャンドラをなかへ通した。部屋はかび臭く、骨董品であふれていた。なかには観光客が金を払うものもあるかもしれないが、ほとんどは合法的な商売に見せかけるために置かれたがらくただった。

「ほこりっぽくって申しわけない。なんせ、リー・ミンを捕まえるという仕事がはいるまで、何カ月も来てなかったもんで。どうぞこちらへ。お見せするものがあります」

カーテンをくぐり廊下を進むと、南京錠のついたドアの前に着いた。ベディが錠前をはずしながら言う。「ネパールはまだまだ遅れてましてね。キーカードとか、電動式のスチール・ドアとか、そんなもんはいっさいない。イギリス秘密情報部のネパール支局には、ありふれた鍵一本ではいれるんです」ベディはさもおかしそうに笑った。

〝オフィス〟はひじょうに狭く、コンピュータ一台、ファイリング・キャビネット、小型冷蔵庫、机、それに椅子が四脚あるだけだった。

町を歩いただけなのに、三人とも汗をかいていた。ベディが冷蔵庫をあけてアイスバーグ・ビールを三本取りだした。ビールは喉を潤してくれたが、ボンドの好みの味ではない。コブラ・ビールのようなインド産ビールは好きだが、こっちには妙な甘さがあった。

「三人のハイジャック犯について、いくらかわかりました」ベディは机の上にあった封筒から、8×6インチの光沢のある写真を何枚か抜きだした。「三人とも五年前に刑務所から脱走したネパール国民で、死んだものと思われてました。あの観光飛行機の格納庫で働いている作業員ふたりが、三人の身元を確認しました」

「ユニオンのメンバーなのかい？」ボンドはきいた。

「確定はできませんでした。可能性はありますが、彼らはこの五年間ネパールに住んでいます。ユニオンのメンバーなら、活動の証拠がもっとつかめるはずです。彼らはどこか山のなかに潜伏していたのではないでしょうか。聞いたところでは、一八〇〇年代にインドで生まれたカルト集団〝タギー〟の流れをくむものだということです」

〝タギー〟は破壊の女神を崇拝し、殺害や略奪をくりかえす宗教組織だ。

「わたしの記憶が正しければ、一八八二年にイギリス政府が最後のメンバーを絞首刑にしたはずだが」ボンドは言った。

「そのとおりです」ベディが答える。「ですが、残党がいたんです。ユニオンが新メンバーを募集すれば、生き残りのタグはいちばんに採用されるでしょう。とても興味深いことがあるんですが」

「なんだい？」

「三人はスキン17の製法が盗まれる直前に、いっときイギリスにいたんです。ある日飛行機でやってきて、翌日飛びたった」

「どうやって入国した？」

「家庭の事情ということでビザが発行されました。その後われわれは、その家庭とやらがイングランドには存在しないことを突きとめました」

ボンドは手元の写真をじっと見ていたが、ベディが机の上に置いたもう三枚に視線を移した。カンチェンジュンガの墜落現場を空から撮ったものだ。機体がはっきり見える。驚いたことに胴体は無傷だ。

「偵察写真で見るかぎり、グレート・スクリー・テラスに行きさえすれば、飛行機には近づけそうです。ですが、これを見てください」拡大した空中写真を見せる。

飛行機の開いたドアのあたりに、靴跡がくっきり写っていた。

「生存者がいたのか」ボンドは言った。

「あそこでは生き延びることはできません」チャンドラが言う。「墜落機からは脱出できたかもしれないが、あの高度で持ちこたえるのは無理です。そういう状況にそなえていた乗客もいないですし」

「ほかの写真は？　あの足跡はどこへ向かったんだろう？」

ベディは肩をすくめた。「もっと撮ろうとしたんですが、引きかえしたときには、風と雪で足跡が消えていました。この方向、つまり南のほうに向かったのでしょうが、それ以上はわれわれにもわかりません。彼が言うように、あの高さではそう長くはもちません。高度順応もしていなかったでしょう。どんな人にしろ、どこかのクレバスで凍死体で発見されますよ」

三人はさまざまな書類や報告書を検討した。このハイジャックにユニオンが関与している確証は得られていなかった。ザキール・ベディにわかったかぎりでは、ユニオンはインド亜大陸では活動していなかった。

終わったのは、夕方近くだった。ベディがホテルまで歩いて帰ろうと言い、先にたって間に合わせの情報部を出た。通りはまだ混雑していたが、黄昏が近づくにつれて暑さはゆるみはじめていた。一行はダルバール広場までもどってきた。

彼らの上方、マジュデワル寺院のなかで、ネパール人がガリル・スナイパー・ライフルをかまえた。イスラエルで製造されている七・六二ミリセミ・オートマティックだ。戦場用に設計されていて、三百メートルの距離から頭に命中させることができる。上半身なら六百メートル、全身なら八百ないし九百メートル離れていても狙える。男は射撃がうまかったが熟練者とはいえなかった。狙撃手には特別の訓練と技術が求められる。弾丸は一直線には飛ばないからだ。重力と摩擦が弾丸をひっぱるように飛行を妨げる。狙撃手は着弾点の上下を見込まなければならない。その計算を助けるために、測距器《レンジファインダー》をそなえたスコープもあるが、それでも正しく狙いをつけるのには相当な訓練がいる。

まさにそのために、ジェイムズ・ボンドは命拾いした。

最初の一発がボンドの足元をかすめた。三人の男たちは地面に身を伏せ、狙撃手がどこにいるのか突きとめようとした。ボンドは夕日に目を細めながら、目の前にある大きな三重の塔の寺院から発砲されたことを確信した。

「あそこだ！」ボンドは指さしながら立ちあがり、寺院に向かって走りだした。ふたりもあとを追ったが、前からやってきたリクシャーに一瞬行く手をはばまれた。運転手が珍しい乗り物をわきに寄せると、ベディはボンドの前に立って寺院を見あげた。

「まだいますか？」

上方では、狙撃手がボンドの頭に狙いを定めた。ほかのふたりが何者なのかは知らない。イギリス人を殺せという命令だった。ボンドの鼻に照準を合わせ、男は引き金をひいた。だが、どういうわけかインド人が邪魔をした。

ザキール・ベディの頬に弾が命中し、ボンドの腕のなかに倒れてきた。

「あそこにいる！」チャンドラが叫び、寺院に向かって走りだした。ボンドはベディの死体を地面におろし、ワルサーを抜いてチャンドラのあとを追った。

チャンドラは入り口でボンドをとめた。「あなたははいれません。ヒンドゥー教徒以外は、禁じられています」

「冗談じゃない！」ボンドは吐きだすように言った。

「すみません、ミスター・ボンド。わたしが行きます。ここで待っていてください」

「いや、わたしも行く」

チャンドラは顔をしかめ、寺院にはいった。ネパールではヒンドゥー教徒と仏教徒との境界は紙一重だ。ここもかの有名なシバの男根像《リンガ》がなかにあるかと思えば、屋根のてっぺんは仏塔《ストウーパ》に似た小尖塔になっている。寺院の内部は薄暗く、香の煙がたちこめていて、ボンドはむせそうになった。参拝者たちは、神聖な場所に銃を携えて走りこんできた西洋人を恐ろしげに見あげた。

ボンドはチャンドラにつづいて、階層状の屋根に通じる裏階段へと急いだ。ふたたび銃声がした。今度は寺院のなかから聞こえた。女たちは悲鳴をあげて立ちあがり、外に逃げだした。男たちはその場に残り、おもしろそうに見守っている。こんなわくわくする場面に出会うのは久しぶりだった。

チャンドラとボンドは、傾斜した屋根にあがろうとしている狙撃手を見つけた。そこから地面に飛びおりるつもりだろう。チャンドラが驚くべきすばやさで屋根に出て、間一髪のところで男の脚をつかんだ。もみあううちに、男がライフルを取りおとす。ボンドも屋根に転がりでたが、ブーツのかかとが屋根板にひっかかって動けなくなった。チャンドラに加勢するまもなく、射撃手は身をよじって逃れ、足元を滑らせた。男は叫びながら落ちていき、地面に激突するなり、その声がやんだ。

ボンドたちは屋根をよじのぼって寺院にもどり、階段を駆けおりた。チャンドラは見物人たちに、警察の者だとネパール語で説明した。外に出ると、狙撃手は頭から落ちたことがわかった。首の骨が折れていた。

チャンドラが男をじっくり眺めて言った。「地元の男です。人を撃つのに慣れていたなんて、とても信じられません」

「ユニオンの徴募活動には合致するんじゃないか」ボンドがたずねた。

「ネパールでなら、そうでしょうね。弾はあなたを狙っていました」

「そのようだな。どうも、SISのいまいましい機密漏洩はますますひどくなるようだ。ネパールにわたしの存在を知る者がいるはずはない。ベディ以外はね」

パトカーのサイレンが近づいてくる。「行きましょう」チャンドラが言った。「警察沙汰にかかわりたくありませんから」

ふたりは人込みを走り抜け、警察が到着するまえに姿をくらました。

15　チームワーク

隊員たちは〈ヤク・アンド・イエティ〉にある実業家用のりっぱなミーティングルームに集合した。時刻は七時三十分。八時からあのすばらしいレストラン〈チムニー〉で、ディナーがはじまる。だれもが疲れと空腹を感じていたものの、部屋は期待と興奮に満ちていた。

遅れているふたりのメンバーを待っているあいだに、マーキスがボンドとチャンドラのそばにすわった。身を乗りだしてささやく。「きょう、ダルバール広場でインド人が射殺されたらしい。犯人はネパール人ということだ。犯人も死んだ。さっき警察に事情を聴かれたんだ。白人とネパール人の男が犯行現場から逃げるのを見た者がいるそうなんだが、きみたちなにか心当たりがないか」

「まさか」ボンドはしらばくれた。「殺されたのはどんなやつなんだ？」

「インド人のビジネスマンだ。悪かったなボンド、変なことをきいて。わたしが現在知っている白人とネパール人のコンビといえば、きみたちしかいないもんだから。気にしないでくれ。さあ、はじめよう」

迷子のふたりがはいってきたのを機に、マーキスは立ちあがって壇上から声をあげた。「みなさん、よろしいでしょうか？」

集まった十八人のメンバーの多くは登山を通じての古くからの知り合いで、そこかしこで話が盛りあがっていた。ネパールの連絡将校と十六人の男性隊員、それに女性隊員がひとり。

「さっさとやっつけて、食事にありつこうじゃないか！」

マーキスがいっそう声を張りあげた。

やっと静かになって、全員がリーダーに注意を向けた。

「相手は空軍の隊員じゃないことを忘れちゃいかんな」マーキスはつぶやいたが、全員に聞こえるにはじゅうぶんな声で、笑いが起こった。「古くからの友人諸君、それに新しくメンバーになられたみなさん、ようこそ。みなさんの都合がうまくついて、たいへんうれしく思います。本日集まってもらったのはほかでもない……」

　ふたたびくすくす笑う声が聞こえたが、いまいち気乗りがしない笑いだった。ボンドはマーキスの態度にうんざりしていた。チームにたいして確固とした権威を示そうとしながら、同時に笑わせようと腐心している。

「冗談はさておき、われわれは英国および合衆国政府のために、ひじょうに重要な任務を負っています」見えすいた誠実な口調。「この数日のうちにたがいをよく知りたいと思うでしょうが、今夜はとりあえず食べてゆっくり休みたいではありませんか！　ここはすばらしいホテルです。わたし個人としても、ここにいるあいだはその贅沢を満喫したい！　というわけで、さっそくメンバー紹介に移りましょう。わたしは英国空軍《RAF》に所属するローランド・マーキス大佐、余暇にはちょっとした登山家でもあります」

　二、三人が拍手した。女性もふくまれていた。

「どうも」マーキスはにこやかにほほえんだ。それから、ほかのメンバーから離れて壁際に立つふたりのネパール人を指さした。「みなさんミスター・チトラカールとは、先ほど空港で会いましたね。彼はわれわれの連絡将校です。ここカトマンズでの窓口として働いてもらいます」右側の男がにっこりして軽く頭をさげた。「ミスター・チトラカールからお話があります。ミスター・チトラカール？」

「ありがとうございます」強いなまりのある声で、地方へ行ったときや山に登るときに守るべきこの国の規則や条例を並べたてる。

「なかでもいちばん大事なのは、カンチェンジュンガの頂上には登らないということです。カンチェンジュンガはわたしたち国民にとってひじょうに神聖な山です。回収作業に必要な地点までは行ってもかまいませんが、それ以上はだめです」そこでちょっと笑顔を見せた。「そこに住む神々を怒らせてしまうかもしれませんから」

　たしかに、カンチェンジュンガは〝五つの大きな雪の宝庫〟という意味で、ヒマラヤのほかのピーク同様、ネパールの神々が住んでいると考えられている。

「ありがとう、ミスター・チトラカール。われわれ全員そのような意向がないことを、この場で断言できます。そのお隣のアン・ツェリンはすばらしいシェルパ頭《サーダー》で、わたしも以前ごいっしょしたことがあります」

左側の男がほほえんで、手を振った。さっきのメンバーがまた拍手した。有能そうに見える、とボンドは思った。サーダーの役割は重要だ。この男なら、ほかの者が山を登っているあいだ、しっかりベースキャンプを守ってくれるだろう。

「さて、このなかでもっとも美しいかたを紹介しましょう！　ニュージーランドの出身なので、われわれはときどき〝キウイ・ケンダル〟と呼ぶこともあります。われわれのチーム・ドクター、ホープ・ケンダル」

これまでにない大きい拍手に迎えられて、顔を赤らめたドクター・ケンダルが立ちあがった。マーキスはひとつだけ正しいことを言った――ドクターは息をのむほど美しかった。ブロンドの髪、グリーンの瞳、やさしい笑顔。三十代前半で、いかにも健康そうだった。身長は六フィートを超え、長い脚がカーキ色のズボンに隠れている。ネパールの風習を知っているボンドは、その脚を見ることはできないだろうと思った。ここでは、女性がショートパンツやミニスカートで素足をさらすと眉をひそめられるのだ。

「みなさん、こんにちは。これから数週間、みなさんのドクターをつとめることになりますので、ちょっとだけお耳を拝借します。みなさんがとても健康だということも、これから話すことなどすべてご存じだということも、よく承知しているのですが、こういったレクチャーをすることが法で義務づけられていますのでご容赦ください」

ケンダルは容姿の美しさからだけではなく、男たちに力をふるっていた。マーキスまでもが、腰をおろして一心に耳を傾けている。

「今回は過去にない短期間の登山となります。スケジュールもきわめて厳しいものです。モンスーンに襲われるまえに下山したいという意向はわかります。それでもやはり山酔い《AMS》の症状に気をつけなければなりません。AMSはいつだれがかかってもおかしくありません。チームメートの症状に気づくことは各自の仕事です。自分では気づけないことが多いからです。高地における大気条件は海抜ゼロ地点と変わらず、空気中の酸素の含有率は二〇パーセントくらいですが、大気圧がさがるほど呼吸で取りこめる酸素の量がすくなくなる、ということを覚えておいてください。五〇〇〇メートル以上のところでは、ふだんのほぼ半分の酸素しか摂取できません。そうするとまず、全身の倦怠感、食欲低下、頭痛といった症状があらわれ、そのうち脱力感が強まり、登山意欲がわかなくなってきます。もし、無気力、吐き気、めまい、眠気などの症状が出はじめたら、AMSにかかったとみてまちがいないでしょう」

ボンドにはすべて既知の事柄ばかりだったが、ドクター・ケンダルが持つ強力なカリスマ性のせいで、熱心に聞きいってしまった。

「これらの症状は比較的低地でも出ますのでご注意ください。そこで、いわゆる〝休み歩き〟をするようにしてください。脚の筋肉をリラックスさせ、規則的な呼吸を維持します。休憩をはさみ、深呼吸する。かならず水をたっぷり飲む。そして、栄養状態を保つために食事はひんぱんにとってください。さて、警戒すべきはAMSのさらに進んだ状態、高所肺浮腫《HAPE》と高所脳浮腫《HACE》です。HAPEは血液などの体液が漏れて肺に流れこむことによって起こり、血液中の酸素と二酸化炭素を交換する肺胞の働きが制限されます。症状は肺炎に似ています。死にいたるおそれがあり、しかも進行が急速です。ですが幸いにも、九〇〇〇フィート以下のところなら、健康な人にはほとんど起こりません。いっぽう、HACEはもっと深刻です。脳に水分がたまることによって起こり、脳細胞が膨張して圧迫され、まず激しい頭痛に襲われます。まもなく運動障害、おかしな言動、昏睡とつづき、やがて死にいたります。これらの治療としては下山しかありません。ジアモックスやデキサメタゾンといったような薬のことは忘れてください。山酔いの症状は緩和するかもしれませんが、損傷を治すものではありません。みなさんのドクターとして、いまこの場で、こういった薬の使用を禁止します。いいですね？」

何人かがぼそぼそつぶやいた。「なるほど」

「もうひとつ、いわゆる〝網膜出血〟にも注意してください。これもたいへん深刻な症状で、気圧の変化で目に分布する毛細血管が破裂し、網膜を傷つけることによって起こります。あの山の上で発症すると面倒なことになります。たとえ無事下山できたとしても、数週間は視力を取りもどせないかもしれません。脅かしで言っているのではなく、ただこれらのことを承知しておいてほしいのです。全隊員に定期的に検診をおこないますから、それに慣れてください」

「わたしは楽しみにしてるよ！」マーキスが笑いながら言った。何人かがくすくす笑った。

ドクターはマーキスを睨みつけたが、ほほえみまじりだった。「ローランドによれば、わたしには相手がどなたでも下山させる権限があるそうです。わたしがそれ以上は無理だと判断すれば。それはあなた自身にも適用されるのよ、ミスター・マーキス」

ボンドはふたりができているのではないかと疑った。

「これからわたしたちは到達できそうにない課題に乗りだすわけですが、最後にマオリ族のことわざをご紹介します。ヒ・ヌイ・マンガ・エ・コレ・エ・タエア・テ・ワカネケ、ヒ・ヌイ・ヌガル・モアナ・マ・テ・イフ・オ・テ・ワカ・エ・ワヒ〝大きな山は動かせないが、大きな波ならカヌーのへさきで砕くことができる〟つまり〝簡単にあきらめるな、きっとなにかやれることがある〟という意味になります。以上です」そう言って、ケンダルは着席した。

マーキスが立ちあがった。「ありがとうございました、ドクター・ケンダル。われわれは全員、あなたの有能な両手にわが身をゆだねます」

ケンダルはにやりとしたが、男たちが笑ったのでまたもや頬を赤らめた。

「よろしい」マーキスはネパール人との交渉にあたる男を紹介した。タプレジュンに着きしだい、サーダーと相談してシェルパ族のポーターを雇うことになる。ほかにもチームが第五キャンプの航空機付近に到着してから荷物を運ぶ者たちも、そこで雇われる。

装備の責任者は有名なフランス人の登山家だった。ボンドもその才能を知っていた。ローランド・マーキスに匹敵する経験を持つ登山家は、チームのなかではおそらく彼だけだろう。小柄だが肩幅がひろく、大きな頭は禿げていた。

「そして二列目にいるのは、今回わたしの補佐をつとめてくれる友人のトム・バーロウとカール・グラスです」

バーロウはひょろ長くて、ひげが濃く、分厚い眼鏡をかけている。いっぽうのグラスはがっしりした体型で、ひげはなく、表情にとぼしい顔をしている。

つづいてマーキスが紹介したのはアメリカ代表の三人で、彼らは立ちあがってあいさつした。ひとりはかなり若く、おそらく二十代前半だろうが、もっと幼く見える。仲間がその青年のことを〝あの坊や〟と呼んでいるのを、ボンドはすでに耳にしていた。

三人が輸送担当として紹介された。ふたりは名の知れたイギリス人登山家。三人目はまぎわに加わった交代要員で、オットー・シュレンクという名だった。

マーキスが説明する。「ジャック・キュービックはどうやら、われわれがロンドンを出発する前夜に大事故に巻きこまれようです。ただちにその穴を埋めなくてはならなくなっていたところ、こちらのベルリン出身のミスター・シュレンクが名乗りをあげてくださったのです」

ボンドには寝耳に水の話だった。時間をかけて、チームひとりひとりの経歴を調べあげたのだ。SISも全員の身元調査を徹底的におこなった。素性のわからない男と行動をともにするのは気がすすまなかった。ユニオンがチームに潜入するとすれば、土壇場でやるにちがいない。SISに連絡してシュレンクのことをくわしく調べさせよう。

ボンドはチャンドラに身を寄せてささやいた。「あいつから目を離すな」

チャンドラはかすかにうなずいた。

マーキスがふたりのほうを手で示した。「こちらは外務省代表のミスター・ジェイムズ・ボンドと、助手のチャンドラ・バハダー・グルン軍曹です。軍曹には軍から出向していただいております。たしか王立グルカ・ライフル銃隊の一員ですよね？」

チャンドラはにっこりしてうなずいた。そうすると目尻にしわが寄って、顔じゅうくしゃくしゃにして笑っているように見える。

ボンドはメンバーたちに会釈してからすわった。ホープ・ケンダルと視線がからみあい、しばらく目を離せなかった。ケンダルはその場の第一印象で相手を見抜こうというように、ボンドをしげしげと眺めた。

「最後に忘れてはならない仲間、通信担当のポール・バークです」紹介されたのは、手入れされたやぎひげと濃い茶色の目を持つ長身で大柄な男だ。バークが立ちあがった瞬間、もっと背の高い男がいるかもしれないという考えはなくなった。

「ありがとう」強いオランダなまりだった。「参加できて光栄です」バークはにこやかに笑ってから着席した。

ボンドの意見では、チームのなかでもっともすばらしい実績を持つのはバークだ。一流の登山家というだけではなく、通信方面での働きぶりは情報機関の世界でも高い評価を得ている。マーキスは知らないようだが、Q課も始終このオランダ人のエンジニアに相談している。ボンドはまだ面識がなかったので、バークに会えるのをとても楽しみにしていた。

あの女性は疑問だな、とボンドは思った。マーキスのガールフレンドだろうか。みんなの前も気にせず、ふざけあっていた。有能そうだが、男の集団に女が混ざるのはトラブルの種だ。もっとプライバシーを確保してくれと主張するかもしれない。かといって、男の仲間になろうといちずにがんばられても、それはそれで気が散る。

「もうひとつ、言っておかねばならないことがあります」マーキスが言う。「カンチェンジュンガをめざす登山隊が、わが隊のほかに三組あります」

ボンドが知っているのはふた組だ。もうひと組は、この一両日にあらわれたのだろう。

「中国登山隊は、わが隊と同日に許可証を申請しました。数日遅れてロシア組も。中国はわが隊とおなじく北壁を登るつもりでいるが、もうすこし南寄りです。わたしに言わせれば、たいへんな道を選んだものです。ロシアも北壁を行くようだが、どのルートを取るのか現時点ではまだわかりません。そして数日前、ベルギー隊が許可証を申請しました。きょうにも許可がおりているものと思います」

ボンドは手をあげて、マーキスの注意をひいた。

「彼らについての情報は？」

「たいしてないな。全員がベテランの登山家。彼らは金を持参した。ネパール政府が気にするのはそれだけだ。特定のどの集団の代表でもない。たんなる楽しみで参加しているように見える」

ボンドは眉をひそめた。

「では、ほかに質問は？」

新顔のオットー・シュレンクが手をあげた。

「ミスター・シュレンク？」

「なぜ北壁を登るんですか。かなりむずかしいと思うのですが」強いドイツなまりがあった。

「墜落機への最短コースだから。それに、政治情勢が不安定で、シッキム側からの登山許可を得るのは複雑だったので。北側、西側、南西側はネパールの領域です。そのなかでは、北壁がいちばん安全です。ここ何年かで死者が出ていることはたしかですが、頂上にたどりついた者もいます」

「ほかには？」

シュレンクは納得したらしい。うなずいて腕を組んだ。

みんな黙っていた。

「よろしいですね。では」マーキスは腹をぽんと打った。「食べる準備は万端だ！」

一同は席を立ち、三十分前に中断したおしゃべりにもどった。

ボンドは私物をまとめているホープ・ケンダルに目をやった。今後七、八週間、女ひとりでうまくやっていけるのだろうか。まわりは雄性ホルモンむんむんの男たちばかりだ。ローランド・マーキスとか……ボンド自身とか。

「ちょっと失礼する」ボンドはチャンドラに言った。「六十秒してもどらなかったら、ひとりで食事に行ってくれ」

ボンドはホープに近づき、手をさしだした。「はじめまして。きちんと自己紹介したいと思いまして」

ホープはにっこりほほえんで握手した。「いっしょにお仕事ができてうれしいですわ、ミスター・ボンド。これまでのところは、楽しい旅だと思いません？　ごめんなさい、あなたのこと、あまり知らなくて」

「ここにきてまだ一日です。くだらない噂というものは、知らないうちにひろまってしまう。そういうものです」

「なにか心配事があるんじゃないでしょうね、ミスター・ボンド？」ホープは誘いかけるように言った。

「ぜんぜん。あなたもおっしゃったように、われわれはつねに冷静でいなければなりません。よろしければ、ディナーをごいっしょにいかがですか」

ホープはかぶりを振った。「ローランドと約束してますの。いつかそのうちに、ね？」笑顔で小さく手を振ると、背を向けて歩き去った。

一部始終を見ていたチャンドラは、おおいにおもしろがった。

「チャンドラ、それ以上笑うと、顔がまっぷたつに裂けるぞ」

「あの女性は、あなたにふさわしくないと思いますよ、ボンド中佐。カヌ・パリョ」最後は腹が減ったという意味だ。

ボンドはこの数日で覚えたすこしばかりのネパール語のなかから答えた。「食べてください《カヌ・ホス》」

世間一般に信じられている説とはちがって、ネパールで味わえる料理はかなり変化に富んでいる。ボンドの意見では、ネパール料理自体は少々淡白で物足りない。ダル・バートと呼ばれるレンズ豆のスープとライスに野菜がつく定食だけで、これからの数週間、いやになるほど口にすることだろう。だが、カトマンズにいるかぎりは国際色豊かな料理が楽しめる。ホテルの〈チムニー・レストラン〉は、ボンドがこれまでに味わったなかで最高のロシア料理を得意としている。ボリス・リサネヴィッチによって築かれたこの店は、おそらくネパールでいちばん古い西洋レストランだ。その名前は、店の真ん中に置かれた大きな銅製のチムニーと煉瓦の暖炉からとられている。クラシック・ギターの生演奏が流れる店内は、打ちとけたディナーには最適の場所だ。

ボンドはチャンドラやポール・バークとおなじテーブルについた。前菜にボリス・リサネヴィッチの有名なオリジナル・レシピによるウクライナ・ボルシチを、メインにはチキンのヨーグルトマリネを選んだ。香辛料で軽く味つけし串に刺したチキンが、バターライスとともに出てきた。サイドディッシュは、なすと天日干しのトマトのシャルロット、紫いも、ササゲ豆のスープ。

「うまい」バークが言った。玉葱のレリッシュとポートワイン・ソースがついたテンダーロインのオーブン焼きをぱくついている。「あとの六週間もずっとこのホテルにいられないものかなあ」

チャンドラはベンガルのアカメという魚の燻製を食べている。「ええ、おいしいですね。でもシェルパの料理のほうがいいな」そう言って、にっこり笑った。

「はは！」バークは笑った。「気が変なのか」

「変じゃないですけど、ときどき、おかしくなることもありますよ」

オランダ人はまた笑った。「きみの事情は、ミスター・ボンド？　どうしてまたこれに加わったんだい？」

「政府のお偉方の命令で。万事ぬかりないように目を配れと言われた」

「つかぬことをきくが、なぜグルカ兵を助手に？」

ボンドとチャンドラは顔を見合わせた。チャンドラが答える。「ボンド中佐とは懇意な間柄で。いつも面倒を見合っているんですよ」

「それに」ボンドが言う。「外務省は現地のことを知っている者がいれば、隊全体の助けになると考えた。チャンドラはカンチェンジュンガに登ったことがあるんです」

「ほんとうかい？」バークは俄然興味がわいてきたようだ。

「途中までですけど。今回はもっと登れます。すくなくとも、グレート・スクリー・テラスまではだいじょうぶ」

「情報部があなたに託したという装置のことをききたいんだが」と、ボンド。

「おお、すばらしいものだ。保証するよ。衛星通信システムの設計には、もちろんぼくも加わった。超軽量のラップトップ・コンピュータのバッテリーは三カ月もつ。リンクアップも搭載されているから、ベースキャンプに置こうと思う。メンバー間や外部との連絡には携帯電話を使う。専用回線はいくつかあるが、今回は全員おなじ回線を利用する。インターネットはどこからでも接続できるんだ。必要なら八〇〇〇メートル地点からでも、ファックスを送れるよ」

「ファックスといえば、ロンドンに送りたいものがあるんだ。なにか手元にある？」

「もちろん。ほらここに」バークはそばにある携帯用コンピュータ・ケースを指さした。「いま送るかい？」

ボンドは遠征や隊員に関する情報がはいった書類ケースを開いた。新たに加わったオットー・シュレンクの写真を見つけ、ポスト・イットにメッセージを書いて写真のいちばん下に貼りつけてから、バークに手渡した。オランダ人はケースをあけてマシンの電源を入れ、ボンドが書きとめた電話番号を打ちこんでから、写真をコンピュータにかけた。

「これで届く」バークは写真をボンドに返した。「ロンドンとは絶えず連絡をとってるんだ、ミスター・ボンド。だから、外務省と話したくなったら、いつでも言ってくれ」

「ありがとう。返事がきたら知らせてくれないか。それから、これからはジェイムズと呼んでくれ」

ボンドはバークに好感を持った。彼がチームに加わったことを喜び、もっと親しくなりたいと思った。

ローランド・マーキスとホープ・ケンダルがやってきた。ホープはディナーのために、わざわざ着替えていた。会合のときのズボン姿ではなく、あでやかな赤のイブニングドレスを着ている。

笑いながらボンドのテーブルのそばに寄ってくる。「地獄の六週間までにレディとしてふるまえるのは、今夜が最後だと思うわ」

「彼女、すばらしくないか？」マーキスがたずねた。

三人の男がぼそぼそと称賛の言葉を述べると、カップルはみんなから離れたテーブルについた。

そちらをしばらく見ていたボンドは、ふたりが懇《ねんご》ろなのはまちがいないと思った。

そう感じるいわれはないのだが、ちょっと嫉妬をおぼえた。

16 トレッキング開始

カトマンズでの残りの日々は平穏に過ぎた。地元警察が、ザキール・ベディとその暗殺者であるネパール人――ユニオンのメンバーだろうとなかろうと――の死を〈ヤク・アンド・イエティ〉に滞在している登山隊と結びつけて考えることもなかった。毎日が運動と、東ネパールへ移動するための物資調達に費やされていた。

ある朝のミーティングのあと、ボンドは日頃にないおもしろい経験をした。その日は隊の全員がドクター・ホープ・ケンダルの健康診断を受けることになっていた。ボンドが約束の時間にスイートまで出向くと、ホープは医者としてあるべき冷静で客観的な態度で迎えた。だが同時に、ボンドの肉体にただならぬ興味があるらしく、じっくりと筋肉をさわり、反射神経をテストし、あらゆる穴を調べた。

それも、つまんだり、つついたりと、扱いはやや乱暴だった。ひょっとして好色なだけなのか、とボンドは思った。

「ずいぶん傷がありますね」裸体のあちこちを飾る輝かしい経歴の形見を調べながら言った。「外務省に勤務してらっしゃるのよね？」

「そう」

「外務省の人がどうしてこんなに傷を負うのかしら」

「気晴らしによくアウトドア活動をする。怪我をすることもあるよ」

「へえ、それは嘘ね。警察官のようなことをしてるんじゃないの？　失礼、答える義務はありません」ボンドは答えなかった。ホープは机のほうに体を向け、ゴム手袋をはめた。「それじゃ、ミスター・ボンド、前立腺を調べてみましょう」

その検査もやはり、あまりやさしくはおこなわれなかった。

登山隊のメンバーは二機のツイン・オッターに分乗して、東ネパールの小さな村タプレジュンの近くにあるスケタール小空港に飛んだ。未舗装の滑走路は標高二〇〇〇メートルの尾根にあり、一三〇〇メートルのカトマンズよりかなり高度があがる。計画によれば、その日はトレッカー用の粗末なロッジに分宿し、翌日、急勾配の峡谷をタムル川までおりることになっていた。それから北へ行く。そのほうが東へ行ってクンジャリに出るより直行ルートになるからだ。

第一日目から、目をみはるような景色だった。ヒマラヤはカトマンズからも見ることができるが、距離がありすぎておなじ国にあるとはとても思えない。だがここでは、いちばん近い山のすぐ向こうにあるかのように感じる。雪をいただく連峰が北や東の空にひろがり、白い雲に隠れている山頂もあった。

あたりは春の色で華やかだった。丘は急斜面でも農業ができるよう段々畑になっている。かくも困難な土地を耕してでも人は生活できるものなのか、とボンドは驚嘆した。だが、ネパールのほとんどの人がそうしている。しかも、うまく暮らしているのだ。

ここの風はかなり乾いていて、それほど高所でもないのに、もう空気が薄くなってきているのをボンドは感じた。Q課から支給されたアボセット・バーテック・アルペン腕時計に目をやる。これは高度、時間、気圧を表示し、積算上昇速度も測定できるようになっている。時刻は午後三時だが、もっと遅いように感じた。高度の変化のせいで、丸一日働いたあとのような疲労感があった。到着してまもなく、アメリカ人のビル・スコットが頭痛を訴えた。ホープ・ケンダルが診察して、夜はじゅうぶん睡眠をとるよう助言した。

「全員、夕食がすんだらすぐ就寝すること」マーキスが命じた。隊員たちは空港ターミナルがわりの小さな建物に集合していた。「夕食は、各自、宿泊先の家族といっしょにとる。注意事項を伝える――右手で食べること、そぶりでも左手を使ってはいけない。戸口では靴を脱ぐこと。ヒンドゥー教の家では、招かれないかぎり厨房にはいってはならない。案内されるまでは席につかないこと。食べるつもりのないものには手を触れないこと。一度でも唇や舌に触れた食器や食べ物は、ジュト、つまり不浄だとみなされる。各自、自分の皿やコップで飲み食いすること。基本的にすべての食べ物は調理ずみだが、念のため、洗ったり加熱されたりしていないものには、口をつけないほうがいい。この国ではゲップは満足の合図なので、食事が終わったら忘れないように」

ボンドとチャンドラは荷おろしを手伝った。ボンドは装具のほとんどをロウアルパイン・アタック50に入れていた。この登山用ザックは機能性と軽量化を重視している。大量の登山用具は、必要なときがくるまでシェルパが運ぶ。

ネパールの民族のなかで、おそらくもっとも有名でひろく評価されているシェルパ族は、ネパール人よりむしろチベット人に似ている。東ネパールにやってきて何百年もたつうち、彼らは山岳での生活や労働にうまく順応するよう変わっていった。ひとたび優秀なガイドであり働き手であることを登山家に認められて以来、シェルパ族は予想外の名声と繁栄を手に入れたのだ。今回ほどの規模の登山隊なら、六十人近いポーターが必要だろう。

チャンドラ、ボンド、ポール・バーク、それにフランス人の登山家フィリップ・レオは、歯の欠けた口でにこにこ笑っている老夫婦の家に割りあてられた。マーキスとホープ・ケンダルは連れだって一軒の家にはいっていく。ネパール人はたいがい、親愛の情や性行動をあからさまに見せられるのをきらう。ふたりはどうやって切りぬける気だろう。

ボンドの心を読んだチャンドラが言った。「マーキスは夫婦だって言ってましたよ」

レオがチャンドラの頭越しに卑猥なフランス語を飛ばしたが、みんなが笑ったので、グルカ兵は意味を察した。

日が暮れると、ロッジのなかの低いテーブルに食事が用意された。ライスにレンズ豆のスープがかかった伝統的なダル・バートと、クミン、ガーリック、ジンジャーが添えられた野菜《サブジ》が少々。それにホットティがつく。食事が終わるころには、気圧と満腹感による催眠効果のせいで、ボンドとチャンドラは寝床につく準備ができていた。ボンドは持参したマーモットCo1の寝袋をひろげた。もっと人気のあるマーモットCwnほどは暖かくないものの、こちらのほうが軽く、高地ではより多目的に使える。木の床は堅かったが、屋根があるだけでも贅沢だった。

「おやすみなさい、ボンド中佐」チャンドラが自分の寝袋にもぐりこみながら言った。「キクキニに捕まらないように」

「なんだって？」

「キクキニ。出産で亡くなった女の霊で、若く美しい娘になってあらわれ、しつこく誘惑するんです」

「うれしい話じゃないか」ボンドは冗談で言った。

「はは。ですが、恋人になった男は女に活力を吸いとられ、すっかり生気を失ってしまうんです。相手がキクキニかどうか見分ける方法はひとつ、足が後ろ前になっているかどうかです」

「足だけ？」ボンドは狭い寝袋のなかでなんとかくつろごうと、もぞもぞ体を動かしながらたずねた。

チャンドラが高らかに笑った。どんなときも上機嫌なグルカ人に、ボンドは驚かされどおしだった。チャンドラはおしゃべりが好きだ。ときにうっとうしいこともあるが、いまや彼は愉快で利口な相棒になっていた。チャンドラはラムジュンやアンナプルナのふもとでの生活を語りはじめた。グルン族が農業を営み、きれいに切った石を敷きつめた小道を張りめぐらせた地帯だ。

「高いほうに住んでいるグルン族は仏教徒のしきたりを守り、低いほうに住む者たちはヒンドゥー教に改宗しました」

「きみは?」ボンドはきいた。

「どちらもすこしずつですね。ヒンドゥー教徒に生まれた場合は、改宗はできません。仏教はヒンドゥー教とうまく融合しています。ネパールには両方信じている人が多いはずです」

バークが大きな鼾をかきはじめたため、ほかの三人はしばらく眠れなかった。チャンドラはなおも話しつづけていたが、ついにレオが丁寧に頼んだ。「ウイ、ウイ、ムシュー、どうか眠らせてください。つづきはまた、あすの夜ではいかが?」

チャンドラが言った。「わかりました。シュバ・ラトリ」

「は?」

「おやすみなさい、と言ったんです」

「ああ、シュバ・ラトリ」

「シュバ・ラトリ、ボンド中佐」返事がなかった。「ボンド中佐?」

ボンドはすでに深い眠りに落ちていた。

ネパールの一日はいつも朝がいちばん美しい。谷間に幻想的な霧が立ちこめ、やがて太陽の上昇に合わせてじょじょに薄れていく。午前もなかばになればすっかり消えてしまうのだが、ボンドは霧の景色に打たれて物思いにふけり、イギリスから遠く離れた神秘的な異国にいることをしみじみ感じた。テムズ川のほとりの味気ない職場に帰る日が来るなんて、とても考えられなかった。

ボンドとチャンドラは、その家の主婦に合わせて早起きした。女たちには一家が信仰する神の世話をするという日課があった。まず家の神を拝み、それがすむと、ささやかな供物をのせた盆を持って近くの寺に行くのだ。ボンドはチャンドラと連れだって寺に行き、彼がプジャの儀式をおこなうのを観察した。神の像に花やティカ（ヒンドゥー教徒が額につける赤い点）の粉をまいて神を喜ばせ、奉納に来たことを知らせる鐘を鳴らした。チャンドラは象の頭を持つ太ったガネシュ神に特別の配慮を見せた。ガネシュは災いをもたらすと同時に払いのけることもでき、特別の配慮を示す者には幸運を運んでくれる神として知られている。だから、事をはじめるときにこの神に祈るのは重要なことだ。さもないと、旅人に災難が降りかかるかもしれないから。

シェルパ族のポーターたちは朝早くに、トレッキング用具を担いでプルムバに向けて出発した。残りの者が昼食時にそこへ到着するまでに、キャンプを設営するためだ。

「彼らはいつも陽気だな」ボンドはチャンドラに言った。

「登山隊から得た報酬が一年以上も家族を、ときには村じゅうを支えてくれるとしたら、わたしだってそうなりますよ」

朝食は、八時にロッジで用意された。意外にもスクランブル・エッグが並んでいる。ボンド仕様ではなかったが、それでもうれしくて心が休まり、おかげで、ほとんど下りの四時間のトレッキングに出発する元気が出た。プルムバはベースキャンプへ向かう行程の最初の休憩地だ。長く苦しい一日になるだろう。ふつうなら、プルムバで一泊するところだが、マーキスの計画ではそこからチルワまでさらに四時間の、しかも登りのトレックがつづく。

まだ、それほど暖かい服は必要なかった。高度的にはすこし寒かったが、過酷なトレッキングのせいで汗をかくにちがいない。五十ポンド以上の荷を背負っていればなおさらだ。ボンドのいでたちは、軽量素材のパタゴニア・パフボールに防風シャツ、黒っぽいジーンズ、厚手のスマートウール・ソックス、メレルM2のハイトップ・ブーツだ。ブースロイドから渡されたワン・スポートのブーツは雪や氷用にとっておいた。村を発つまえに全員が水筒に沸かした湯をいっぱいにし、節約して飲むよう注意を受けた。チルワに着くまでは補給できないだろう。

一隊は九時頃に出発し、霧のかかった谷へおりていった。ドクター・ケンダルとマーキスが先頭を行き、ボンドとチャンドラは後ろのほうについた。

すばらしい眺めに心がはずんだ。茶や緑に染まった山々、その向こうには雄大なヒマラヤ連峰が望める。水牛と働く農民のそばを通りすぎた。男たちはチョッキに腰布を巻き、女たちはチョリと呼ばれるぴったりした半袖のブラウスの上に、五メートルもある美しいインド製のサリーをまとっていた。サリーの明るい色がのぼりのようにはためいている。ネパールの女性は身を飾るのが大好きで、華やかな色の装身具を幾重にもつけている。長い黒髪は赤い木綿の飾り房で結わえたり、後ろへまとめあげて花を挿したりしていることが多い。赤いシンドゥールの粉でつけた額のティカは、日々のプジャの儀式の一環だ。

「神秘的に言えば」チャンドラが説明する。「ティカは見識の第三の目をあらわします。女性にとっては、大切な化粧です！」

一行は標高九二二メートルまでおりて、予定どおり一時ごろにプルムバに到着した。シェルパが準備してくれた昼食は、またダル・バートだった。噂によれば、夕食はチキンだということだ。

二時間の休憩のあと、ひたすらチルワへと歩を進めた。標高一二七〇メートルまで登らねばならず、休憩前より何倍も過酷な行軍だった。午前中にすでにたっぷり歩いていたので、目的地まで四時間の予定が六時間近くかかってしまった。

ここで見る景色もまた感動ものだった。ボンドは丘の上に寺があるのに気づいた。寺につづく曲がりくねった道があり、そのとばロに杖のかわりに棒切れを持った老人が立っていた。老人は笑顔でこちらに向かって手招きをし、施しをねだった。アメリカ人のひとりが何ルピーか与えた。

「よし」チルワに近づきながら、マーキスが言った。村はタプレジュンに似ているようだったが、もっと小さかった。

「おめでとう、本日のトレッキングは終了だ。みんな疲れたろう。わたしも高度変化に影響を受けているのをはっきり感じる。今夜もよく眠って、早く体を慣らそう！　一時間以内にシェルパが夕食の準備をする。ここには全員が泊まれるだけのロッジがない。何人かはテントを張ってもらうことになる。ロッジが使えるのは十人だ。なんならくじで決めてもいい。テントの志願者がいるならべつだが」

「われわれはテントでもかまわない」ボンドは同意を求めてチャンドラを見た。グルカ兵は肩をすくめた。

「わたしもテントで寝るわ」ホープ・ケンダルが言った。

「いや、きみはそういうわけにはいかない」マーキスが言う。

「どうして？　女性だから？　特別扱いはやめてちょうだい、ローランド。どうせすぐに、全員が長期のテント生活にはいるのよ。わたしにはなんてことないわ」

今夜どうしてもテントで寝たくない人間はマーキスだ、とボンドは思った。彼女はマーキスと距離を置くつもりなのか？

「いいだろう。それじゃ、われわれもテントにしよう」マーキスが言った。

「さしつかえなければ、今夜は自分のテントで寝たいんだけど」その言葉はグループ全員に聞こえた。マーキスの狼狽ぶりは傍目にも明らかだった。前夜のうちに、ふたりのあいだに思わしくないできごとが起こったにちがいない。

マーキスは問題にしなかったが、みんなの前でそんなことを言われて腹をたてているのが、ボンドにはわかった。結局、マーキスはロッジで寝ることになった。

ボンドとチャンドラは二人用のビブラー・トーレ・テントを組み立てた。このテントは頑丈で強風にも耐え、しっかり閉めれば凍りつくような寒さからも守ってくれる。設置が終わるころにはキャンプファイアーが焚かれ、まわりに人が集まっていた。美しく穏やかな春の夜がはじまる。満天の星空にいくつもの峰が黒く浮かびあがり、ボンドがめったに見たことのない空の景色がひろがっていた。

夕食はインド流のチキンカレーで、コックのジルミは西洋人の口に合うよう、スパイスを控えてくれていた。ボンドは右手で食べるこつを習得しつつあった。ネパール人は親指で器用にひと口分を口に運んでいる。アメリカ人のひとりが、安物のワインをナップザックから取りだした。ベースキャンプに着いたら飲もうと思っていたが、高地でアルコールはよくないと聞いたから、と言って。紙コップにすこしずつだったが、ちょうど全員に行きわたった。フィリップ・レオがハーモニカを出して、哀調を帯びたメロディを吹きはじめた。ひとりずつキャンプファイアーから離れて、自分の寝床にもどっていく。

ボンドは生理的要求に応えるために近くの暗闇に行った。その帰り道、ホープ・ケンダルのテントがあるのに気づいた。ほかのテントから優に百フィートは離れている。石油ランプがともり、キャンバス地にシルエットが映っている。十五フィートほどのところを通りすぎようとしたとき、テントの垂れ蓋があげられているのが見えた。ドクターは真ん中に敷いたマットの上でしゃがんでいる。ズボンははいたままだったがセーターは脱いでいて、白いTシャツ姿だった。ボンドはちょっと立ちどまって、手を振ってくれるのを待った。

ホープはこちらを見ずに、Tシャツの裾をつかんで頭から引きぬいた。下にはなにもつけていない。乳房は服の上から見ていたより大きく、乳首はつんと突きでていた。乳輪も頬紅をさしたかのように赤くて大きい。上半身裸ですわっている姿は、とてもエロチックだった。

やがてホープは顔をあげ、ボンドに気づいた。驚いて身を隠すでもなく、黙ったまま訳知り顔でボンドを見つめた。そして目を離さずに手をのばし、垂れ蓋のスナップをはずした。垂れ蓋が落ちて開口部が閉じられた。

いったい、どういうことだろう、とボンドはいぶかった。マーキスのガールフレンドなんじゃないのか？　のぞかれても平気で、誘っているようにさえ見えた。

謎めいた異性のことを考えながら仲間たちのテントのほうへもどると、携帯用テーブルに向かって作業しているポール・バークが目にはいった。巨体が折りたたみ式の椅子にすわっているさまが、なんともおかしい。バークはマイクロコム-Mグローバル衛星電話に接続したラップトップのキーボードをせわしげにたたいていた。

「文明社界の様子はどうだい？」ボンドはたずねた。

「ああ、どうも。こいつはすごいよ。世界最小かつ最軽量の国際移動体衛星通信《インマルサット》M衛星電話だ。いま衛星の位置を確認して、ガールフレンドに電話したばかりだよ」

「彼女どこにいるの？」

「ユトレヒトに住んでる。名はイングリッド。気立てのいいドイツ娘だ。いいところに寄ってくれた。ちょうど、きみあてのメッセージが届いてる」

バークがいくつかキーを打ちこむと、画面に暗号で書かれた電子メールがあらわれた。「ぼくにはちんぷんかんぷんだが、きみならわかるんだろ」

ボンドはかがみこんでモニターを見た。ＳＩＳの標準的な暗号で、言語連想法によってメッセージを解読する。ボンドは読みながら眉をひそめた。「ありがとう。削除してくれ」

バークは肩をすくめて言った。「悪いニュースじゃなかったことを願うよ」

「よくもあり、悪くもあるな。おやすみ」

「おやすみ、ミスター・ボンド」


テントにもどると、チャンドラがビブラー社のハンギングストーブで湯を沸かしていた。これはテントの天井から吊りさげて使うもので、こぼれるのを最小限におさえることができ、床を汚さずにすむ。

「お茶はいかが？　ネパール産のハーブです。よく眠れますよ」

「お茶はあまり好きじゃないんだが、すこしもらおうかな。いましがた、ロンドンからメッセージを受けとった」

「それで？」

「オットー・シュレンクに関する情報はなかった。ＳＩＳが確認したのは、本格的な登山家として知られているということぐらいだ。だが、身上調査はつづけると言っている。それより、もっと興味深いことがある。ドクター・スティーヴン・ハーディングが死んだ。ジブラルタルの海岸に死体が打ちあげられた。喉を掻き切られたらしい。ポケットにメモがはいっていて、〝貴国の売国奴にはもはや用がなくなった。したがってお返しする〟と書かれていたそうだ。ユニオンのサインがあったという」

チャンドラが小さく口笛を吹いた。「なら、やつらはわれわれの計画を知っていますよ、きっと」

「なにか変わったことに気づかなかったか」

チャンドラは首を振った。「今夜マーキス隊長とドクター・ケンダルはいっしょに寝ない、ということだけ」そう言ってから、くすくす笑った。

ボンドはその問題には触れずに、言った。「ユニオンの者がここにいるんじゃないかと思うんだが」

「わたしもそんな気がします。隊のなかじゃないとしても、近くにいますね。中国かロシアの登山隊にまぎれて」

ボンドはブーツを脱いで、パタゴニア・アクティビスト・フリースの袖なしのビブを着た。高地での冷え込みにはもってこいの寝巻きだ。

「その可能性はある。用心しよう。ことによると、ふたりで寄り道して中国隊を調べることになるかもしれない」

「了解、中佐」

「チャンドラ？」

「はい？」

「ジェイムズと呼んでくれ」

「わかりました、ジェイムズ」

前夜より疲れがひどいらしく、グルカ兵は十分もたたないうちに眠ってしまった。けれど、ボンドは目を覚ましていた。高所では眠れなくなることがときたまある。登山家のあいだでは不眠症は珍しい病気ではない。ボンド自身も何度か経験があり、上に登るにつれてひどくなるということも知っている。だが、今夜、寝つけないのは不眠症のせいではなかった。

頭のなかをさまざまなことが駆けめぐる。スティーヴン・ハーディング、ユニオン、この危険な任務……そして、ホープ・ケンダルのすばらしい乳房。

17　競争相手を排除する

翌朝目が覚めて、トレッキング二日目の準備をはじめるころには、隊員たちの元気ももどっていた。この日の目標は二〇五〇メートル地点のガイヤバリまで——あまりたいした距離ではないが、そこへ到達するにはたっぷり六時間は歩くことになる。シェルパたちは例によって朝早く出発した。ボンドとチャンドラは軽い朝食をとった。インド亜大陸ではカードと呼ばれているヨーグルトだ。ネパールの水牛の乳から作られるカードは驚くほどうまい。だが、ボンドは同時に、太りすぎの人たちを一カ月間ネパールのトレッキングに送れば、かなりのダイエット効果があるだろうとも思った。

隊のメンバーは八時半にチルワの本部に集合した。空はどんよりしていて、気温もさがっている。みんなセーターや上着をさらに着こみ、なかにはパーカをはおっている者もいた。チャンドラは軍装に身を固めた。バーゲンという大きなリュックサックをかつぎ、その上にチャンドラが〝福袋〟と呼ぶバッグをのせている。なかには、すぐに役立つ必需品の数々がはいっている。ラジオ、携帯用ガスコンロ、暖かい衣服、防水ジャケットなどなど。グルカ兵には欠かせないみごとな武器ククリももちろん、腰につけた光沢のある黒革の鞘に入れている。鞘には小型のナイフ、鋭利な〝カルタ〟と丸みのある〝ジ〟もいっしょにはいっており、火を熾したり果物の皮をむくときに使う。大型のほうは刃渡りが十八インチあり、鍛鉄製で、柄は水牛の角でできている。

「ブーメランのような形はヒンドゥーの三神ブラフマー、ビシュヌ、シバを象徴しています」ボンドにたずねられて、チャンドラは説明しながら、鍔際のくぼみを指さした。

「これがなんのためにあるか、わかりますか。刃を伝う敵の血を受けとめて、手元に流れてこないようになっているんです！」

ホープ・ケンダルはボンドにはほとんど目もくれなかった。ゆうべののぞき見的な出来事などなかったかのようだ。出発したときはローランド・マーキスと並んで歩きだしたが、一時間ほどたつと、ホープは後ろにさがり、アメリカ人のひとりとおしゃべりをはじめた。マーキスはカール・グラスといちばん親しいようだ。そのグラスは再三ボンドのほうを振りかえり、〝外務省の代表〟は部外者で登山隊のメンバーではないというような目つきで見る。ボンドもほかの隊員からあまり受けいれられないだろうとは思っていたが、グラスはとりわけひどく、こちらを見下した態度をとった。

オットー・シュレンクはつねにひとりで歩き、ほかのメンバーと言葉を交わすこともすくなかった。会話に引きこもうと話しかけてみたが、シュレンクの重い口はなかなかなめらかにならない。

「こんな間際になって、どうやってきみを見つけたんだろう?」ボンドはたずねた。

「八〇〇〇メートル級の山に登ったことのある者の評判は知れ渡っている」シュレンクは答えた。それですべての説明がつくというかのように。

ふいに雨が強く降ってきて、トレッキングの二時間目は愉快とは言えなくなった。だれもがあわてて雨用のパーカを身につけるが、足はとめなかった。

ポール・バークがボンドに追いついて、声をかける。

「よう、ミスター英国人、傘はどうした?」そう言うと、高らかに笑った。

「山高帽といっしょに家に置いてきたよ」

三十分後に雨はやんだ。だが、道はぬかるんでいる。マーキスは濡れたパーカを干すため、十五分間の休憩を命じた。魔法のように、雲の背後から太陽が顔を出した。残りの行程はうるわしい天候に恵まれそうだ。

ボンドはホープ・ケンダルのそばの岩に腰をおろした。彼女は髪をとかしていて、その髪が日光を受けてきらめいている。

「あなたのことはよく知らないけど」ホープはぶっきらぼうに言った。「きょうの行程が終わったら、試合後の宴会につきあってもいいわよ。キャンプに着くまでに、わたしがつぶれてなければ」

「おや、酒が好きなの？」ニュージーランドのスラングを交えて話すホープに、ボンドはきいた。

「医者だからお酒は飲まないことになってるの。でも、たしなむ程度なら。学生時代はいつも吐くまで飲んだけど、いまはそんなことしない」

「マーキスと知りあってどのくらい？」

「ローランド？　そうね……六年ぐらいかしら。エベレスト登山で彼といっしょになったの。それからニュージーランドのクック山で再会した。あなたはどうなの？」

「ああ、われわれはイートン校時代からの宿敵だ。ずいぶん昔の話だよ」

「あなたたちのあいだにはなにかあると思ってた」ホープは日焼け止めを顔やむきだしの肌に塗りはじめた。「彼がすぐれたリーダーであることは、あなたも認めずにいられないでしょ。彼は何事にも猛烈にがんばっちゃうの。型破りなやつよ」

「そういうのに惹きつけられる？」

　ホープは肩をすくめた。「わたしはしゃかりき《ブーツ・アンド・オール》な男が好き」

「どういう意味？」

「あら、ごめんなさい。全力を尽くす人ってこと。ニュージーランドにはあまり行ったことないのね？」

「ああ、一度か二度だけ」

「どこへ？」ホープは髪をとかしおえ、荷物をしまいはじめた。

「ほとんどオークランド」

「あら、わたし、家も職場もそこよ。ニュージーランドの大都会よね？　生まれたのはタウポっていうかなり高級住宅地。できるだけ早くそこを飛びだしたかった。上流気取りが好きになれなかったの」

　裕福な家の出かもしれないとボンドも思っていた。ホープにはお高くとまるとまではいかないが、上流階級っぽい雰囲気があった。だが、どこかステロタイプから抜けでていて、親しみやすい人物のように見える。おそらく、医師としての仕事が彼女を変えたのかもしれない。

「一時、南島の西海岸にも住んだけど、おかしな人ばかりだった。カリフォルニアに似てるっていう人も多いわ。クック山の近くにも住んだことがある。そこで登山を覚えたの」

「どうして医者になったんだい?」

「話せば長くなるんだけど。若いころのわたしは、とても奔放だったの。あら、いまだって若いわね。もっと若いころは、にしておきましょう。戸外で暮らすのが大好きで、キャンプに行ったりとか、山に登ったりとか、そんなこと。それに、男も」ホープはかぶりを振り、口笛を吹いてほほえんだ。「男性問題があとを絶たなかった。自分がどこかおかしいんだと思ったわ。なかなか満足できなくて……あら、なんでこんなこと言っちゃったんだろう。見も知らぬ人に!」

ボンドは笑った。「これから数週間いっしょに過ごすんだ。見も知らぬ人じゃなくなると思うよ。それより、ぼくもおなじような悩みをかかえていると感じることがある。女性問題だよ、もちろん」

「じつは、女性問題もあるの」ホープは声をひそめて言い、目をむいてみせた。「セックス中毒なんてことがほんとうにあるなんて思いもよらなかったけど、わたしは重症だったの。その治療中に心理学に興味を持つようになって、それからしだいに医学にも興味がわいてきた。大学にはまだ行ってなかったから、完全に方向転換したの。奔放な小娘からまじめな学生に。オークランドに移って医者になる勉強をした。いまでは、あなたの体の部位をぜんぶ言えるし、スペルもわかるわ。セックスへの好奇心を生かして性科学を専攻したこともある——性的機能不全とかそういうこと。でも、一般医療のほうにもっと心が動いた。人間の体がおもしろい機械だとわかった、と言ってもいいわね。わたしは夢中になった。男がスポーツカーを分解したり組み立てなおしたりするのといっしょ。肉体の限界を調べるのが好きなのよ」

あの検診のときやけに荒っぽかったのは、そういうわけか。

「それで、中毒のほうはどうなの？」ボンドはきいた。

ホープは立ちあがり、バックパックを背負った。「どんな悪習にも言えるけど、適度に楽しむぶんにはそれほど悪くないわ」そう言うと、ウィンクをして歩いていった。

彼女こそ〝型破り〟だな、とボンドは思った。わざわざ相手を理解しようとする必要はないのだが、かなり惹かれてしまったようだ。たしかにホープはありあまるエネルギーと知性をあらわにしているかもしれないが、男を惹きつける力があることは隠しきれず、捨てがたい魅力があった。

シェルパが用意した昼食の場所には午後一時ごろ到着した。この日の目的地まではあと二時間かそれ以上歩かなければいけない。昼食はタマという干したタケノコで作ったネパール風スープで、満足できる食事ではなかったが、それで我慢するよりなかった。

三十分の休憩のあいだに、ボンドはポール・バークのそばに行ってたずねた。「ロンドンからの新しいメッセージは？」

「ないね。来たら知らせるよ。電子メールは日に三回チェックしてるんだ。カトマンズの連絡員からの連絡は受けとった。中国隊はわれわれより南西側一マイルの地点にいて、しだいに距離をつめてるそうだ。われわれが予定どおり進めば、やつらより先に着く。だが、やつらが倍の努力をして、われわれを追い抜こうとすれば……」

「わかった」ボンドは言った。

シェルパが荷物をまとめるかたわらで、みんな休憩地点を離れる準備をはじめた。アメリカの三人組は岩架《レッジ》に立ち、農夫が鋤きかえしている段々畑の絶景を眺めていた。仲間に加わろうと向きを変えたとき、そのうちのビル・スコットが小石につまずいて転んだ。スコットは苦痛の叫びをあげ、足をつかんだ。ホープ・ケンダルが駆け寄る。

「今度はなんだ？」マーキスがぶつぶつ言いながら、みんなのほうへ歩いていき、ドクターの言葉を待った。

ボンドとチャンドラも駆けつけた。ホープはスコットのブーツを脱がせ、足首を調べた。すでにひどく腫れてきている。

「折れてるわ」しばらくして、ホープは言った。

「ちぇ、しまった」スコットが言った。「ということは?」

「続行は無理ね。やってみることはできるけど、苦痛がますますひどくなる。ベースキャンプに着くころには、山を登る状態じゃなくなるわ。引きかえすべきだと思います」

「引きかえす? どこへ?」

「タプレジュンへ」マーキスが言った。「そこでわれわれを待つよりないだろう」

「ひと月も?」スコットは怒りと恥ずかしさをおぼえていた。「そりゃないぜ……」

「シェルパのひとりにつきそってもらおう。われわれがもどるまで、そこでおとなしくしてればいい。あるいは、飛行機でカトマンズにもどるか。それは可能だろう」

　ホープはできるだけしっかり足首をくるんだ。そうすれば足を引きずりながらでも歩けるだろう。シェルパは松葉杖がわりになりそうな枝を見つけてきた。

「相当時間がかかるだろうから、もう行ったほうがいい」マーキスが言った。「ついてなかったな、きみ」

「ああ」スコットは隊のメンバーやアメリカ人仲間に別れを告げ、シェルパのチェタンとともに長い帰途についた。

　ふたりが聞こえないところまで遠ざかると、ホープは全員に伝えた。「こんなことになりそうな気がしていました。彼はずっと頭痛を訴えていた。軽い山酔《ＡＭＳ》いにかかっていて、そのことにちゃんと気づいていなかった。これで事故はたちまち起こるものだとわかったでしょう」

「こんな高度でもＡＭＳにかかるんですか」アメリカ人の若者がきいた。

「個人差があります。まだそれほど高所にいるわけじゃないけど、それは関係ないの。ふだん慣れている場所より高いところへ車を運転していっただけでＡＭＳの症状を見せる人もいれば、超高層ビルのてっぺんまでエレベータに乗るのが困難な人もいます。人によってさまざまなのよ。だから、各自が症状に気をつけなければならないわけ」

「わかった、わかった」マーキスがせっかちに言った。「さて、われわれは仲間をひとり失った。これ以上減らさないようにしよう、いいね? そろそろ出発したほうがよさそうだ」

隊員たちは荷物を取りあげ、過去五十年に何百人もの登山家が踏みしめたであろうかすかな道を進みはじめた。

つぎの一時間はきつかった。地形が変化し、高度はあまり上昇していないものの地面が岩だらけで歩きづらかった。シェルパの話によれば、付近の斜面から落ちてくる岩に気をつけないと大事にいたるという。

やがて、すこし平らな道に出ると、ボンドはローランド・マーキスに追いついた。隊長はカーキ色のズボンにRAFの記章が刺繍されたフランネルのシャツといういでたちだ。

「やあ、ボンド」マーキスが言った。トレッドミルの上を歩いているかのような安定した足どりだ。こちらがゆっくり歩いていたのでは、たちまち置いていかれてしまう。

「リーダーになるのがどんな気分か、ちょっと確かめにきたのか？」

「いや、前方から漂ってくるひどい悪臭はなんだろうと思って、見にきたんだ」ボンドは真顔で言った。

「おもしろくもない。自分のほうがうまくやれると思っているんじゃないのか？」

「いや、そんなことはないよ、ローランド。冗談がわからないのか？　きみはみごとにやっていると思う。冗談ではなく」

「おやおや、ボンド。ほんとうにそう思っているように聞こえるな。それはどうも。こいつは簡単じゃないんだ。きみも予定が不可能に近いことはよく知っているだろう」マーキスは声を落とした。男らしさを装わずになにか言うのははじめてだった。

「あのばかなアメリカ人が転んで足首を折りやがったなんて、信じられない。なぜだかしらんが、隊のメンバーが怪我をすると自分の責任のように感じるんだ」

「それはごく自然だろう」ボンドは言った。

「だが、起こったことはいまいましい。もっとあいつの実績をよく調べるべきだった」

「ローランド、新たに加わったシュレンクのことが気になるんだ。ＳＩＳには彼に太鼓判を押すまで調べる時間はなかった。きみはどれくらい知っているんだ？」

「なにも。仲間にひと言も口をきかないという以外はね。いつ、きみがそれを言うかと思っていたよ。連れてくるほかなかったんだよ、ボンド。彼しかいなかったから。スコットがいなくなったいま、新たな人手はどうしても必要だ。それに、彼の身元をはっきりさせるのはＳＩＳの仕事で、こっちの責任ではない。わたしは彼の登山歴を読んだだけだ。それは申し分ないものだった。だから、わたしに文句は言うなよ」

ふたりは押し黙ったまま歩きつづけた。呼吸するペースも歩くスピードもおなじで、たがいに相手についておなじことを考えていた。

「わたしは山に登るのが大好きだ」しばらくして、マーキスが言った。「それほど愛していなければ、リーダーなどにはならなかっただろう。だが、リーダーになるには経験が必要だと思う。これまで登山隊を率いたことはあるかい、ボンド？」

「いや」

「もちろん、ないさ。きみはこのスポーツをしょっちゅうやらないだろ？」

「きみのようにはね、ローランド。山に登るのは三、四年にいっぺんだ」

「それじゃ、あいだがあきすぎる。三、四年にいっぺんしかやらないゴルファーを考えてみろ。たいしてうまくなれないだろう」

「ゴルフといっしょにはできないよ」

「主張の正しさを強調しているだけだよ」

「主張とは？」

「登山はきみにとってスポーツじゃないってことだ。きみはアマチュアだ。たしかにうまいが、悪くとらないでくれよ、アマチュアであることには変わらない」

「まだ実践場面を見てないじゃないか、ローランド」

「いかにも。七〇〇〇メートルに到達するまで、その判定は待つべきだろうな」

「なにもかもがきみとの競争なんだな、ローランド？」ボンドは芝居がかって言った。

マーキスは声をたてて笑った。「認めろよ、ボンド、昔からわたしにちょっと嫉妬していたって。少年時代にはずいぶん、きみをレスリング・マットにたたきつけたからな」

「またしても、そのまったく逆だと思っていたが」

「またはじまった、歴史をゆがめている」

「そうは思わないが」ユーモアを失わないようにするのに、かなりの努力を要した。それから十分ほど、ふたりはまた黙りつづけた。

ようやく、マーキスがたずねた。「ところで、ボンド、われらが名医をどう思う？」

「やり手に見える」ボンドはそつなく言った。

マーキスは笑った。「むろん、彼女はりっぱな医者だよ。そうじゃなくて、女としてどう思うかときいているんだ」

ボンドはふたたび言った。「やり手に見える」

マーキスは鼻を鳴らした。「彼女には驚嘆のほかないね」

ふつうなら、人の情事を話題するのは好まないところだが、マーキスが彼女についてどう言うかには好奇心をそそられた。マーキスはこと性的な手柄話になると、口が軽くなってひけらかしたがる。問題は、そういう類いの男は誇張したがる癖もあることだ。

「きみの頭のなかはお見通しだよ、ボンド。われわれの関係がどんなものか考えているんだろう。恋人だと思っているとしたら、それはちがう。過去にはそんなこともあった。数年前だがね。この冒険がはじまるころ、よりをもどそうとしてみたが、うまくいかなかった。いまやふたりは、ただの友達さ」

「解禁された獲物ってわけかい？」

マーキスがその場でつと立ちどまった。ボンドはあやうくよろめきそうになりながらとまって、相手の顔を見た。マーキスの目は脅すようにぎらついていた。

「彼女は完全に解禁された獲物だ。きみがどうにかできるならね」だが、その声には警告の響きがあった。

そのとき、ホープが追いついてきて、ふたりのあいだに割ってはいった。金色の長い髪が風になびき、バックパックのまわりで揺らめいている。化粧もせず、西洋の女性の持つ日々の利器がなくても、ホープは健康な魅力を放っていた。

「ここで腕相撲でもしてるのかと思った。ローランド、お友達を殴りそうな顔してるわよ。ひどいことでも言われたの?」

「なんでもないんだよ、きみ」マーキスは言った。「ボンドとは昔からの友人だ、それだけだよ」

「そう聞いてるけど。行儀よくしてよね。強烈な男性ホルモンのにおいが漂ってる。こてんぱんに殴りあったあげく、わたしが手当てをするなんてまっぴらだから」

「喧嘩なんかしてないよ」マーキスが言った。

「わたしのことでも?」ホープは冗談めかして言った。だが、内心は本気で言っているのではないかとボンドは思った。

マーキスはホープのほうを向いた。「そうだよ、ホープ、まさにそれだよ。われわれはきみをめぐって、もめていたんだ」

ホープはマーキスの不機嫌にはまるで取りあわず、からかうように鼻をつんとそらせた。「あら、そういうことなら、強い者が勝ちよ」そう言うと、ほかのメンバーのもとへもどっていった。彼らはマーキスが立ちどまったのを休憩の合図だと勝手に解釈していた。

「いったいなにを怠けているんだ?」マーキスは仲間にどなった。「休憩はとっくにとっただろう! 腰をあげて! キャンプまでまだ一時間はあるんだぞ」

いらいらしながら、マーキスは向きを変えて歩きはじめた。ボンドはその姿を見送り、チャンドラがやってくるまで待った。ホープは通りすぎざま、横目でちらりとこちらを見ただけで、ひと言も声をかけなかった。

ボンドはホープのことを東半球一の思わせぶりなやつだと思った。通常、そういう類いの女性は軽蔑しているのだが、彼女にかぎっては挑戦意欲をかきたてられる。ボンドはだんだんホープを理解しはじめていた。自分でも認めているように、聡明で体の触れ合いが好きな女性だ。医者としての荒っぽい診察方法と、個人としての粗野な性的関心を区別できない。人間を動かすもとを調べるのが好きなのとおなじで、男と女のあいだで交わされる原始的な儀式に興奮させられる。恋愛ごっこをもっとも純粋な感覚で楽しんでいる。おそらくそれが、戸外活動や冒険を愛する心につながるのだろう。彼女自身のなかにも、かなりの男性ホルモンがあるのではないか。ベッドの上ではどうなるのだろう……

ボンドはチャンドラやポール・バークとともに、道を進みつづけた。午後四時にとうとうキャンプが見えたときには心からうれしかった。

ガイヤバリでの一夜は何事もなく過ぎた。隊員たちはベースキャンプに着くまでのあまり変化のない日課に慣れてきていた。この日の目的地は二七〇〇メートル地点のキャンプ。その翌日は三四四〇メートル地点にある比較的大きなグンサという村まで行く。通常なら、高度順応のため、そこで数日過ごすのだが、マーキスの予定にはそんな考えはなかった。

ボンドは午前中のほとんどをチャンドラと行動をともにし、ローランド・マーキスやホープ・ケンダルと接触するのをあえて避けた。意地の衝突が起こることはじゅうぶん懸念されたので、気持ちをその日のゴールに集中し、景色を楽しもうと思ったのだ。文明の気配がどんどんすくなくなっていくなか、二五〇〇メートル地点に到着した。

昼食時に、ポール・バークが近寄ってきた。「中国隊があっちの一マイル足らずのところにいる」南西のほうを指さしながら言うと、大男は双眼鏡を手渡した。ボンドは岩の上に立ち、双眼鏡を目にあてた。

すくなくとも十人くらいがゆっくりと山腹を移動し、シェルパたちの休憩地点のほうへ向かっているのが見える。

マーキスが岩に登ってきてたずねた。「なにを見ている？」

「道づれができたようだ」ボンドはマーキスが自分の目で確認できるよう双眼鏡を渡してから、つけくわえた。「きみたちとは別行動をとって、チャンドラと偵察に行ってくる。あすの午後、グンサで合流しよう」

「なんだって、今夜はビバークする気か？」ビバークとはテントなしに野宿するという意味だ。

「そのとおり。ふたりともビバークザックを持っている。トレッキンググルートのコピーもある。心配するな。あす、追いつくよ」

「きみが列を乱すのは気に入らないな」

「悪いな、ローランド。じゃ、行くよ」ボンドは岩から飛びおり、チャンドラに説明しにいった。

ローランド・マーキスはひとり渋い顔をした。ボンドには無事でいてもらわなくては困る。せめてスキン17を見つけだすまでは。

ボンドとチャンドラはそっと仲間から離れ、できるだけこっそりと中国登山隊のほうへ近づいていった。距離が百メートル以内になると、敵の状況がつかめた。

「総勢十一人ですね」双眼鏡をのぞきながら、チャンドラが言った。「それに、ポーターがおおぜい」さらに、隊員たちをひとりずつじっくり眺める。「すくなくとも三人はライフルを持っています。カンチェンジュンガに登るのに、なんでライフルが必要なんでしょう？」

「そこでだれかに危害を加えようとたくらんでいるならべつだがね」ボンドは言った。「行こう、動きだした」

ボンドはチャンドラが忍びやかに移動するあとをついていった。このグルカ兵は山登りが並外れてうまい。そのうえ、人目につかずに山を動きまわるコツと技を知っていた。ボンドは喜んで、この副次的冒険の指揮を譲った。

日没の直前に、中国隊はキャプラからほど遠からぬ地点にキャンプを設営した。テントを張り、寝る準備をしている。ボンドとチャンドラは彼らの上方に陣地を定め、まばらな木に囲まれた岩場に身を落ちつけた。

「暗くなって、やつらが眠るまで待つ」ボンドは言った。「それから、様子を見にいこう」

チャンドラはにやりとした。「楽しいですね、ジェイムズ！　こんなにわくわくするのは、ボスニア以来です」

「ボスニアが楽しいの？」

「そうですよ！　イングランドでぶらぶらしているくらい

なら、なんだってずっとましだ。ザイールにも行きました。湾岸戦争はすごかったな。あっちの地域には行ったことがなかったんです。わたしは先祖みたいにククリを使う機会をいまでも待っているんです」

「まだそれで人を殺したことはないってこと？」

「そう。果物や野菜はたくさん切ったけど、敵の首はまだです。そのうち頭を集めてうまいトストサラダを作りますよ。レタスのことじゃありませんよ、ジェイムズ」

「グルカ兵っていうのは、ぞっとするようなユーモアのセンスがあるんだね。そう言われたことない？」

「しょっちゅう、言われます」

「チャンドラ、きみが半分仏教徒だというなら、相手を殺さなきゃならなくなったとき、どうする？」

「いい質問です、ジェイムズ。仏教徒はいっさいの殺生を禁じられています。しかし、わたしは兵士で、それもグルカ兵だ。われわれは人間の威厳と自由を保つために存在するのです。それが矛盾しているのはわかります。ですが、グルカ兵はもう二百年近くも矛盾のなかで生きてきたんです！」

ようやく夜が訪れた。ふたりは中国隊のキャンプファイアの最後の残り火が消えるまで待った。それから、ゆっくりと静かに、斜面をおりて野営地へ向かう。ボンドは中国隊をじっくり観察していたので、どのテントに人間がいて、どのテントに装備や食料が置かれているか特定できた。ボンドたちの隊が使っているのとおなじような持ち運びできる調理場が、近くに設置されていた。シェルパたちはそのそばのテントで眠っている。中国人たちより、きっと眠りは浅いだろう。

ペンライトを使って、米やレンズ豆が詰まった袋を見つけた。ほかにも、茶の袋や、乾燥イチジクなどの果物の袋が並んでいる。ボンドはチャンドラにささやいた。「糧食はあまりじゅうぶんじゃなさそうだな？　ちょっと汚い手を使って、食料をだめにするしかない。そうすれば、やつらも補給しにもどらなきゃならなくて、そうこうしているうちに、われわれには追いつけなくなる。なにか方法はないか？」

チャンドラはささやきかえした。「簡単です！」鞘からククリを取りだし、米が詰まっている袋を手際よく切り裂いた。すばやい動きで、物音ひとつたてなかった。米は地面にあふれだした。つぎにグルカ兵がやったことを見て、ボンドはあっけにとられた。ズボンのファスナーをさげ、こぼれた米に小便をまきちらしはじめたのだ。その間、チャンドラはにっこりしてボンドを見ていた。

「ナイフを貸してくれ」ボンドは笑いを噛み殺して言った。チャンドラは放尿をつづけながら、ナイフを手渡した。ボンドはほかの袋も切り裂いた。湯気をあげている米の上に中身をぶちまけると、棒を使ってよくかきまぜた。チャンドラはファスナーをあげ、小型のナイフ二本を鞘から取りだした。しゃがみこんで、バーラップ製の袋の上で二本の刃をこすりあわせる。火花が飛んだ。二度、三度。四度目で袋に火がついた。

「もう逃げたほうがいいです。さあ、ジェイムズ」

銃声にびっくりして、ふたりは逃げだした。中国語でどなりあう声が聞こえる。キャンプから遠ざかりつつ下を見ると、炎は激しさを増していた。弾が音をたててかたわらを通りすぎていったが、そのころにはふたりとも闇にまぎれていた。狙撃手はやみくもにぶっぱなしている。懐中電灯を取ってきて斜面のほうを照らしている者もいるが、効果はなかった。すくなくとも三人の男たちが、あとから岩を登ってくる気配がする。さらに銃声が響いた。キャンプでは全員が起きだして、叫びながらあちこち駆けずりまわっている。シェルパたちは炎に包まれた糧食の火をなんとか消しとめようとしていた。ボンドとチャンドラは崖のくぼみにもどり、下方の混乱ぶりを見守った。追っ手はあきらめて野営地に引きかえし、装備をできるかぎり救出しようとしている仲間に加わった。

火がすっかり消えるのに三十分かかった。ボンドとチャンドラは目的を達した。中国隊はすっかりめちゃくちゃになっていた。口論したりどなりあったりする声が聞こえてくる。シェルパたちも文句を言っている。チャンドラにもいくらか内容が聞きとれた。

「シェルパたちは中国人が発砲したことにひどく動揺して

います。神は喜ばないだろう、彼らに災難が降りかかるだろう、と言っています。先へ進むのを拒んでいます。食料もなくなった。朝になったら帰る、と」

一時間後、中国隊は落ち着きを取りもどした。だれか酒を持参した者がいるらしく、それが功を奏したようだ。やがて、ライフルを持った男をひとり見張りに残して、彼らはテントにもどった。

ボンドはノース・フェイスのビバークザックをひろげ、大きな岩の後ろに固定した。ちょうどひとり分、手足をのばせるスペースがあった。チャンドラも自分のザックで丸まって横になれる穴を見つけた。

「シュバ・ラトリ、ジェイムズ」チャンドラが小声で言った。

翌朝、目覚めたとき、中国隊はとうに断念し、荷物をまとめて去っていた。

18 高まる緊張

雪をかぶったピークのかたわらにグンサの村が見えたとき、ボンドとチャンドラは安堵のため息をもらした。三四四〇メートル地点まで上昇するのはやはりこたえる。ボンドはすぐに息切れがして、何度も立ちどまって休まなければならなかった。いっぽうのチャンドラには、高度変化の影響はないようだ。

このあたりにはヤクを使った牧畜を営んでいる民族が住んでいる。こんな山のなかの高地で暮らしをたてている人々がいることに、ボンドは驚きを禁じえなかった。村人たちは足をとめ、ふたりをしげしげと見つめた。自分たちの土地に侵入してきた白人よりも、グルカ兵らしき男のほうに興味があるようだ。

カーブを曲がると、二百メートル前方に野営地が見えた。

「あれにちがいない」ボンドは言った。「昼食ができているといいな。腹がぺこぺこだ」

ふたりは岩架《レッジ》に向かって、つるつる滑る濡れた岩壁を登った。まだ登山用具を使うまでではなかったが、まもなくピッケルが必要になるのはわかっていた。グンサからベースキャンプまでの行程はかなり傾斜がきつくなる。これからの二日間はさらに骨が折れるだろう。

ボンドとチャンドラがふたたびカーブを折れてキャンプ地のほうをめざしていたとき、かたわらを弾丸がかすめて、雪にめりこんだ。ふたりはとっさに地面に身を伏せた。さらに二発がまわりの雪面に撃ちこまれる。チャンドラは遮蔽物を求めて岩のそばに転がった。ボンドは樹齢数百年はたっていそうな大木の切り株まで這っていった。

「相手が見えるか?」ボンドはささやいた。

チャンドラはおそるおそる顔をあげ、あたりを見まわした。「なにも見えません」

目をあげると、村を見おろす岩壁に煙が見えた。ボンドは指さした。「敵はあそこだ。見えるか?」

チャンドラは目をこらし、うなずいた。「どうしますか?」

「様子を見よう」

「何者でしょう?」

「われわれがここにいることを知っていて、なおかつ隊に合流してほしくないと思っているやつのようだ」

「中国隊?」

ボンドはかぶりを振った。「ちがうだろう。今朝はもう彼らがいる痕跡はなかった。引きかえしたんだよ」

チャンドラはあたりをつぶさに観察し、五十メートル先のレッジを指さした。「あのレッジまで行ければ、いったん下ってこの崖の向こう側にまわり、キャンプに出ることができます」

「いい案だ。いっしょに移動しよう。標的が多ければ的を絞りにくいだろう。三つ数えたら行くぞ。一、二、三!」

ふたりは遮蔽物の陰から飛びだし、レッジをめざした。さらに銃弾が二発、足元に飛んできて雪に突きささった。チャンドラが先にレッジに到達し、しゃがんでしっかりしている岩に手を置き、崖から身を投げだした。ボンドもチャンドラほど軽やかとは言えないが、おなじことをした。そのまましばらくぶらさがっていてから、岩肌に足がかりを見つけた。慎重にすこしずつおりて、十ヤード下の平らな地面に達した。

「みごとな身のこなしだったね」ボンドは完全に息を切らしながら言った。咳きこみ、その場にすわりこんだ。

「だいじょうぶですか?」

ボンドはもう一度咳をした。「ああ、すでに高所性の咳が出ているようだ。どういうものか知っているだろう。こんなに早くかかるとはね」そして数分間、ゆっくり深呼吸した。

「頭痛はありますか?」チャンドラがたずねた。

「いや、ありがたいことにないよ。それほどひどくなさそうだ。さあ行こう」

「ほんとうに平気ですか?」

「行こうと言っただろ!」ボンドは自分自身に腹をたてていた。相棒のようにはつらつとしていたかったが、ネパール生まれの者と張りあってもしかたない。とりわけグルカ兵とは。

ふたりは崖の周囲をまわり、べつの登り道を見つけた。キャンプ地の反対側に出て、ぶらぶらと近づいていく。狙撃手がいた崖のほうをじっと見たが、もう動きのある気配はなかった。

ローランド・マーキスはカール・グラスと話しこんでいたが、ボンドたちを見ると手を振って叫んだ。「もうあきらめようかと思っていたよ! 日暮れまでにカンバチェンに着かないと」

「なんだって」ボンドは言った。「どのくらいあるんだ?」

マーキスは肩をすくめた。「四時間半。なぜだ? 耐えられるだろ、ボンド?」

ボンドは咳をしながらうなずいた。

「ゆうべのビバークはあまり体によくなかったようだな。ついてないな」その声にはいささか喜びがふくまれていた。

「中国の友人たちについてはなにかわかったか?」

「いますぐわれわれを悩ますことはない。隊を離れている者はいるかい?」

「いまってことか?」

「ああ」

「ふうむ、三、四人、村へ行っている。そろそろ帰ってくるだろう——」マーキスは腕時計を見やった。「——もうすぐ。十二時三十分に出発する予定だ。いま十二時十五分」

「だれが行った?」

「なぜ?」

「どうでもいいだろう、ローランド、ただ教えてくれればいい!」ボンドはどなった。

マーキスは目を狭めた。「気をつけろよ、ボンド。だれがリーダーか忘れるな」

ボンドはマーキスのパーカの胸倉をつかみ、ひっぱった。チャンドラが割ってはいる。「ほら、ほら、よしなさいよ。中佐、さがってください」

ボンドは手を放し、後ろにさがった。「ローランド、きみがリーダーだ。だが、わたしに協力するようSISから命じられている。さあ、村へ行ったのはだれなんだ?」

マーキスはやや力を抜いて言った。「ドクター・ケンダル、ポール・バーク、オットー・シュレンク、それにアメリカの坊やだ」

シュレンクか、狙撃手はシュレンクだ、とボンドは思った。

そのとき、バークとホープが小道をこちらへ向かってくるのが見えた。バークはそれまで見たことのない派手で目立つ黄と緑のパーカを着ていた。ボンドは折りたたみ式の椅子に腰かけ、さらに咳きこんだ。ホープが近づいてきて言った。「ちょっと、もう咳が出てるわ」

「ありがとう、ドクター」ボンドは言った。「診断に感謝するよ。きみたち、どこへ行っていたの?」

ホープはマーキスとバークに目をやった。「気分はだいじょうぶ、ジェイムズ?」

チャンドラが言った。「ゆうべからきょうにかけて、たいへんなことがあったんですよ」

バークが言った。「ぼくはヤク飼いから物々交換でウリを手に入れた」それを掲げてみせる。「カボチャみたいな味がするそうだ。そこへちょうど名医があらわれた。あの老人は白人女性に売りたいものを持ってたにちがいない。彼女がぼくの連れだとわかったとたん安くしたから」

ホープはネックレスを掲げた。「わたしはチューインガム五個と引き換えにこれを手に入れたの。悪くないでしょ？　値打ちはないかもしれないけど、でも、きれいだわ」

「おーい！」大声が聞こえて、全員が振りかえった。オットー・シュレンクが小走りに寄ってくるのが見える。彼も息を切らし、休み休み進んでいる。ようやくキャンプにたどりつくと、防水シートに倒れこんだ。そして咳きこみはじめ、なんとか呼吸が正常にもどってからやっと口を開いた。「あの坊やが……死んだ……撃たれたんだ」

「どういうこと？」マーキスとホープが同時に言った。

「どこで？」ボンドがたずねた。

シュレンクは狙撃手がいた崖のほうを指さした。「あの崖の下だ。行こう、案内する」

現場へ向かいつつ、シュレンクはどこに武器を隠していたのだろう、とボンドは思った。あれはライフルだったにちがいない。どうやって荷物のなかにしまっておいたのか。いまは崖の上に捨ててきたのか。

〝坊や〟――名前はデイヴィッド・ブラック――は、雪のためにぬかるんでいる小道にうつぶせに倒れていた。その下には血だまりができている。

ホープ・ケンダルがそばに膝をついて調べる。「ひっくりかえすのを手伝って」

「遺体に触れるのはまずいんじゃないか」バークが言った。

「なんだと、警察が来て現場を保存するとでも言うのか？」マーキスがきいた。

「いずれにしても、グンサにはネパール警察が駐在してる。われわれの許可証を確認しにくるだろう」バークは答えた。

ボンドはブラックをあおむけにするのに手を貸した。弾丸は胸の真ん中に撃ちこまれていた。

「至近距離から撃たれているな」ボンドは言った。ホープが同意するようにうなずく。

ボンドはチャンドラと目を合わせた。ふたりともなにが起こったのかわかっていた。デイヴィッド・ブラックは狙撃手と出くわしたか、銃声を聞いたかしたのだろう。狙撃手の正体を知ったために消されたのだ。


カンバチェン行きは延期され、隊はグンサで一夜を過ごすことになった。マーキスはこの変更が気に入らずいらだっていた。ボンドとチャンドラは現場から遺体を移動し、さらに崖で証拠を探した。チャンドラが七・六二ミリの弾丸を見つけて、ボンドに見せた。

「セミ・オートマチックのものだな。スナイパー・ライフル。ドラグノフか？」ボンドは推測した。

「L1A1を撃ったことがあります。こんな弾薬を使っていました」L1A1とは世界でもひろく使用されているベルギー製の自動装填式ライフルFN FALをイギリスが改良したものだ。ガス圧利用式で、装弾数は二十発。

「チャンドラ、きみの言うとおりかもしれない」

「われわれの隊のだれかですね。グンサの住人でこんなライフルを持っている者はひとりもいないでしょう。シュレンクの所持品を検査しますか？」

「したほうがいいだろうな。よし、報告しにもどろう」

隊員たちはデイヴィッド・ブラックが殺されたことにうろたえ、ショックを受けていた。犯人が隊のなかにいるかもしれないとボンドが言うと、何人かが異議を唱えた。

「頭がおかしいんじゃないのか」デルピーという登山家が言った。「なんでおれたちのだれかが、そんなことしなくちゃならないんだ？」

「この遠征隊について、なにか隠してることがあるのか？」アメリカ人でひとり残ったダグ・マッキーがきいた。

「落ちついてくれ」マーキスが言った。「われわれの任務は回収だ。それ以外になにもない」

「じゃあ、なんで狙われるんだ？」フィリップ・レオがたずねた。

「ロシア隊だよ」ポール・バークが答えた。全員がバークを見た。「ロシア隊があすベースキャンプに到着するという知らせを受けた。彼らはあの飛行機になにかがあると思ってるらしい」

　全員がマーキスを見た。「なにかあるの？」ホープがきいた。

「遺体だけだよ」マーキスは言った。「イギリス人とアメリカ人の」

　ボンドはロシア人が関与している可能性を思いめぐらせた。彼らもユニオンのメンバーなのか。ユニオンがロシアのマフィアと取引していることは知られている。登山隊がすべてユニオンの犯罪者で構成されているとしたらどうなるだろうか？

「われわれはなんらかの脅威にさらされているのか？」トム・バーロウがたずねた。「といっても、自然の脅威ではなく人間によるもののことだが」

「そんなことあるわけないだろう」マーキスは仲間を安心させようとして言った。「デイヴィッド・ブラックに起こったことは、異常な事故みたいなものだったと思う」

「至近距離から撃たれるのが、どうして異常な事故なんだ？」バークが言った。「なんだかいやな予感がするな」

「おれもだ」

「わたしもだよ」だれかが言った。

「もういい！」マーキスがどなった。「なら、みんなもどればいいだろう。いいか、みんな使命を遂行するために雇われ、とてつもない大金をもらってるんだぞ！　わたしはあすの朝、カンバチェンに向かう。それからなんとかロナークまで行く。あさってにはベースキャンプに着けるようにな。やる気のある者だけついてくればいい！」

　ホープが咳払いした。「ここからロナークまでは高度差が千メートルちょっとあるわ。きびしいんじゃないかしら」

「この任務がきびしいことは全員知っている」マーキスが言った。「みんな危険は承知のうえだ。帰りたい者は帰ってよろしい。わたしは前進する。ついてくる者は？」

　だれも口を開かなかったが、やがてボンドが手をあげた。

「わたしの見るところ、行く手にはいくつも災難が待ちうけていそうだ。高山病、高所肺浮腫《HAPE》、高所脳浮腫《HACE》、雪崩、凍傷、雪盲。少々発砲されるぐらいなんだっていうんだ？」

くすくす笑う声があがった。チャンドラがはっきりと言った。「グルカ隊にはネパール語のことわざがあります。カパール・ブヌ・バンダ、マルヌ・ラームロ。われわれのモットーで、〝臆病者になるなら、死ぬほうがましだ〟という意味です。わたしはあなたとボンド中佐にしたがいます」

「わたしも」ホープ・ケンダルが言った。「それに、あなたたちには名医が必要になるでしょうから」

ポール・バークが肩をすくめた。「ちぇ、ここまで来たんだ。引きかえせるかい？」

ほかの仲間も最後には同意した。オットー・シュレンクだけが黙ったままだった。全員に返事を期待するように見つめられると、ようやく言った。「わたしも行こう」

殺人があったことをグンサの警察に隠すのは、思ったより簡単だった。ホープ・ケンダルは死亡証明書を提出し、デイヴィッド・ブラックは用具の上に落ちて刺し傷を負ったと説明した。幸いにも、警察は事故を起こしやすい西洋人の扱いには慣れていたので、干渉せずに隊に処理を任せた。許可証のチェックがすむと、隊は前進を許された。

連絡将校がデイヴィッド・ブラックの遺体をカトマンズに移送することと、関係筋への処理を買って出てくれた。遺体をのせたワゴンとともに将校が去るなか、シェルパたちは亡くなった登山家のために簡単な祈禱をおこなった。

夜の帳がおりると、隊員たちは無言のままテントに向かった。だれもがきょう起こったことを頭から追いはらおうとしているが、災難が間近に迫っているという不安から逃れることはできなかった。

ロナークで一泊したあとのトレッキングはさらに過酷になった。隊員たちはみんな体の不調を感じていた。あまりにも無謀な計画だったため、カトマンズを出発してから六日後にベースキャンプに着いたときには、ローランド・マーキスでさえ咳きこみ、息を荒げていた。

ベースキャンプは偉大なる山の北側の五一四〇メートル

地点にある。あたりには過去の登山隊が残していったものがちらばっていた——壊れたテント、ごみ、プジャ用の祭壇。なかでも目立つのは、カンチェンジュンガで死んだ者を慰霊する墓石だった。

ピークの雄姿が雲に向かってそびえている。岩と氷と雪でできたみごとな巨獣だ。そのまわりを物騒な風が吹きあれている。山頂付近では白い〝煙〟のように見えるものが、ときおりあがっている。強風に吹かれた雪と氷が舞っているにちがいない。山のふもとから眺めれば美しい現象だが、そのなかにいるのは危険だらけだろう。山の上では、猛吹雪になっているはずだ。山頂に神が住んでいるとネパール人が信じるのももっともだ、とボンドは思った。その圧倒されるような光景を目にしたとたん、屈服してしまいそうな気がした。間近に寄るのにふさわしい人間ではないと宣言し、すごすごと引きかえしそうになった。実情は熟知している——カンチェンジュンガ山群は長さ八マイル、幅五マイルにおよび、主峰の標高は八五九八メートルで、世界第三位の高さを誇っている。ヒマラヤ山脈でいちばん注目されるのはエベレストだが、カンチェンジュンガはもっともむずかしく、タフだとみなされている。北壁から頂上をめざす登山家は多かった。北の稜線からはじめて登頂に成功したのは一九七九年の三人組で、下部氷河を迂回して登った。日本人は一九八〇年に北壁初登頂を果たしている。

「合計すると」ベースキャンプに近づきつつ、マーキスが言った。「これまでに二十五以上の登山隊が十七の可能なルートを使ってこの山に登っている。わたしはカンチェンジュンガに挑むのははじめてなんだ。ずっと登りたいと思っていた」

「目的は登頂じゃないぞ」ボンドが注意した。

「任務が完了して、時間があれば、絶対挑戦するよ」マーキスはきっぱりと言った。「とめても無駄だよ、ボンド」

「シェルパたちがとめるかもしれない」

「それに、ホープが頂上に立つところを見たいんだ。女性で成功した例はあまりないから」

ドクター・ケンダルはこれを聞きつけて言った。「あら、そうしたいけど、ミスター・ボンドが正しいわ。世界記録を作りにきたんじゃないもの」

マーキスはおもしろくなさそうにふたりを見てから、歩き去った。

三時間後、キャンプの設営が完了し、使用できるようになった。シェルパ頭《サーダー》のアン・ツェリンが迅速かつ効果的に準備を整えた。コックのギルミのために備蓄食料や調理道具を収納するテントが張られた。ポール・バークが責任者をつとめる登山隊本部には、さまざまな通信機器をはじめ、簡易ベッド、ランプ、その他の備品が置かれた。本部テントのすぐ外には携帯式パラボラアンテナが設置され、バークはまもなく下界との交信をはじめた。

ほぼ全員が苦しそうに息をしたり咳きこんだりしている。高度変化が大きくなるにつれ、みんな夕食がすむなりテントに引き揚げるようになっていた。ほとんどがあまり食欲がなく、無理やり食べ物を口に入れているようなありさまだった。

気温も隊員たちの体調を左右する要因だ。ベースキャンプは氷点下で、体感温度はもっと低かった。ボンドは氷点下用にマーモット八〇〇〇メートル・パーカとズボンを用意していた。装備や衣類の重量はつねに無視できない事柄だ。このダウンパーカを選んだのは、重さが一キロぐらいしかないからだった。両手は強くてしなやかで暖かいORプロモジュラーの手袋で保護している。それでもマーモットの寝袋のなかにいても、絶えず冷気を感じた。

翌朝起きると、体調がいくらかよくなっていた。ほかのみんなもそのようだった。ボンドは早く山を登りたくてしかたなかったが、高度順応のためにベースキャンプで一週間過ごさなければならない。ボンドは仲間たちと伝統的なプジャの儀式に参加した。シェルパたちとチャンドラが岩で小さな祭壇を作り、祈りの旗が掛けられ、祈りが唱えられた。この山に登るには許しを願わなければならないと信じられているのだ。供物をそなえ、ギルミがこのために木の籠に入れて運んできた生きた鶏が生贄として捧げられた。これで、頂にいる神々の怒りをなだめることができ、登山者を好意の目で見てもらえる。

「登山を軽々しく考えないことが肝心です」チャンドラは

みんなに言った。「つねに、山に敬意を払ってください。山はあなたがたよりずっと強力なんです。神々は自信過剰な人間を嫌います。山を打ち負かすことができると考える人間を嫌悪します。災難は山をだしぬけると思った者にかならず訪れます」

だれもが熱心に耳を傾けていた。だが、ボンドはマーキスが笑いをこらえているのに気づいた。マーキスはボンドにささやいた。「あんなばかげた迷信を信じているわけじゃないだろ、ボンド?」

「信じるかどうかの問題じゃない、ローランド。敬意を払うかどうかの問題だ」

マーキスはかぶりを振った。「おまえは昔からルールにしたがうのが好きだったよな……」

しばらくして、マーキスは全員に告げた。「よし。みんなゆうべはよく眠れたと思う。わたしはそうでもなかったが。だが、われわれの体が高所に順応してくれれば、睡眠も改善されていく。そうだよな、ドクター?」

ホープは言った。「そうね、たいがいの人はそうなるはずです。高所になれば、どうしても睡眠は損なわれます。だから、頻繁に休憩をとることが大事なんです。それに、水分を多くとることもね」

「さて」マーキスはつづけた。「この一週間を、われわれはそのために費やす。しかし、あさっての朝には、何人かで岩壁の登攀を開始する。毎日、すこしずつ遠くまで登り、その日のうちにベースキャンプにもどってくる。わたしはみんなの様子を見させてもらう。その結果をもとに、先発隊としてわたしに同行してもらう者を決める。先発隊はもっとも困難な役目を負うグループだ。ほかのメンバーが登ってこられるように用具を設置しなければならない――ロープ、アンカー、アイススクリュー、ハーケン、カラビナ、スリングなどをね」

ミーティングのあと、隊員たちは散開して〝自由時間〟になった。ボンドは冗談だろうと思った。自由時間と言われても、することなどなにもないのだから。ボンドは読書用にペーパーバックを二冊持参していた――ジョン・ル・カレの古いスリラーと、もう一冊は新刊で、元FBI捜査官が書いた犯罪者のプロファイリングに関するノンフィクションだ。トランプや携帯用チェスセットを持ってきた者もいた。ポール・バークにいたってはテレビを持参していて、衛星アンテナを通じて何チャンネルか見られるようになっていた。

ボンドにとってベースキャンプ生活は長く退屈で、三日目になると、落ちつかず、いらいらしている自分に気づいた。初日の登攀に、マーキスはボンドを選ばず、オットー・シュレンクを指名した。ボンドはこの機会にシュレンクのテントを探ろうと思った。

チャンドラを見張りに立たせ、ボンドはテントに潜りこんだ。例によって、シュレンクは自分だけのテントを張ると言ってきかず、ひとりで寝ていた。生きるうえで必要なふつうの装備はあった——ビブラー社のハンギングストーブ、登山用具、寝袋、衣類……。だが、かすかにでもスナイパーライフルらしきものはなかった。唯一の武器は古いけれど美しく保存されている正装用の短剣で、ナチスが制服の一部として携えていたものだ。部隊ごとに種類がちがうが、これは海軍用だった。べつに隠すでもなく、ほかの用具といっしょに置かれていた。ユニオンの武器なのだろうか?

ボンドはテントから這い出て、チャンドラに首を振った。本格的な登攀がはじまるまえに、全員のテントを捜索する方法を見つけたほうがいいかもしれない。

二日後、昼食後にテントでうとうとしていたとき、銃声が聞こえ、あわてて寝袋から出た。ブーツを履き、おもてに走りでる。外は雪が降りはじめていた。

銃声は食堂の裏から聞こえてくる。三、四人がつったって、なにかを見ていた。そこを通り抜けると、ローランド・マーキスが瓶やブリキ缶を的がわりに並べて、ブローニング・ハイパワーの射撃練習をしていた。シェルパたちはひどくうろたえている。ボンドにはその理由がわかった。山の神々は発砲を嫌うのだろう。

「ローランド、なにをやっているんだ?」ボンドは鋭く言った。

「なにに見える、ボンド? 腕が落ちないようにしているんだ」

「シェルパたちが動揺している。やめるんだ、すぐに」

マーキスは振りかえってボンドを見た。「シェルパたちがどう思おうとかまうもんか。わたしはリーダーなんだ。ふん、射撃練習をやりたいと思ったら、やるだけさ。いっしょにやるかい？」

「とんでもない。銃をしまえよ」

マーキスは肩をすくめ、銃を岩に置いた。そして、かたわらにあったピッケルを取りあげた。「わかったよ、じゃ、ピッケル投げはどうだ？　どうした、ボンド、おまえも退屈なんだろ？　ピッケルを的《まと》に投げるだけだ。それならシェルパたちも気にしない」

ボンドは首を振った。マーキスとの競争に巻きこまれるのはごめんだ。騒ぎを聞きつけて、さらに仲間たちが集まってきた。ホープ・ケンダルもそのなかにいた。

「いいじゃないか、ボンド、ただの遊びだよ。われらが外務省の代表は負けるのが怖いなんて言わないよな」マーキスは全員に聞こえるように言った。

「まるで子供みたいだな、ローランド」

だしぬけに、マーキスはピッケルをボンドのほうに放った。それは足元の地面に突きささった。ピッケルは雪にしっかりめりこみ、シャフトがまっすぐ突きでていた。

高所のせいか、しつこい退屈のせいか、睡眠不足のせいかはわからなかったが、ボンドはかちんときてピッケルに手をのばし、抜きとりながら言った。「いいだろう、ローランド。やろうじゃないか」

「そうこなくちゃ、ボンド！」マーキスは声をあげて笑い、もうひとつピッケルを探した。カール・グラスから手に入れると言った。「カール、あの瓶や缶を並べなおしてくれないか？　なにを賭けようか？　金はそんなに持ってきてないだろうから、ストーク・ポージスの試合の再現はできないな」

「きみの思いつきなんだから、きみが決めろよ、ローランド」

マーキスはにやりとして野次馬を見まわした。目を丸くしてこちらを見ているホープ・ケンダルがいた。

「よし。勝者は今夜ドクター・ケンダルと寝ることができる」

「なんですって？」ホープは口走った。「あなたって人はいったい——」

ボンドは片手をあげた。「冗談だろ、ローランド。そんなの常識はずれだってきみもわかっているじゃないか」

マーキスはドクターに軽く頭をさげた。「ごめんよ、きみ。ただの冗談だ」

「くたばれ、ローランド」そう言うと、ホープは歩き去った。

マーキスはかぶりを振った。「ちぇっ、女ってやつは。淑女と娼婦をあわせもつことができないようだな」

ボンドは意志の力を総動員して殴りたい衝動を抑えた。そんなことをしては隊の士気に影響することはわかっていた。マーキスはこれまで見たことがないほど、無作法になっている。

「まあ、気にするな。勝利の満足があればじゅうぶんだ。そうだよな？」マーキスがきいた。

「けっこうだ」

「わたしから行こうか？」

ボンドはばかにしたように軽くおじぎをした。「どうぞ」

マーキスは冷笑を浮かべてから標的のほうを向いた。瓶が五本、缶が五個、さまざまなものの上に並んでいる——携帯用テーブル、岩、キャンバス地のバッグ……

マーキスはピッケルを掲げ、放った。みごとに最初の瓶を台から落とした。

にっこり笑って言う。「おまえの番だ、ボンド」

ボンドは位置につき、ピッケルを手のなかでトスして重さを確かめてから、的に放った。二番目の瓶が粉々になった。

「ほう、うまいな、ボンド！　的を壊したらボーナスポイントがもらえるのか？　それはないよな」

カール・グラスがピッケルを回収し、プレーヤーたちに手渡した。ほかの隊員たちは火花が散るようなふたりの男の闘いに夢中になっている。ホープまでが成り行きが気になってもどってきた。

マーキスがスタンスをとり、ピッケルを持ちあげて投げた。ピッケルは三番目の瓶のかたわらをかすめたが、惜しくもはずれた。

「ちくしょう」

ボンドもスタンスをとり、ピッケルを持ちあげて投げた。三番目の瓶に命中し雪の上に転がった。

ふたたびピッケルが回収され、マーキスの三度目の番になった。四番目の瓶めがけてピッケルを放ったが、紙一重の差ではずれた。

「くそっ！」マーキスは叫んだ。短気を起こしている。それどころか、理性を失っている、とボンドは思った。ひょっとすると、山酔《AMS》いにかかっているのか？

ボンドは四番目の瓶を倒した。マーキスの怒りはますます激しくなった。だが、幸いにも、五番目の瓶を破壊することに成功した。

ブリキ缶に移るころには、ボンドのほうが一ポイント勝っていた。標的はあとふたつ残っている。ボンドが的をはずしたのは一回だけだった。それで、マーキスに追いつくチャンスが訪れた。

マーキスは狙いを定め、ピッケルを投げて缶を落とした。標的はあとひとつ。

ボンドは位置につき、狙いをつけて投げた。ピッケルは缶に当たらなかった。群衆からため息がもれる。

「おや、ついてないな、ボンド」マーキスがひどく横柄に言った。回収されたピッケルを持ち、慎重に狙いを定める。ゆっくり腕をあげて、力強く放り投げた。ピッケルは的に命中せず、台がわりの岩に当たった。だが、その反動で缶のバランスが崩れて、雪の上に落下した。

「はは、これで引き分けだ！」マーキスは叫んだ。

「そうじゃないだろう、ローランド」ボンドは言った。

「缶には当たってない。岩に当てたんだ」

「だが、あのろくでもない缶は倒れたじゃないか」

今度はカール・グラスが仲裁にはいった。「どうやら非公式審判のようだから言わせてもらうと、いまのはミスター・ボンドを支持するよりないな、ローランド。きみは缶に当ててない」

「だれが審判なんか頼んだ？」マーキスはグラスをどなりつけた。

「ボンドにもう一回やらせようよ」見物人のだれかが言った。

「そうだよ、それで勝敗を決めればいい」

マーキスはかんかんに怒っていた。「上等だ。ボンド、命中させたら、おまえの勝ちでいい。だが、はずしたら、わたしの勝ちだ」

「はずしても引き分けだよ」グラスが釘を刺した。

「うるさい！」マーキスはぴしゃりと言った。「いったい、どっちの味方なんだ？」

「わかったよ、ローランド。わたしがはずしたら、きみの勝ちだ」ボンドはピッケルを手にして、グラスが置きなおした缶に神経を集中し、武器を放った。ピッケルは回転し、そばの岩に当たってから、跳ねかえって缶に命中した。見物人は拍手喝采した。

「わお、うまい手だ！」

「おみごと！」

マーキスはボンドをにらみつけた。「いんちきだ」

「なんで？　きみのろくでもないゲームなんだ。ルールなんかあるもんか」

マーキスはボンドの胸に指を突きつけた。「おまえがずっと嫌いだったんだ、ボンド。学生時代も、軍隊でも、いまも。いつか決着をつけないとな」

ボンドはその場を動かず、静かに聞いていた。いまマーキスと喧嘩になって、任務をだいなしにするわけにはいかない。なんとしても遭難機までたどりつかなくてはならないし、そこまで隊をきちんと率いていけるのはマーキスだけなのだ。

緊張をやわらげたのはホープだった。「ローランド、寝床に行きましょう。ＡＭＳの症状が出てるわ」

「そんなことない」

「初期症状のひとつは、症状があるのを否定することなのよ」

「ドクター・ケンダルに賛成だな」ボンドは怒りを抑えて、

穏やかに話しかけた。「なあ、いまのはただの遊びだ。試合がやりたければ、そのうちちゃんとやりなおせばいい。だが、ドクターの言うことは正しい。きみは理路整然と考えられなくなっているんだ」

マーキスはあたりを見まわした。全員が自分のほうを見ている。反論しようとしたが、考えなおして引きさがった。

「わかったよ」いくらか力をゆるめて言った。「だが、見てろよ。わたしより早く登頂できる者がいないことをおまえたちに証明してやるから」

「わたしたちは登頂するために来てるんじゃないのよ、ローランド」ホープが注意する。

「いや、まちがいなく、わたしはやる。飛行機の残骸の死体を選りわけるために、こんなところまで来ているんじゃない。おまえの〝極秘任務〟なんか知るもんかよ、ボンド」

それが我慢の限界だった。ボンドはマーキスの胸倉をつかみ、食いしばった歯のあいだからささやいた。「いいか、よく聞け、マーキス。行儀よくしたほうが身のためだ。おまえのつとめとMの指令を思いださせなきゃならないのか？　いつでも権限を行使して、おまえを更迭してもいい。そういうこともできるんだぞ」

その言葉が聞きとれたのはホープ・ケンダルだけだった。

「さあ、ローランド、医療テントに行きましょう。あなたを診察させて。血圧をはかってみましょう」ホープはそっとマーキスをボンドから引き離した。マーキスは対戦相手をにらみつけたが、おとなしくドクターにしたがった。

19　カンチェンジュンガ

一週間が過ぎた。ローランド・マーキスは厳選したメンバーで、カンチェンジュンガの北壁に仮キャンプを準備しようとしていた。予定では、二週間で登攀し、数日間を中間点での高度順応にあてることになっている。第五キャンプはグレート・スクリー・テラスの墜落現場付近になる。

　ボンドは自分が選ばれないことは予期していた。だが、マーキスが先発隊――マーキス、フィリップ・レオ、カール・グラス、トム・バーロウ、オットー・シュレンク、ダグ・マッキー、シェルパふたり――を発表したとき、異議を唱えた。

「わたしとチャンドラも入れてくれ」

「悪いな、ボンド。先発隊は本格的な登山家にかぎられる。それがルールだ」

「ばか言うなよ、ローランド。わたしにその力があるのはわかっているだろう。チャンドラだって」

　マーキスはしばらく考えた。タプレジュンからのトレックでの実力とスタミナを見ただけで、ボンドがきちんと対応していることには気づいていた。

「わかったよ、ボンド」マーキスは恩着せがましく言った。「使ってやってもいい」

　登山者はたいていふたりひと組で、相棒の安全を確保し、交代でピッチを進める。だから、マーキスがチャンドラを除外することはできない。

　ボンドはブースロイドから支給されたワン・スポート・ブーツを履き、装備をしっかり点検した。雪山用具――ピッケル、アイススクリュー――は入手できるなかでは最高のブラックダイヤモンド社製だ。安全確保用のアンカーとして使用するスノーピケットはMSRコヨーテ製で、名前が気に入ったというだけの理由でデッドマンを選んだ。ボンドはグリベル2Fアイゼンの爪を確認し、先がじゅうぶん尖っていることに満足した。氷壁登攀《アイスクライミング》にアイゼンは欠かせない。これは固い氷や雪の斜面で滑り止めの役目を果たす。アイゼンはヒンジ式で曲げやすい。ボンドはスコットランド方式で靴に結びつけている――真ん中にリングのついたストラップはアイゼンの二本のフロントポストに固定されている。ストラップは片側のポストからリングを通してもう一方のポストにつづいている。後ろのストラップは二本のバックポストを通して足首に巻きつける。それがやや旧式の装着法であることはわかっていたが、五歳で登山をはじめたときに父から習った方法なのだ。登山ロープはみんなとおなじように、エーデルワイスのストラトス九ミリを持参した。ポリアミド製で長さ五十メートルだ。固定ロープはべつに七ミリのケブラーコードで長さ百メートルを用意した。

マーキスとレオが先頭を行き、バーロウとグラス、ボンドとチャンドラがつづいた。それから、ふたりのシェルパ、ホルンとチェタン（怪我をしたビル・スコットをタプレジュンに送ってからベースキャンプにもどってきていた）、最後尾がシュレンクとマッキーだ。

五五〇〇メートル地点の第一キャンプに着くには、堆石《モレーン》を登り、勾配のゆるやかな岩石氷河を越えていかなければならない。この一週間の訓練のあいだに、みんな最低一回は経験していたので、このルートには多少なじみがあった。あいにく、風が強く、気温は急激にさがってしまったけれど。

登攀の最初の部分は比較的やさしかった。フランス人はアイスクライミングでは基本的な〝フラットフッティング〟と呼ばれる技術を開発した。これはできるだけ靴底を雪面に平らに置き、つねにアイゼンの爪がぜんぶ食いこむようにする方法だ。ドイツ人は〝フロントポインティング〟と呼ばれる技術を開発した。これは前爪だけを雪面に蹴りこんで登る方法だ。いずれの技術も、登山者は体重をバランスよく移動し、できるだけ脚で体重を支え、何手か先を前もって考えながら進まなければならない。ボンドはそれを〝先見登攀〟と呼んでいる。登山者は岩や氷の表面の特徴に頼り、手がかりや足がかりになりそうな、あるいは用具をさしこめそうな穴やでっぱりを探すことを覚える。

技術的な専門知識は上部氷河に到達したときに必要になる。ひとりが登っているときに、相棒はビレイ（ロープで安全を確保すること）する。ビレイは岩や氷にしっかり固定させたアンカーにつながっていなければいけない。ビレイヤーはクライマーが登っているあいだ、ロープを繰りだすか握っているかして、クライマーが落下したときにそなえ、摩擦を利用した技術のどれかを使用できるようにしておく。マーキスがトップになり、下方からビレイされながら、岩壁をつぎのビレイを設置するのに望ましい地点まで登っていった。ラストはビレイを解除し、上からビレイされながら登る。ひとつの確保点からつぎの確保点まではピッチと呼ばれる。登山者は交互に登っていくので、トップをとった者は奇数のピッチを、セカンドは偶数のピッチを先導することになる。リーダーは確保支点《プロテクション》と呼ばれる器具を岩や氷の割れ目にさしこんでいく。

　上昇しながら、ルートを示すために旗やロープを固定してマーキングし、あとから来る者が登りやすくなるようにすることもおこなった。骨の折れる四時間だったが、ボンドはふたたび登山のすばらしさを実感し、若いころにオーストリアのチロルに登ったことを思いだした。そのとき、登山というスポーツにめざめたのだ。風は冷たく、息を吸いこむと肺がひりひり痛んだが、それでも気分は爽快だった。

　しかし、チャンドラと第一キャンプにテントを張るころには、重大な危機に瀕しているような不安にとらわれた。ユニオンがいまにもその醜い頭をもたげそうな気がした。

　夜明けに、ボンドとチャンドラはお茶を運んできたシェルパに起こされた。お茶は歓迎だったが、家政婦のメイが作るスクランブル・エッグを食べられるなら、年俸をさしだしてもいいと思った。それに、煙草が一服できたら死んでもいいと思ったが、こんなところで煙草を吸ったら、それこそ命取りになるだろう。

　ボンドはのそのそと寝袋から起きだし、しばらく咳きこんでからお茶に口をつけた。チャンドラが起きあがって言った。「おはようございます」だが、いつもとちがって、それ以上はしゃべらなかった。登攀はふたりに影響をあたえていた。ボンドの睡眠はとぎれがちで、真に迫った不吉な夢を見た。それは高所ではよくあることだった。心配なのは、高度があがるにつれて状態がますます悪くなることだ。きょうは六〇〇〇メートル地点まで登る。酸素が必要になるのももうじきだろう。

隊員たちはマーキスのテントに集合した。そのテントは第一キャンプの本部として残される。

「よし」マーキスが荒い息をしながら言った。「本日は目の前の氷河をまた五百メートル登る。比較的簡単だ。まず、あの小さくてなだらかなアイスフォールを登り、大きな氷河まで行く。そこに第二キャンプを設置する」

「ロープを固定しなければならないアイスステップがあるだろう」フィリップ・レオが言った。「長さはどのくらい、ローランド？」

「十メートルから二十メートル。問題ない。みんな調子はどうだい？」

全員がつぶやいた。「いいよ」

「じゃ、出発だ」

チームはきのうとおなじ隊形で、マーキスとレオが先頭に立った。ロープを固定するのは容易だった。全員が押し黙ったまま、重い足取りで斜面を歩いていく。酸素が薄くなるにつれて、隊員の体力も一歩ごとに減退していった。海抜ゼロの地点に比べたら、すこし進むのにも二倍の時間がかかった。

午後のなかばに第二キャンプ地点に着いたときには、みんな疲労困憊していた。トム・バーロウは膝をつき、息をはずませた。

「チェタン、ちょっと様子を見てやってくれ」マーキスはシェルパに言った。「だいじょうぶかどうか。ほかのみんなはテントを張ってくれ。早く終われば、早く横になれるぞ」

しばらくすると、バーロウの呼吸は落ちついてきた。いまのところ、マーキス以外にAMSの症状を見せている者はいない。テントを張りおえると、食事のためにふたつのテントに集まった。ボンドはチャンドラ、マーキス、レオとおなじテントにいた。マーキスは携帯電話を持ってきており、メモリーダイヤルを押した。

「第二キャンプからベースへ、第二キャンプからベースへ」

「もしもし？　ローランドか？」ポール・バークが出た。

「ポール、到着したよ。われわれは第二キャンプにいる」

「おめでとう！」

「そっちの様子はどうだい？」

「異常なし。みんな落ち着きがないが。だが、テレビで《風と共に去りぬ》を見てるんだ。ノーカット、ノーコマーシャルだ。だいぶ暇がつぶせる」

「正直に言うけど、興味ないな」マーキスは自分の冗談に笑った。

「ホープがみんなの調子を知りたがってる」バークが言った。

「全員、心配ないと伝えてくれ。トムがちょっと息切れしたが、もうだいじょうぶだ。あすは第三キャンプまで行って、きみたちが来るのを待つよ。とりあえず、テイクアウトの中国料理を頼めるかい？」

「悪いな、中国料理は切らしてるんだ。どうせ今夜は中国料理なんて食べたくないだろう。ピザでも頼んだら？」

「それもいいな」マーキスは笑いながら言った。「交信終了」

マーキスが電話をしまうと、アルパインエアの保存食の食事がはじまった。野菜と肉、またはどちらかのキャセロール料理で、プラスチックの防水バッグに密封されている。この保存食は軽くて簡単にカロリーのある料理を調理でき、しかも皿を汚さずにすむ。

「おーい、ちょっと来てくれ！」外でだれかが叫んだ。

「だれだろう？」マーキスが言った。

「マッキーの声みたいだったが」ボンドは言って、テントから頭を突きだした。すぐ向こうで、三人目のアメリカ人のダグ・マッキーがなにかを指さしている。

「これを見てみろよ」マッキーは言った。ほかの仲間も集まっていて、雪のなかにある黒っぽい物体を囲んでいる。

ボンドたちもテントから出て、氷と雪を踏みしめ、なにを騒いでいるのか見にいった。

「いったいいつからここにいるんだろう」マッキーは雪のなかで凍りついているものを指さした。

それは登山装備をした人間の骸骨だった。


その夜、ボンドはとんでもなく恐ろしい夢を見た。雪崩に巻きこまれて、息ができず、凍えていた。あわてて凍傷にかかった素手で雪を掘ると、登山隊全員の凍りついた骸骨に出会った。頭蓋骨がこちらを見て笑っている。ひとつがローランド・マーキスの声で言った。「おや、ついてないな！　おまえは一番にはなれない人間だ。だが、そうなろうと躍起になったんだよな？　なんだ、そのざまは！」

ボンドははっと目が覚めた。チャンドラが体を揺すっている。「ジェイムズ、火事です。起きて！」

「なんだと？」ボンドは我に返った。ふらつき、混乱していたけれど。最初に気づいたのは、身を切るような冷たい風が肺を襲ってきたことだ。激しく咳きこみ、しばらく苦しそうに息をした。

「テントに火がつきました！」

ボンドは寝袋から飛びだし、ブーツを履いて、チャンドラのあとから外へ出た。太陽がちょうど昇ってくるところで、不気味なオレンジの光が氷の世界を照らしていた。

三人の男が燃えているテントを踏みつけている。すこし考えて、だれのテントか思いだした。

「シュレンクは？」

「彼は脱出しました。あそこにいます」チャンドラが指さす。オットー・シュレンクは消火にあたっている男たちのなかにいた。彼らは除雪用シャベルと毛布を使って火を消していた。ボンドとチャンドラも加勢し、数分後に火はすっかり消えた。

「どうしてこうなったんだ？」よろめきながら近づいてきたマーキスがきいた。その声はしわがれていた。

「あのろくでもないストーブのせいだ」シュレンクが言った。「お湯を沸かそうとしてたら、テントに火がついた。ああ、なにもかもだいなしだ」

「装備でだめになったものは？」

「さあ、まだわからないが、たぶん着替えくらいだろう」

シュレンクは黒ずんだ繊維をかきまわし、原形を保っている用具をいくつかひっぱりだした。「これはだいじょうぶだ。助かった」

「第三キャンプに着くまで、ぼくの衣類を貸してあげるよ」フィリップ・レオが言った。「サイズはおなじだよね、オットー？」

「だと思う。ありがとう」

隊員たちは朝食の席につき、気持ちを落ちつけようとした。理路整然と考えられる者はひとりもいなかった。それから、マーキスのテントに集まり、リーダーがひろげたルートマップを眺めた。

「きょうは最初の大きな障害に出会う。氷河を越えると、〝アイス・ビルディング〟と呼ばれるものが待っている。方法はいくつかある。通常のルートは、アイス・ビルディングの氷塔《セラック》の左側にある氷の急斜面を六百メートル登高し、最初の雪原をトラバースして、六六〇〇メートル地点の第三キャンプまで行くものだ。だが、これは急勾配のアイスクライミングで、固定ロープが必要になる。ここを通ったアメリカのチームがなんなく成功させたことは知っている。ただ、相当くたびれはするがね。もうひとつは、日本のチームがおこなった方法で、アイス・ビルディングそのものを越えていく。技術的にはこちらのほうが簡単だが、危険も大きい。じっさい、このアイス・ビルディングは北壁の鍵だ——どうやって切り抜けるか。一九三〇年には、セラックが崩れてシェルパがひとり死んでいる。じつに恐ろしい場所だ。それを回避するために、ほかの作戦をとったチームもある」

「きみのおすすめは？」マッキーがきいた。

「わたしは一九八三年にヴァルトがとった、アイス・ビルディングの左側の氷壁を登高する方法がいいと思う。それから氷河を横切って北壁にもどってくる」

「きみに任せるよ」レオが言った。

「じゃあ、シュレンクが——シュレンクはどこだ？」マーキスはあたりを見まわしながら言った。そのときになってはじめて、シュレンクだけがいないことにみんな気づいた。

「たぶん、装備をつめなおしてるんじゃないか」マッキーが意見を述べた。

全員が振りかえると、荷物をまとめ、出発の準備ができたシュレンクが近づいてくるのが見えた。

「すまない」シュレンクは言った。「なにか聞き逃したかい？」

「いや、だいじょうぶ」マーキスが言った。「ついてきてくれ。じゃ、みんな行くぞ！　十分後に出発する」

ボンドとチャンドラはテントに駆けもどり、手早く荷物をまとめた。ボンドはアイゼンを装着し、外にいる仲間に合流した。風はやんでおり、太陽が顔を出している。世界第三位の高峰の山腹にいることを思えば、かなりの好天だった。すでにいくつものピークが下方に見える。山登りがこたえられないのはこういうときだ。激しく危険なスポーツだが、目標に到達した者には不可能をなしとげた充足感をあたえてくれる。ここでは、世界の王様になれるのだ。

アイス・ビルディングは美しいが、氷のトンネルも同然なその構造にはぞっとさせられる。雪原に出る近道ではあるものの、マーキスが言ったように、氷塊が落ちてくる恐れはひじょうに高い。

だからマーキスは、その左側にある氷の斜面に隊員たちを導いた。斜面は四十五度から七十度くらいの急角度だった。ゆっくり、慎重に、岩溝《ガリー》を登っていくのは、けっこう努力を要した。

ガリーの半分近くまできて、ボンドがつぎのピッチを進める番になった。チャンドラに確保してもらいながら、マーキスとレオが固定させていったロープを使う。マーキスたちはすでに百メートル上方にいた。

いちばん急な角度になったとき、いきなりボンドのアイゼンが靴からはずれた。足がかりを失い、落下しはじめる。ボンドは氷に背を向けて滑りながら、ピッケルを使って落下をとめようとしたが、突き刺すことができなかった。チャンドラが即座に行動し、ビレイロープをしっかり握った。

ボンドは三十メートル落下したところで、ロープにひっぱられてとまった。背中がまっぷたつになったように痛む。苦痛に叫びながら、ピッケルを取りおとした。

「しっかりつかまって、ジェイムズ！」チャンドラが叫ぶ。

ボンドはロープにだらりとぶらさがっていた。異変に気づいたほかのメンバーも上昇を中断している。

「どうした？」マーキスが上から声をかける。

「ジェイムズ？」チャンドラが呼びかける。「意識はありますか？」

ボンドは片手をあげて振った。

「壁のほうに近づいて、足がかりを得られますか？」

「やってみる」ボンドは大声で言ってから、体を動かして宙を蹴り、ロープを揺らした。ようやく、氷壁にぶつかったが、手がかりは見つからなかった。もう一度蹴ってから、数フィート右側にあるアンカーのほうに体を近づけた。さらに二回くりかえし、アンカーをつかむと、チャンドラがいるレッジまでゆっくりおりていった。

「なにがあったんです？　だいじょうぶですか？」チャンドラがきいた。

「ああ。かなりぎょっとさせられたがね。おんぼろアイゼンめ。ブーツからするりとはずれたんだ！」

「なんでそんなことが？」

「どこへ行った？　落ちるのが見えたかい？」

「たぶん。あっちのほうです」ふたりはそっとレッジを移動し、片方のアイゼンを見つけた。もう一方はどこか彼方へ埋もれてしまった。

ボンドはアイゼンを拾いあげ、じっくりと見た。ストラップを通してあったリングが折れまがり、二ミリの隙間ができていた。ゴーグルをはずしてつぶさに眺める。

「リングがやすりで削られている。ほら、縁に切り込みがはいっている。だれかがいじったんだ！」

「最後に見たのはいつです？」

「さあ、ゆうべかな。だが、夜はずっとテントにあった。そんなことができたのは……？」

ボンドは考えこんだ。「シュレンクだ。朝食後のミーティングに遅れてきた。われわれのテントに潜りこんで、変形させる時間はあった」

チャンドラはうなずいた。「ありえますね。あの火事騒ぎも、気をそらせるためにわざと火をつけたのかもしれません」

そのとき、シェルパたちが追いついてきた。最後尾のシュレンクとマッキーもそれほど離れていない。ふたりがレッジの上にあらわれると、ボンドは明るく言った。

「アイゼンが落ちてしまった。だれかスペアを持ってない？」

マッキーが言った。「あるよ。きみの靴に合うかどうかわからないけど。どうしたんだい？」

「わからないんだ。なぜかはずれてしまった」ボンドはシュレンクをじっと見つめた。シュレンクは目をそらした。

マッキーがバッグパックをおろし、なかを探って予備のアイゼンを取りだした。鋭い爪でほかの装備を傷つけないよう布に包まれている。ボンドは両方の靴にアイゼンを装着した。すこし小さかったけれど、じゅうぶん役に立つ。

「ありがとう。第三キャンプでほかの仲間と合流するときに、もっと予備を持ってきてもらうようにするよ」

「いったいなにをやってるんだ？」マーキスが叫んだ。かなり上方まで行っている。

チャンドラがOKサインを送り、ふたたび登りはじめた。

四時間後、彼らは標高六六〇〇メートルの雪原に到着した。全員が咳きこみ、ゆっくり深呼吸しようとしている。

「酸素は？」マッキーがマーキスにたずねた。

「もっと上に行くまで酸素は必要ない。いま使ったら、このあとずっと必要になるぞ。いくつ持ってきたんだ？」

「三つ。だけど、シェルパもみんなの分を持ってる」

マーキスはうなずいた。「だが、それは温存しておこう。第五キャンプで酸素が必要になる。機体のある場所だ。そこにどれだけとどまることになるか、わからないからな。いまは酸素なしでやってみよう。いいな？」

マッキーは咳きこみながらうなずいた。

マーキスはボンドを見た。「さっきはなにがあったんだ？」

「べつに」アイゼンに手を加えられたことは知らせないほうがいい、とボンドは思った。「アイゼンがはずれたんだ。きちんと装着してなかったんだろう。不注意のせいだ」

「二度とそんなことのないようにな、ボンド。きみには我慢できないが、失いたくはないんでね」

「ありがとう、ローランド。うれしいよ」

マーキスはテントのほうに歩いていった。ボンドとチャンドラはオットー・シュレンクのほうを見た。ダグ・マッキーといっしょに自分たちのテントを張っている。シュレンクだったのだろうか？　それとも、ほかのだれかか？

なにはともあれ、第三キャンプに着いた。ここでまた高度順応のため一週間過ごす。数日中にほかのメンバーも合流するだろう。

だが、ボンドは確信していた。自分を消そうとしている者がチームにいるのはまちがいない。

20　さらに高く

翌日、ベースキャンプにいた残りのメンバーが到着しはじめた。先頭グループのなかに、軽量ラップトップや衛星電話を携えたポール・バークがいた。パートナーを組んだホープ・ケンダルは先発隊の診断をすると言い張った——ただし、ひと晩よく寝てから。ボンドはホープの具合がすぐれないように思ったが、第三キャンプに着いたときの自分を思いだして納得した。

あくる日、ボンドはテントにいるドクターを訪れた。あぐらをかいて向かい合わせにすわり、診察がはじまった。ホープはずいぶん回復しているようだが、それでも、今回の登山でこたえていることは見てとれた。もちろん、化粧はしていない。目の下に隈《くま》があり、すこし痩せたように見える。

「調子はどう、ジェイムズ?」聴診器で診察しながらたずねる。

「いまはいい。第三キャンプに着いたばかりのときは最悪だったけど」

「わかるわ。よく眠れないのよ」

「それなら自分の助言を思いだして、じゅうぶん休養をとるべきだね」

「これはわたしの仕事なの。咳をしてみて」

ボンドは咳をした。ひどくしわがれていた。

「みごとな咳ね。喉は痛む?」

「ああ」

「咳止めをあげる。もっと水分をとらないと。ちゃんと飲んでる?」

「ああ」また咳が出た。

「じゃ、もっと飲むのね」ホープはバッグからビタミンCとユーカリのドロップを取りだし、ボンドに手渡した。

「それ以外は、雄ねずみみたいに元気ね」

「褒め言葉として受けとるよ」

ホープは笑顔になったが、すぐに額をこすりながらぎゅっと目をつぶった。「頭痛が治らないのよ」

「あせらないで」ボンドはホープのうなじに手をあてて、マッサージした。

「うーん、気持ちいい。一日じゅうお願いできるかしら」

「冗談はぬきにして、だいじょうぶかい?」

「ええ、だいじょうぶ」そうは言ったが、説得力はなかった。「もう行っていいわ。あなたのカズィを来させて」

「ぼくのなんだって?」

「カズィ、いとこ、兄弟、仲間……」ホープは説明した。

「マオリ語よ。チャンドラのこと。ここに来るように伝えて」

ボンドはそれ以上つっこまず、テントから這いでた。

それから三時間ぐらいしてからのこと、ボンドはマーキスがホープのテントに駆けつけるのに気づいた。テントの外ではポール・バークが困った顔つきで立っている。ボンドはそばに寄ってたずねた。「なにかあったのか?」

「ああ。ドクター・ケンダルの具合が悪い」

ボンドはテントに首をつっこんだ。ホープは寝袋に横たわり、かたわらにマーキスがひざまずいている。カール・グラスもいっしょだ。

「われわれに任せておけ、ボンド、あっちへ行ってくれ」マーキスが荒々しく言った。

「いいのよ、いてもらって」ホープがつぶやく。「お願い、このまま死なせて」

「高山病だ」グラスがボンドに言った。

「頭が破裂しそう。まったく、いままでこんなことなかったのに！」

ドクターは大きな咳をし、深く息を吸いこもうとしてあえいだ。

「ホープ」マーキスが言った。「きみも言ってたじゃないか。いつだれがかかってもおかしくないって。きみも例外じゃないんだ。だから、お願いだ、第二キャンプまで送らせてくれ。できるだけ早くおりたほうがいい。きみを下に運んであげる——」

「やめて、ローランド！」ホープはぴしゃりと言った。

「どこへも行かない。すぐ治るわ。わたしのことで大騒ぎしないで。迷惑だわ！」

「わたしは、ただ——」

「お願いだからほっといて！ 出てってよ！」ホープは金切り声をあげた。

マーキスは顔をこわばらせ、恥をかかされて、憤慨した。腰をあげると、黙ったままボンドをにらみつけて出ていった。

「どうすればいいかな？」グラスがホープにきいた。

「ごめんなさい。しゃくだけど、彼の言うとおり。第二キャンプにもどるべきだけど、その力がないの。この三日間、眠ってないし、食べてないし、おしっこも出ないし……それにひどい便秘だし……」いまにも泣きだしそうだったが、そのエネルギーさえなかった。

「待って、ガモウバッグを持ってくるから」

テントを出るボンドの背後で、ホープはつぶやいた。

「どうして、それを思いつかなかったのかしら」

ボンドはシェルパのところへ行って、ブースロイド少佐の改良装置を受けとり、テントに運んだ。ホープはボンドに礼を述べ、数時間このままにしてくれと言いのこしてガモウバッグにはいり、口を閉じた。このバッグは自動的に空気を送りこむ装置をそなえているので、数分すると膨れあがった。

ガモウバッグは人工的に低地とおなじ気圧状態を作りだすことができる。山酔いの症状は一時的に軽減するが、完全に治すには下山するしかない。

ボンドはゴーグルを通して空を見あげた。太陽はまだ高い。登りほど時間がかからないから、ホープは日暮れまでに下のキャンプに着けるだろう。ボンドはポール・バークのところへ行って衛星通信を使わせてくれと頼んだ。オランダ人は気をきかせてテントから出ていった。

ひとりきりになると、ボンドはロンドンに電話した。呼び出し音が何回か鳴って、音声メッセージが作動した。

「ヘレナ・マークスベリです。ただいま席をはずしておりますので……」

妙に現実離れした感覚だった。地球の裏側の文明から孤立した峻険な山のなかにいるのに、こうして恋人の声を聞くことができる。たとえ、元恋人だろうと。

「カンチェンジュンガの半分ぐらいまで来ている」発信音のあとにボンドは言った。「第三キャンプだ。きみはどこにいるの？　ビルに切り換える。声が聞けてうれしかったよ」

ボンドはすぐさまビル・タナーのオフィスにつながるコードを押した。やれやれ、留守でよかった。でなければ、ぎこちない会話になっていただろう。ヘレナがもう気にしていなければいいのだが。

しばらく電子音がつづいてからタナーが出た。「ジェイムズ？」

「やあ、ビル。六六〇〇メートル地点からかけている。シュレンクに関する情報は？」

「なにもない。だが、興味深い情報がはいった。インドにいる新しい仲間からだ。バネルジーというやつで、ザキール・ベディの後任だ」

「なんだって？」

「ユニオンがカトマンズに送った通信を傍受したんだ。カトマンズできみを殺そうとした男は、やはりユニオンに雇われていた。仲介役と思われる共犯者が逮捕され、ユニオンがきみたちの登山隊に潜入したことを自白した。隊員のだれかだよ、ボンド」

「ぼくもそう思っていたんだ。はっきりさせてくれて、ありがとう」

「心当たりがいるのか？」

「シュレンクが気になっている」

「ユニオンとの関係がわかったら、暗号メッセージを送るよ。それから、ロシアの登山隊が資金提供を受けている相手がわかった。わが部に多数のファイルを有するモスクワの軍当局者だ。彼らはロシア・マフィアと強いつながりがある。ロシア隊がそこにいる理由はひとつしか考えられない」

「情報ありがとう。もう切るよ。電話代で国防省に文句を言われたくないからな」

「もうひとつあるんだ、ジェイムズ」

ボンドはその声にためらいがあるのを感じた。

「なんだい？」

「ヘレナが行方不明なんだ。二日間姿を見せないし、電話もよこさない。きみも知ってるように、彼女のような立場にある者が連絡してこないときの保安手続きとして、われわれは――」

「わかっている。彼女のフラットに人をやった。それで？」

「そこにもいなかった。部屋は荒らされていた」

なんてことだ。ボンドはぎゅっと目を閉じた。

「ジェイムズ、われわれはＭＩ６で起きた機密漏洩の調査に結論を出した」

ボンドは参謀長の先を越して言った。「犯人は彼女だと」

沈黙がそれを認めていた。

「彼女がユニオンとかかわりあっているとしたら、面倒なことになっているはずだ」

「ジェイムズ」タナーが静かに言った。「おそらくもう生きていないだろう。だが、捜索はつづける。できるだけ考えないようにするんだ。目下の任務に打ちこめ」

そのとおりだ。ボンドは受話器をかたく握りしめて言った。「引きつづき情報を頼む」

「くれぐれも用心しろよ、ジェイムズ」

ボンドは受話器を置き、テントから出た。外では、ポール・バークが震えながら立っていた。

「終わったかい?」

「ああ、ありがとう。さあ、なかにはいって暖まったほうがいい」

「そうするよ。向こうにいるわれらが名リーダーにも、そう言ってやってくれ」バークはマーキスのテントを身振りで示してから、自分のテントにもどった。

マーキスは大きな氷の塊にピッケルを投げつけている。無我夢中になっているようだった。ピッケルを投げては取りにいき、位置にもどってまた投げるということをくりかえしている。

ボンドは自分も加わりたいような心境だったが、邪魔をしないことにした。

三時間後、ホープ・ケンダルがガモウバッグから出てきて、二、三日、第二キャンプにおりていると宣言した。ボンドは同行を申しでたが、必要がないと断わられた。マーキスはみずから志願するような愚は犯さなかったが、シェルパを同行させることだけは譲らなかった。


二日後、ボンドが自分のテントで犯罪者のプロファイリングの本を読み終えようとしていたとき、ポール・バークが顔をのぞかせた。

「見せたいものがあるんだ、ジェイムズ」ボンドは立ちあがって、オランダ人のあとについて彼のテントに行った。ラップトップのモニターにぼやけた写真が表示されている。

「衛星写真だ」バークは言った。「この山の北壁を宇宙から見たものだが、何倍にも拡大してある。ほら、ここがわれわれのキャンプ」ポールが画面上の黒っぽい塊を指さすと、ボンドにも自分の見ているものがわかってきた。

「そしてこれ。きのうはなかったものだ」ポールはそれよりすこし東にある塊を示した。「ロシア隊だ」

「近くにいることは知っていたが、どれくらいだろう、千メートル？」

「もっと近い。八百メートルだ。彼らはそこに第三キャンプらしきものを設営した。ここからそこに行くためには、登高してベルクシュルントを越えなければならない。これだ」ポールは氷河の上端を縁取る深い隙間を示した。真上の切りたった壁から氷の塊が滑りおち、氷河と岩のあいだに亀裂ができたのだ。

ボンドはうなずいた。「第四キャンプに行くときもそこを越える」

「だが、ロシア隊に行くには、この道をここまでおりなきゃならない。かなりの道のりだ。八時間はかかる。奇襲をかけられる心配はまずないと思う」

おそらく、われわれのつぎの動きを待っているのだ、とボンドは思った。

「ありがとう。やつらの監視を頼む。動きだす気配があれば知らせてくれ」

「わかった」そのまま行こうとするボンドをバークは呼びとめた。「ジェイムズ？」

「なんだい？」

「こないだ、ローランドが言ってたのはなんのこと？　秘密の任務を負ってるとか。いや、きみが秘密の任務を負ってることは、ぼくだってずっと知ってたけど。内容はぜんぜん知らされてない。国防大臣……グルカ兵の助手……いったい、なにが起こってるんだ？　ぼくにも知る権利があると思うんだけど」

ボンドはため息をつき、大男の肩をぽんとたたいた。

「すまないな、極秘なんだ。だが、きみの働きぶりには感謝している。言えるのは、あの飛行機からある物を探しだして、英国に持ち帰らなければならないってことだ」

バークがうなずいて言った。「なんでも言ってくれ、できるだけの手伝いをするから」

「ありがとう。すでにみごとな働きをしてくれているよ」

そう言って、ボンドはテントをあとにした。

ヘレナのことは、まだ胸に重くのしかかっていた。いくら考えないようにしようとしても、気にせずにはいられない。まったくちがう気晴らしが必要だった。

テントに帰る途中、ホープ・ケンダルに出会った。

「やあ。いつもどったんだい？」

「一時間前よ」ホープは新しいテントを指さした。「そこにいるわ」

「元気になったようだね」

「とっても。最初のときもあと二日、第二キャンプにいてから来ればよかったのね。今度はまったく平気で、四時間もかからなかったの」

「もどってきてくれて、うれしいよ」

「あらどうも。それにガモウバッグありがとう。命を救われたわ」

「どういたしまして。それより、ディナーをごちそうしようか？　近所においしいネパール料理の持ち帰り用の店があるんだ」

ホープは笑った。「あなたって、なにがあってもくじけない人でしょ？」

いまはそうじゃない、とボンドは思った。

ローランド・マーキスはようやく先発隊の高度順応がじゅうぶんできたと判断し、第四キャンプへの出発を決めた。マーキス、グラス、レオ、バーロウの四人はすでに試登し、すこしずつ登れば二日か三日かかると報告していた。

最初の日はわりあい順調に運んだ。二日目は傾斜三十度の雪面を登り、岩壁とのあいだにできたベルクシュルントを越えなければならなかった。シェルパが運んできたアルミの梯子をのばしてクレバスに渡した。ローランド・マーキスが複数の者に確保してもらいながら慎重に梯子を渡り、向こう側にアンカーを固定した。作業を終えてみんなのほうを振りかえったとき、ベルクシュルントになにかを見つけた。

「下に人がいる」マーキスが指さしながら叫ぶ。ひとりずつ、全員が梯子を渡りおえ、見える位置に立った。それは女性の死骸だった。毛布をだらりとまとっている。保存状態がいいようだ、とボンドは思った。

「飛行機事故の生存者のひとりだろう」ボンドは言った。

「ほら、登山用の服装にはとても見えない」

マーキスとボンドは死体を回収すべきだと思った。ビレイとアンカーを巧みに使いながら、シェルパたちがベルクシュルントにおり、女性の肩と上腕にロープを結びつけた。シェルパの合図で死体がレッジに引きあげられる。

女性が身につけていたのは、ブルージーンズ、テニスシューズ、スエットシャツ、それに毛布だった。快適に加圧された機内で旅を楽しむ旅行者。墜落事故から生き残り、山をおりようとしたのだろう。それが凍死体になっている。

ボンドはまわりの氷をくだいて、死体から毛布を引きはがした。ポケットを探ると、アメリカのパスポートが出てきた。

「シェリル・カイ・ミッチェル、ワシントンＤＣ」ボンドは読みあげた。「米国上院議員の夫人だ」

頭蓋骨に亀裂がはいり、頭や肩がひどくゆがんでいる。衣類が何箇所か破れ、露出した肌には切り傷やあざがあった。

「気の毒に」レオが静かに言った。

「落ちたんだ」マーキスが推量する。「しかも、かなり高いところから。墜落現場から何度もあちこち跳ねかえりながら、ここまで滑り落ちたにちがいない。ここに来るまで生きていたなんてことは、絶対ありえない。この凍り方を見ろ。きっと骨が粉々になっている」

「もしくはすぐに落下したのでなければ、飛行機から離れてから一、二時間以内に死亡し、死体がどこかの崖から滑り落ちたとも考えられる」と、ボンド。「なんとかしなければと、必死だったんだろう。機内にいては生き延びられないと思った……」

「今夜、第三キャンプまで運ぶとして、さしあたりこのままにしておこう。いまは先に進むしかない」

このことは一行に暗い影を投げかけたが、みんな黙々と岩棚《バンド》を越えつづけた。これまでいちばん技術を要するむずかしい登攀だった。

ついに第四キャンプに到着し、翌日、最終目的地――七九〇〇メートルのグレート・スクリー・テラス――に向かった。

ってアタックを開始した。雪のガリーを経て、バンドを二百五十メートル登り、さらに岩壁を百メートル登って、七五〇〇メートルの上部雪原にたどりついた。トム・バーロウとダグ・マッキーが酸素を使いはじめた。シェルパたちはおもしろがって〝イギリスの空気〟と呼んだ。

旅程の三十一日目、五月も残り五日となった日、先発隊はついに目的地に到達した。グレート・スクリー・テラスの光景は異様だった。こんな高所に、まばゆいばかりの真っ白な雪面がゆるやかにスロープを描く台地があるなんて、場違いのように思えた。頂上はたった六百九十八メートル先で、意地の悪い番人のように台地の上方にそびえたっている。

シェルパたちが第五キャンプの設営をはじめ、ボンドとマーキスとチャンドラは目の前にひろがる残骸の調査を開始した。折れた片翼が雪と氷になかば埋もれ、その四十メートル向こうに尾翼の破片が散らばっている。六十メートル離れたところには無傷の機体があった。もう片方の翼は完全に埋もれているか、台地から吹き飛ばされたかにちがいない。キャビンのドアは大きく開いている。たとえ飛行機からの足跡がつづいていたにせよ、とうに雪に覆われてしまっていた。

「先にはいらせてもらうよ、ローランド」ボンドは言った。

マーキスは言った。「どうぞ、どうぞ」

「行くぞ、チャンドラ」ボンドは膝まで雪に埋もれながら機体に向かった。

21　行方不明の死体

ボンドは懐中電灯をつけると、寒くて暗い機内にはいった。窓から射すほの白い光が無気味で、ボンドですらぞっとした。さまざまな穴からはいってきた雪や氷が積もり、座席は雪の吹きだまりのなかにあるかのようだ。機内には、口笛のような薄気味悪い音がこだましている。

ほとんどの席に死体があった。

コックピットに懐中電灯を向けた。操縦士と副操縦士が自分の席で前かがみになり、恐ろしい静止画像のように、死んだときのままの形で凍っている。ほかにも、コックピットとキャビンのあいだに横たわっている男がいる。乗務員の服装ではない。

「ちょっと手伝ってくれ」ボンドはチャンドラに言った。

ふたりで力を合わせて、こちこちに固まった死体をひっくりかえすと、顔があらわになった。顔の半分は氷で作られた奇怪な透明の仮面に覆われている。首に弾痕があった。

I支局で見た三枚の顔写真のなかに、この男もいた。

「ハイジャック犯のひとりだ」

チャンドラがうなずいた。「覚えています」

「後ろのほうを見てみよう」ボンドは死体をまたいで、小さなキャビンにもどった。死骸を数える。

「客席は全部で十二。クルーは操縦士と副操縦士、それに客室乗務員」ひとつだけ客席に対面した席にすわっている女性を指さす。「彼女だ。この便に予約した観光客は十人。ということは、空席はふたつ、だよね？　だが、九人分の死体しかない」

「第四キャンプの近くで発見した女性を入れると、十人になります」チャンドラが言う。

「だが、そこにリー・ミンと三人のハイジャック犯を足せば十四になる。ハイジャック犯のうちひとりは見つけたから、それで十一。あと三体はどこへいった？」

「待って、ここに座席についていない者がひとりいます」

チャンドラはキャビンの後部にライトをあてた。コックピットで見つけたハイジャック犯に似た服装をしている。

「犯人のひとりだ」ボンドは死体を調べながら言った。

「よし、行方不明はふたりになった。すわっているなかにリー・ミンがいないか確認しよう」

ふたりはキャビンの両側に分かれ、ひとりずつの顔に懐中電灯をあてていった。年齢はさまざまだが、全員、白人の男女だった。そのうち三人は目を見開いて、恐怖の表情のまま凍りついていた。

「いない！」ボンドは歯を食いしばって言った。「ちくしょう！」

「ちょっと待って、ジェイムズ。あの女性が生き残って外に出たのだとしたら、リーもそうしたのかもしれない。もうひとりのハイジャック犯も。でも、遠くにはいけません。この近辺にいるはずです」

「もっとも、あの女性のように山腹から落ちていれば話はべつだ。そうなったら、もうどこにいるかわからない！」

チャンドラはそのとおりだと思った。「どうします？」

「探すしかない。とりあえずもう一度、外を見てみよう。かすかにしろ、足跡かなにかが残っているかもしれない」

機外に出ると、マーキスとグラスが辛抱強く待っていた。そばに心配そうな顔をしたポール・バークが立ち、その後ろにオットー・シュレンクの姿があった。

「どうだった？」マーキスがたずねる。

「やつはなかにいない」ボンドは静かに言った。「周囲を探す必要がある。これはチャンドラとわたしでやる。きみたちは収容作業に移ってくれ」

「なかにいない？　まちがいないのか？」マーキスはうろたえているようだった。

「まちがいない」

「なんてことだ！」マーキスは手にしていたスキーのストックを機体に投げつけた。「がっかりだ」

「なぜ、そんなに気にするんだ、ローランド」ボンドはたずねた。「きみはじゅうぶん職責を果たした。わたしをここまで連れてきてくれたじゃないか」

「なんというか……きみに任務をまっとうしてもらいたか

った、それだけだ。きみとおなじくらい、スキン17が英国にもどることを願っているから」

その瞬間、マーキスはユニオンのスパイかもしれない、という考えがボンドの頭をよぎった。そんなことがありうるだろうか？　いつもは直感の鋭いボンドだが、これほどの高地では、五感も反射能力もすべて鈍っている。だれもかれもが疑わしく思えた。

「できるだけのことはしてみるよ」ボンドはそう言って、歩き去った。

マーキスは気を取りなおし、仲間のほうを向いた。「よし、キャンプの設営を手伝おう」

二日目には第五キャンプが完成し、残りの者も無事到着した。収容作業がはじまり、手始めに、死体を飛行機から移動し、一体ずつ第四キャンプにおろすことになった。計画では、下の四カ所の各キャンプに駐在している作業員たちと連携して、流れ作業的に送ることになっている。ベースキャンプでは、サーダーが搬送用にヤクの一群を手配しているはずだ。そこからタプレジュンに運び、カトマンズ行きの便にのせる。まったく金と時間を浪費するだけの、危険でばかばかしい作業だ、とボンドは思った。遺族や政府は無用の出費をせずに、遺体を山に残すべきだった。生存者がいるなら話はべつだ。だが、死者のためにこれほどの苦労をする必要があるのだろうか？　もっともらしい口実になったことはたしかだが。ボンドは自分がちがう種類の任務をおびていることを感謝した。遂行できないのではないかと恐れているにせよ。

三日後、ボンドとチャンドラは、リー・ミンらの痕跡はないという結論に達した。

標高七九〇〇メートルでの身体的な変化は驚くべきものだった。ボンドはあらゆる動きがスローモーションのように感じた。まるでＪＩＭダイビングスーツを着て水中にいるようだ。ボンドは完璧な防寒服に身をかためて皮膚をすべて覆いつくし、酸素ボンベを背負い、口にホースをくわえている。隊にはあと数日もつだけの酸素があるのだろうか。酸素を吸入しながらでも、仲間たちはちょっと作業してはやめて、ひと息いれている。

ボンドはバークのラップトップを借りて、リーの死体が機内になかったことをロンドンに知らせた。タナーはマーキスの仕事が終わるまで探しつづけるようにというMの指示を送ってきた。それまでに見つからなければ、残念だが帰国するしかない。暗号メッセージの行間にMの落胆ぶりがにじみでている。ボンドはボスをがっかりさせたくなかった。

ヘレナに関する新しい情報はなかった。

疲れと失意を感じながら、ボンドはテントを離れて相棒を探した。

「くそっ、チャンドラ。あの飛行機からよろよろとこの台地に出てきたとして、きみだったらどこに向かう？」

「どうにかして下におりようとしますね……あっちから」

チャンドラは南側のなだらかな斜面を指さした。

「あそこなら最初に探しただろう？」

「もういちど見たほうがいいかもしれません。あの先にまだ調べていないクレバスがあります。ふたりとも、そこに落ちたのかもしれません」

「そうかもしれない。だが、あそこの氷は不安定そうだった。クレバスで凍え死ぬなんて、あまりうれしくないな」

「重要なのは死に方ではありません。なんのために死んだかです。さあ、もう一度見てみましょう」

チャンドラの言うとおりだ、とボンドは思った。「台地の東側もまだ見ていない。そっちからはじめよう。早くろくでもない死体を見つけて国に帰りたい。いいな？」

ふたりが雪のなかを歩きだしたとき、集合をかけるマーキスの声がした。

「まったく」ボンドは言った。「さあ、今度はなにがお望みなのか聞いてこよう」

引きかえしてキャンプの本部にもどると、全員が集まっていた。すでにマーキスの話ははじまっている。

「――下のキャンプでは、臨時に人を雇った。ベースキャンプにヤクも待機させている。できることはもうそれほどない。ああ、来たか、ボンド。いま、みんなに言ってたんだが、ここを早めに切りあげることになったので、それまでにできることを決めようとしているところだ」

「どうして？　なにがあったんだ？」

「嵐が来てるんだ」バークが言った。「数分前に気象通報を受信した。ふたつの嵐が連続してやってきている。今夜にはこの山の上部に接近する予定だ」

「大きいのか？」

「かなり。モンスーンだ。ひとつはきょう、もうひとつはあした」

「そういうことだ」と、マーキス。「ここの嵐は手がつけられないほど危険だ。数時間、待避しているか、おりるかのどっちかしかない」

「まだ帰るわけにはいかない」と、ボンド。「そんなことで引きかえすためにわざわざやってきたんじゃない。幸い、われわれのテントは嵐に強い。ふたつの嵐がおさまるまで待つことにするよ」

「そう言うと思ったよ。しかし、チーム全員にただちにおりるという選択肢もあたえねばならない。いまなら嵐が来るまでに第三キャンプにたどりつける。悪くても第四キャンプには行けるだろう。翌日にはベースキャンプまでおりられる。ただし、ふたたびここまで登ってくることを忘れないでくれ。仕事を終えるためにね」

「どれくらいでかたづく？」レオがきいた。

「きょうをのぞいて、あと二日だと見積もっている。二日あれば、機内はすっかり空《から》になるだろう。いまの進捗状況から見ると、一日に三体しか運べない。あと六体残っている」

「きみは、どうする？」マッキーがたずねる。

「わたしは残る」マーキスは言った。

「わたしも」ホープ・ケンダルが言った。

「いや、きみはだめだ」

「ちょっと、わたしは――」

「そのことは議論したくない――」

「わたしはここにとどまります！」有無を言わせぬ語調だった。

　マーキスはホープをにらみつけた。「好きにすればいい。ほかに残りたい者はいるか？　ここにいるほうが体力の消耗はすくないと思う。嵐のあいだテントでちぢこまっているだけだからな。だが、命の保障はできない」

結局のところ、中心メンバー以外は全員もどることにした。残ったのは、マーキス、ボンド、チャンドラ、ホープ、バーク、レオ、グラス、バーロウ、シュレンク、それにシェルパ三人。おりることを選んだ者たちは、二日したらもどってくることを約束した。何人かはベースキャンプまで行かずに第三キャンプに避難することになった。

ひとつだけたしかなことがある、とボンドは思った。ユニオンのまわし者は、残ることを選んだ者のなかにいる。

山を下る者たちが去って一時間後、風が勢いを増しはじめた。

行方不明者たちの手がかりを求めて台地のはるか東側を見ているとき、携帯電話が鳴った。ボンドは手袋をはめた手でパーカのポケットをまさぐり、ようやく取りだした。

「ジェイムズ、彼らだと思います！」チャンドラだった。

「どこにいるんだ？」

「さっき言ったところ、クレバスのなかです。こっちに来て、見てください」

台地はだだっ広い。雪をかきわけてたどりつくのに一時間はかかるだろう。「わかった、すぐ行く。きみがいるところに印をつけておいてくれ。一時間後に上で会おう」

チャンドラが印をつけた斜面にボンドが到着したのは、午後もなかばだった。グルカ兵は着ぶくれて北極熊のような姿で待っていた。風がさらに強くなり、空には黒い雲がひろがりつつある。ぐずぐずしている暇はなかった。

チャンドラは百メートルくらいのクレバスをまわって、一方の端に天然の氷の橋がかかっている第二のクレバスに案内した。その五十メートル下に、ふたつの死体が押しこめられていた。

「チャンドラ、キスしたいが、きみの顔が見つからないよ」ボンドは言った。「運びあげるのに応援が必要だな」

ボンドに電話で呼びだされたマーキスとレオが現場に着いたとき、雪が降りはじめた。風速冷却で、気温はマイナス六十度まで落ちていた。ボンドがふたりに死体を示すとマーキスが言った。「あす、最初の嵐が通りすぎるまで待ったほうがいい。ポールによると、つぎの嵐がくるまで十時間から十二時間は晴れるそうだ」

「いや、いまおりる。一時間はだいじょうぶだ。チャンドラ、確保を頼む」

「正気の沙汰じゃないぞ、ボンド。だが、いいだろう。わたしだって、いまは一刻も早く知りたいんだ」

ボンドが死体のところまでおりるのに四十五分かかった。滑車を二個使用して三分の一の力で引くことができるZプーリーシステムを利用した。不安定な氷の上でも重い物を引きあげることができるすぐれた装置だ。

ボンドはクレバスの一方の壁面に背中をぴったりつけ、片足で反対側の壁を押しながら、すこしずつおりていった。ひとつ目の死体のそばに来ると、ピッケルでまわりの氷を砕いて裏返した。三人目のハイジャック犯だった。もうひとつの死体は五メートル下だ。さらにすぼまったところへおりるために、上にいるチャンドラがロープをゆるめた。死体にたどりついてから、頭や肩のまわりの氷を砕くのに、もう二十分かかった。

「ボンド、風が強くなってきた」マーキスが電話で言ってきた。「あがってきたほうがいいぞ」

「もうすこしで終わる。あと五分だ」

やっとのことで、男の顔に凍りついていた毛布をひきはがした。リー・ミンだった。

「よし、やつを見つけた」ボンドは電話に向かって言った。「これからハーネスを取りつける」リーは死んでいるので、快適さを気にかける必要はない。男の肩と腕にロープを巻きつけ、プルージック方式で結んだ。

リーの死体がクレバスの縁近くまであがってきたとき、恐ろしい強さで嵐がやってきた。マーキスとチャンドラとレオは全力でロープをひっぱったが、風があなどれない相手であることを思い知らされた。ボンドは三人の手を借りてあがったが、アイゼンのおかげでクレバスの側面を歩くことができ、おりるときより楽だった。

「急いでテントにもどろう!」マーキスが叫んだが、その声はほとんど風の音にかき消された。

リーの死体をプラスチック製のそりに投げこむと、四人の男たちは強風と闘いながらキャンプに向かった。すでに本格的な猛吹雪になっていて、前方がほとんど見えない。ボンドは一行を自分のテントに導き、遺体を寝袋の上に置いた。前もって、ホープ・ケンダルから鋭利な器具類を借りておいた。むろん、目的は伝えていなかったけれど。

「わたしはここにいる」ボンドは言った。「きみたちは自分のテントにもどってくれ。急いだほうがいい。チャンドラ、電話を手元に置いておくように」

マーキスがうなずき、ほかのふたりとともにテントから出ていった。ボンドは垂れ蓋を閉めたが、考えが集中できないほど外の音は大きかった。遺体と夜を過ごすと思うとぞっとするが、遺体だけ残して、ユニオンのまわし者に手出しされるような危険は冒したくなかった。

死体はがちがちに凍っていた。ボンドはビブラー・ストーブに火をつけた。ほんのいくらか暖かくなった。つぎに、通常は凍傷治療に使われる標準支給のホットパック剤をいくつか取りだして、リーの胸部に置いた。これを発熱させ、男の衣服を堅牢な拘束衣にしてしまっている氷を溶かした。

十分後にはリーのシャツを切りとれるようになり、胸を露出させた。肌は冷たくて固かった。胸の上部を注意深く調べて、ペースメーカーが埋めこまれているポケットを探しだした。影響は受けていない。あとは肌が解凍されるのを待つだけだ。

外では嵐が暴れまくっている。退屈しのぎに除雪用シャベルを持ってテントをあけ、十五分ほど入り口の雪かきをした。大きな嵐が去ったら、吹き寄せられた大量の雪のせいでテントに閉じこめられてしまっていたというのは、登山者のあいだではよく聞く話だ。シャベルも用意せずに閉じこめられると、外に出られなくなることもある。

ボンドはテントにもどり、リーの肌を調べた。肉というよりゴムのようだったが、切るには問題ないだろう。

ホープの道具のなかからメスを取りだし、慎重に胸に正方形の切りこみを入れはじめる。頑丈で、まるで革を切っているようだった。輪郭ができると、ハサミで角をつかんでひっぱりあげる。青みがかったピンクの肉と金メッキのペースメーカーがあらわれた。

ボンドはほっとしてため息をついた。よく見えるように、酸素マスクをはずす。ハサミでリードを切ってから、いまではしなやかになった水分のない肉から、素手でペースメーカーを引きぬいた。

やったぞ！　とうとう手に入れた！　ボンドは意気揚々と装置を握りしめ、携帯電話を取りあげた。チャンドラの番号を打ち、話そうとしたそのとき、後頭部に鋭い一撃を受けた。テントがぐるぐるまわりだし、あたりが真っ暗になった。

ボンドはリーの解剖死体の上に倒れこみ、意識を失った。

22　標高七九〇〇メートルの愛と死

オットー・シュレンクはテントの外で影を見つめ、ボンドが絶好の位置に来るのを待ってから石を振りあげた。まだ殺すつもりはなく、気絶させるためだった。それからテントの垂れ蓋を破ってなかにはいり、ふたつの体のそばにしゃがみこんだ。ボンドを転がしてリーから離し、握りしめた指をこじあけてペースメーカーを取りあげ、携帯電話を出した。

「あんたか？」シュレンクは言った。

「そうだ」相手が答える。嵐のせいで接続が悪い。

「どこにいる？」

「約束の場所だ。こんな嵐のなかをどこに行くところがある？　手に入れたのか？」

「ああ」

「よし。ボンドが意識を取りもどしていないことを確認するんだ」

「わかった《ヤー》」シュレンクは電話を切ってポケットにしまうと、パーカの内側からナチの短剣を取りだした。ボンドの黒髪をひっぱって頭をのけぞらせ、首を露出させる。首に刃をあて、まさに喉を掻き切ろうとしたそのとき、弾丸が飛びこんできた。

ボンドの体に血と脳みそを飛びちらせて、シュレンクはかたわらに倒れこんだ。

ローランド・マーキスがテントにはいってきて、ブローニングの九ミリを下にさげ、シュレンクの手からペースメーカーをもぎとった。それをポケットに入れると、ボンドの頭に銃口を向けた。

ボンドが落とした携帯電話が、突然、雑音とともによみがえった。「ジェイムズ？　もしもし？」チャンドラの声だ、とマーキスは思ったが、雑音のせいではっきりしない。

「聞こえますか？　そちらに向かいます！」

まずい。マーキスはあわてて銃をしまうと、顔を覆ってテントから出た。

チャンドラは猛吹雪のなかを必死でボンドのテントに急いだ。彼をひとりにすべきではなかった。それでも、イメージを増強する照準器コモン・ウェポン・サイト《CWS》で監視していたのは幸いだった。テントにだれかがはいり、つづいてもうひとりはいるのがはっきり見えた。

チャンドラは雪をかきわけて進んだ。ゴーグルをしていても、ほとんど見えない。前方に黒っぽいものがあらわれ、こちらに向かってくるのが見えた。人間だ。顔をつきあわせるほど近くまで寄った。ローランド・マーキスだ。

声をかけようとしたが、マーキスが銃を向けているのが目にはいった。とっさによけたとき、閃光がひらめいた。チャンドラは肩を撃たれて転がった。雪の上に倒れ、そのまま動かなくなる。マーキスはあたりを確認した。だが、みんなはテントのなかに避難している。銃声は荒れ狂う風の音にかき消された。

チャンドラは雪の冷たさに目をあけた。マーキスの影が向きを変え、野営地から去っていくのが見える。グルカ兵はなんとか起きあがった。すばやい身のこなしと何枚もの重ね着のおかげで、胸を撃たれずにすんだ。とはいえ、肩の痛みは強烈だ。深呼吸して、背中の酸素ボンベから送られる空気をマスクを通じて吸いこむと、マーキスのあとを追いはじめた。

「目を覚ましてったら！」

頰に鋭い平手打ちをくらった。視界がぼやけ、頭がずきずきする。だれかが自分をのぞきこんでいて、あきらかな女性の声がする。

「ジェイムズ、起きて！」

ボンドはうめき声をあげた。激しい吐き気を感じたので、横向きになって押しとどめる。しばらくして、あおむけになり、顔を布で拭いてくれようとしているホープ・ケンダルを見あげた。

「だいじょうぶ？　あなた、意識がなかったのよ。頭の後ろにすごいこぶができてるわ。ねえ、答えて！」

ボンドはうなずいた。「だいじょうぶみたいだ」

「起きあがれる？」

ゆっくり起きあがった。後頭部に手をやると、こぶに触れた。

「死んだのかと思った。みんな死んでるの！」心からおびえた声だった。

「なんて言った？」ホープはひどく動揺し、涙を流している。

「みんな——フィリップ、トム・バーロウ、ポール・バーク、サーダー——全員は見つからなかったけど、ここには死人が六人いる。ジェイムズ、彼らはみんな殺されたの！　喉を掻き切られて！　それに彼を見て——」オットー・シュレンクの死体を指さした。「頭を撃たれてる！」

それを聞いて、頭のもやが晴れた。長年の経験や危険と背中合わせの生活で、痛みや不安を振りはらって、目の前の問題に集中する能力は鍛えあげられていた。

「見当たらないのはだれ？」ボンドはたずねた。

「ローランドとカール・グラス——あとはよくわからない。きちんと考えられなくて」

「チャンドラはどうした？」

「彼の姿も見てないわ」

外ではまだ、嵐が猛威をふるっている。ボンドはテントの外を凝視した。夜のせいもあって、視界はゼロにひとしい。向きなおってテント内を見渡す。リーの死体がさっきとおなじ場所に横たわり、その隣にシュレンクが丸まっている。かたわらにはナチの短剣が転がっている。テントには銃弾であいた穴があった。

「なにが起こったかは推測がつく。シュレンクがテントの外からなにかでぼくを殴った。そしてペースメーカーを奪った」

「なんですって？」

「大事なものだ。彼はそれを手に入れたが、何者かに撃たれた。そいつがまたペースメーカーを奪った」

「ペースメーカーって？　どういうこと？」

ボンドはリーの死体を指さした。ホープはリーの胸を覆っている服をすこし持ちあげ、たじろいだ。

「まあ。だれかがこの男からペースメーカーを取りだしたの？」

「そう、ぼくがやった。それこそが、ぼくがこの登山隊に加わった目的だったんだ。きみも知っておいたほうがいいだろう。ある軍事機密がそのなかに隠されていた。ぼくはそれをイギリスにもどさなければならないんだ。さあ、ここをもうすこしひろくしよう。この死体をかたづけるのを手伝ってくれ」

ボンドはシュレンクを入り口に向かって引きずりはじめた。ホープが両脚をつかんで押し、死骸をおもての雪のなかに出した。リーの死体もおなじように外に出して、やっと、ふたりがゆっくりできるスペースができた。

「朝まで待つしかないな。まだ嵐が激しくて、外に出られない。それでも手足はのばせるからね」

「よくわからないわ。そのペースメーカーになにがはいってたの？」

「軍事機密。この登山隊が編成されたほんとうの理由は、ぼくがそいつを取りもどすためなんだ」

「ということは——このすべては、つまり、この収容作業は——でっちあげだった？」

ボンドはうなずいた。

ホープはすわりなおして、腕を組んだ。「あなたって最低だわ。なんでわたしがここにいなきゃならないの？　死ななかっただけでも、幸いだわ！　じゃ、自分のところの政府がその機密情報とやらを手に入れるだけのために、仲間やシェルパたちの命を危険にさらしたっていうわけ？　どうかしてるんじゃない？」

「いいかい、ホープ、ぼくは公僕だ。言われたことをやるだけだ。こんな任務はまともじゃない、自殺行為だと何度思ったことか。ときには、不快きわまる仕事を命じられる。他人の命がかかっていることも多い。きみを巻きこんでしまって、すまないと思う」

ホープは唖然としている、とボンドは思った。ショックだったかもしれない。厚着にもかかわらず、震えながらすわっていた。

「さあ、死んだ仲間たちのことを教えてくれないか。最初から」

ホープは容器から酸素を吸いこんで咳をし、それから話しはじめた。

「あの男の死体をあなたたちが持ち帰ってきたあとで、ローランドが全員に言ったの。自分たちのテントにはいって酸素をたっぷり吸い、嵐のあいだは眠ってるようにって。わたしは言われたとおりした。でも、自分のテントじゃなくて医療本部にしてる補給テントに行ったの。そこで寝袋にもぐりこんだ。物がいっぱいあって、わたしのテントより暖かいから。二時間ぐらい寝たと思うけど、落ちつかなくて目が覚めた。外に出ることにして、ローランドのテントに手探りで向かった。だけど、テントは空っぽだったわ」

「彼とテントを使っているのはだれ？」

「カール・グラス。彼もいなかった」

「それから？」

「それで、フィリップとトムのテントに行ったの。ふたりはいたけど、どちらも死んでた。喉を掻き切られて。わたしはよくわからないけど、パニックになっていたみたい。

隣のシェルパのテントに行くと、彼らも死んでた。みんなやっぱり喉を切られて。ポール・バークも彼のテントで倒れてた。彼のあのパーカが死体にかかってた……そこらじゅうに血が飛びちってた。それからここに来て、あなたを見つけたの。調べるまでは、あなたも殺されたのかと思ってた。喉にかすかな切り傷があって、乾いた血がこびりついてた。そして、頭にこぶがあるのに気がついた」

「きみが自分のテントにいなくてよかった。きみも死んでいたかもしれない。だれかに電話で連絡をとろうとした？」

「ええ。でも、嵐のせいでうまくつながらなかった。どこにかけても雑音ばかりで」

ボンドはいまの話を検討した。シュレンクの仕業なのか？　ナチの短剣をよく見ると、乾いた血がついている。おそらく、自分も喉を切られるところだったのだろう。そのときシュレンクは撃たれた。だが、だれに？　マーキスだろうか？　マーキスは仲間をあざむいているのか？　そうだとしたら、ユニオンのまわし者はどっちだろう？　ひとりがユニオンだとしたら、もうひとりはだれに雇われているのか？

やがて、テントの隅に自分の携帯電話が転がっているのに気がついた。スイッチがはいったままだ。拾いあげて、壊れていないのを確かめ、チャンドラの番号を押す。デジタルディスプレイにメッセージが表示された。接続不能。

「言ったでしょ。この天候じゃ、どこにもつながらないわ」

「かけずにいられなかった」ボンドは携帯電話をしまい、目を閉じた。頭がずきずきする。

「あなたが追ってるものって、そんなに重要なの？」ホープがたずねる。

「悪の手に絶対渡してはならないものだ。勢力の均衡を破ることができる技術がはいっている」

「戦争に関するもの？」

「たぶん」しばらく沈黙がつづいた。

「人を殺したことがある？」ホープが静かにきいた。

ばかげた質問にボンドは気がゆるんだが、疲労と寒さで笑う気になれず、あっさりうなずいた。

「気づくべきだった。直感的には気づいてたと思う。だから惹かれたんだわ」

「きみは人殺しに惹かれるたちなの？」

「そういう意味じゃないわ。あの魔法瓶、お水はいってる？」口があいたままのザックのなかの魔法瓶を指さした。ボンドは振ってみて、水の音を確かめてから手渡した。ホープは喉を潤してからつづけた。「人間がどこまでやれるのか知りたいって言ったの覚えてる？　殺しも似たようなもの。どうしておなじ人間を殺すことができるのか、まえから興味があったの。ほら、わたしは仕事柄、人の命を救おうとするでしょ。医者だって助けそこなうことがあるのは当然だけど、ある患者のことはいまでも忘れられない。マオリ族の女性で、出産中に死んだの。彼女はわたしが勤務する病院の緊急救命室に運びこまれてきた。子宮外妊娠だった。わたしは全力を尽くした。赤ん坊は助かったけど、彼女は死んだの。そのことでずっと自分を責めてきたわ」

ボンドはホープの脚にそっと手をのせて言った。「それはきみの落ち度じゃない。きみだってわかっているだろ？」

「それはね。でも……じつは、もう助からないとわかったとき、彼女を利用して自分を満足させようとしたの。彼女の状態にどうしようもないほど興味があった。知りたかったの。わたしは人間の体を機械として見てるって言ったでしょ？　修理できるかどうか確かめたかった。わたしが試したことはうまくいかなかったわ。どのみち彼女は死んだと思う。でも、早めてしまったかもしれない。ほんとうのことを言うと、恐ろしくて悲しかったけど、同時に、自分にそういう力があるということに興奮してた。言ってることわかる？」

ホープは肩に吊るした酸素マスクをあてて吸いこんだ。数回咳をしてからまた話しだす。ショックが大きすぎて精神的にまいっているのかもしれない、とボンドは思った。

「神はこの山に人間が来るなんて思ってなかった。そんなところにいるのだと考えると、生きるとか死ぬとかいうことが、とても瑣末なことに思えてくる。わたしたちのだれが突然死んでもおかしくない。現に何人も死んでしまった。物事の成り立ちから見れば、人間なんて虫けらみたいなものだわ。この登山隊の人たちは巣から遠く離れてしまった蟻みたいなもの？　つまり、わたしたちはこうしてテントに閉じこめられて、神の細緻な目の下にすわってる――人類のオスとメスとして。この先、どんな実験が待ちうけてるのかしら。どんな試練が？」

ホープはボンドを見あげて笑ったが、すぐ咳きこんだ。ふたたびマスクをつかみ、何度も深く酸素を吸いこんでから言った。「ただのくだらないおしゃべり。気にしないで。ねえ、高所では体を寄せあって暖めるといいって医学的にも言われてるじゃない。やってみない？」

ボンドが体を近づけると、ホープはしがみついてきた。「待って」ボンドはささやき、ホープの指をゆるめて、電気ヒーターが組みこまれたビバークザックを引きずりだした。ファスナーを引いてあける。ホープはまたもや笑いながら、両脚を滑りこませた。ボンドもはいってファスナーを閉める。

ふたりは一時間ぐらい抱きあっていた。外では風がうなりをあげている。しだいに体が温まってきて、たがいをまさぐりはじめた。ホープの顔は土気色で汚れていて、いつもより美しいとはいえなかった。ボンドはそのブロンドの髪を手ですき、頭を抱きよせた。唇が合わさり、激しいキスをし、やがて息が苦しくなって離れた。相手の思いを読みとり、もう一度口を重ねた……さらにもう一度。ホープはボンドのパーカのファスナーをおろし、手をさしいれてシャツの上から胸をさすった。ボンドもおなじように手を入れ、引きしまった乳房のまわりをゆっくりじらすように撫でまわした。ふたたび唇を合わせると、ホープの手が股間にのびて興奮をかきたてた。

ふたりは空気を求めてあえいだ。ボンドはどうにか声を出した。「このままだと、窒息してしまう。待って、もうひとついいものがあるんだ。すぐだから……」

ボンドはバッグに手をのばして、ブースロイド少佐が用意してくれた二人用の酸素マスクをひっぱりだし、自分の酸素ボンベに取りつけた。

「まあ、すごい」目的がわかると、ホープは言った。ボンドはマスクをホープの顔にはめ、もうひとつを自分につけた。それから、セーターとシャツの下にそっと手を入れ、ブラのなかで硬くなっている乳首に触れた。ホープはかすかにうめき声をあげ、マスクをつけていることも忘れてボンドにキスをした。マスクがぶつかって、笑いだした。

ボンドは慣れた手つきでブラをはずし、服の下から引きぬいた。つぎにズボンに手をかけゆっくり脱がせる。同時に、相手の手もボンドの服と格闘していた。窮屈でなめらかにはいかなかったが、それでも十分後には、ふたりともビバークザックのなかで相手の服を脱がすことに成功した。

ボンドにははじめての経験だった……標高七九〇〇メートルでのセックス。

ふたりは酸素ボンベの貴重な空気をあっというまに使い果たしたが、それだけの価値はあった。

23 血と汗と死

チャンドラは台地を横切り、全力でローランド・マーキスのあとを追っていた。風が荒れ狂い、一歩進むのも骨だ。マーキスの足跡は数分でかき消されてしまう。だから、チャンドラは歩きつづけるしかない。そうしなければ跡を見失うだろう。ピッケルをステッキがわりに、なんとかすこしずつ前進して岩壁まで来た。アンカーとロープがそこに取りつけてあった。ほかにそれらしいルートはない。マーキスはここを登っていったのだ。

ロッククライミングのほうが風にさからって進むより驚くほど楽なことに、チャンドラは気づいた。これなら、風が体を壁にぴったり押しつけてくれる。ほぼ一時間で、ようやく岩壁のてっぺんに着いた。湿った雪と氷まじりの突風が顔に襲いかかった。あやうく手を放して落ちそうになったが、必死にすがりつき、意志の力で片足を振りあげて縁にかけた。ピッケルを岩と氷の面にたたきこみ、それを梃子《てこ》にして体を引きあげると、すっかり消耗しきって、自然の脅威にさらされたまま、その場に横たわった。心のなかでシバ神に祈りつつ、数分間酸素マスクで呼吸をし、体力を取りもどそうとする。

果てしなく思えた時間がたってから、チャンドラは動かなければならないと思った。このままでは凍死してしまう。寝返りを打ち、腹ばいでレッジから離れつつ、待避所を探した。

目隠しをされたような吹雪を透して、四十メートルほど先にテントが設営されているのが見えた。マーキスが潜伏しているのはあそこだ。嵐がやむまでは、どこにも行かないだろう。そう思って、グルカ兵はビバークする場所を見つけようと判断した。

左手にベルクシュルントがある。氷の割れ目をひろげてなかにはいる方法なら、父親から教わっていた。それしか生き延びる手段はない。体力を振りしぼって立ちあがり、チャンドラはそろそろと前進した。

ピッケルをくりかえし何度も振りおろして、氷塊を飛びちらせる。耐えがたいほどつらい作業だった。一分ごとに手を休めたり、酸素を深く吸いこんだりしなければならない。脚の感覚がなくなりかけているが、氷を砕きつづけた。

ようやく、作業は終わった。潜りこんで胎児の姿勢でいられる穴ができた。チャンドラはそうすると、目を閉じて、たちまち眠りこんだ。

はっと目が覚めた。嵐はやんでいて、朝日が山一面にひろがりはじめている。体がこわばり寒けがするが、チャンドラは生きていた。

それから左の手に目をやった。どういうわけか、登っているときか穴を掘っているときに手袋をなくしてしまい、すっかり凍傷になっている。指は濃い青で、残りの部分は紫に変色している。指を曲げようとしたが、麻痺していた。皮膚はさわっても感覚がない。

チャンドラは穴から這いだして立ちあがった。片手以外は、無傷のようだ。無事なほうの手でバックパックをゆっくりおろし、蓋をあけて、手を包めるものを探した。子供のころに父親がくれた祈禱用スカーフがあったので、それを使った。たいした役には立たない。文明世界にもどったら、この手を失うことになりそうだ。

気にするな！　チャンドラは自分に言いきかせた。任務をつづけろ！　グルカ兵のモットーを何度もくりかえした。〝臆病者になるなら死ぬほうがましだ……臆病者になるなら死ぬほうがましだ〟それはマントラのような効果を発揮した。バックパックのなかにチョコレートバーを見つけ、元気をつけるために食べた。それからバックパックをまた背負い、マーキスのテントをめざして踏みだした。

チャンドラはベルクシュルントを迂回すると、雪の上に伏せた。ローランド・マーキスとカール・グラスがテントをたたんでいる。チャンドラはいま彼らと対決するより、離れたところから行き先を突きとめようと思った。

まもなくふたりは出発し、偉大な山の北稜へ向かった。いったいどこへ行くつもりだろう？　山頂か？　血迷ったのか？

チャンドラも追跡を開始した。ここは山頂へのルートで、長年にわたって多数の探検家たちがたどった尾根だ。ところが、マーキスとグラスは登攀をつづけなかった。尾根を越えて向こう側の平地におりた。そこには四つのテントが設営してあった。

ロシア隊だ。

チャンドラは離れた位置にとどまり、コ《C》モン・ウ《W》ェポン・サ《S》イトを取りだして、マーキスの動きを観察した。

ローランド・マーキスとカール・グラスは、ゆうべはひとり用のテントで寝苦しい一夜を過ごした。マーキスはロシア人との交渉が気になっていた。自分が手筈を整えたにもかかわらず、ほんとうにこの取引をまとめたいのかどうか判然としなかった。だが早朝には、予定どおりおこなう決心がつき、グラスと計画を立てた。

ロシア人の宿営地まで行くと、ＡＫ47を手にした男ふたりに迎えられた。見張りに案内されてテントのなかにはいる。イゴール・ミスロフという名のリーダーが待っていた。

男はヨシフ・スターリンそっくりで、黒く濃い口ひげがあり、眉ももじゃもじゃだった。

「ミスター・マーキス！」男は英語で言った。「熱いお茶でもどうかな？」

「ありがとう、イゴール」マーキスは言った。「長いつきあいでやっと顔を合わせることができた。うれしいね」

「まったくだ」ミスロフはいぶかしげにグラスを見た。

「ああ、こちらは仲間のカール・グラスだ」マーキスは言った。「あちらはイゴール・ミスロフ」

男たちは握手して、腰をおろした。

護衛のひとりが出してくれた茶で体がだいぶ暖まったところで、ようやく、マーキスは本題にはいった。「さて、わたしはスキン17の仕様書を持っている。その値打ちは……数十億になる」

「なるほど、じゃあ見せてくれ！」ロシア人は言った。

「マイクロ写真にしてある。あのいまいましいユニオンが狙っていて、あやうく奪われるところだった。最初に手に入れたのはわたしだ。遠征隊のダブル・オー部員からも守ってきたんだぞ！」

「はっ！」ミスロフが笑った。「ダブル・オー部員だ？まだ存在してたとはな！　KGBが解体したんで、あいつらの出番はもうないと思ってたがな」

「そう思うだろうな」マーキスは同意して、男と調子を合わせる。「だが、SISが彼らを手元に置いておくのは、ロシア・マフィアを監視するためでもあるんじゃないか」

ミスロフはその呼び名を手を振ってしりぞけた。「そんなふうに呼ばんでくれ。ばかげた名前だ。われわれはビジネスマンだ、そういうことだ。ロシア・マフィアだと――けっ！　マフィアはシチリアに住んでるんだ。われわれはモスクワに住んでる。シチリアなんぞはるかかなただ！」

ミスロフは大笑いした。

「まあ、そう言うならそうしておこう、イゴール。では、仕事の話をしよう。ここまで、はるばるやってきたんだ。そっちがとんでもない会合場所を選んだから」

ミスロフは肩をすくめた。「スキン17が貴重なのは承知してる。ユニオンがそれを狙ってるのもな。われわれの仲間のひとりが連中に雇われているのがわかった。その男は……ふむ、痛ましい事故にあった。近頃はいたるところにいる。いまいましいユニオンとやらが。連中と取引したこともあるが、客にたいする忠誠心がない。なあ、こっちはスキン17を運んで山をおりなきゃならない面倒をはぶいてやったんだ。あんたの身になにが起こるかわからないだろ。ここは危険なところだからな。昨夜も大した嵐だっただろ、えっ？」

「八時間もすれば、またつぎのやつが来る。嵐に襲われるまえに出発したい。さて――値段の交渉は十億ドルから開始することになっていたね。どちらもそれ以上の価値があるのは承知のうえで。で、いまのそちらの指し値はいくらだ？」

「アメリカドルで二十億だ。いますぐダイヤモンドの原石で五万ドル支払える。残りはカトマンズまで行ってから払う」

「頭がおかしいのか？」マーキスはたずねた。こうなることを恐れていたのだ。

「頭がおかしいとは、どういう意味だ？」

「たった五万ドルのダイヤモンドで、これを手放すと思うのか？」

「そっちこそ頭がおかしいのか？」突如、あたりの空気がぴんと張りつめた。「二十億ドルを現金でカンチェンジュンガまで運んでくるなんて考えてないだろな？　くそいまいましいダイヤモンドを持ってくるだけでも骨が折れたんだ」

「どこにある？」

ミスロフが護衛のひとりに顎をしゃくると、その男はありきたりの魔法瓶をさしだした。蓋をはずして、中身をマーキスに見せる。さえない色の石が詰まっていた。マーキスはダイヤモンドの原石だと認めて、うなずいた。男は蓋を閉めなおした。

「残念だが、これでは足りない」マーキスは慎重に言葉を選んだ。「ユニオンならもっと払うだろうね」

「ミスター・マーキス、われわれも長い道のりをこのためにやってきたんだ。仕様書を売ってくれないと、不愉快な事態になるぞ」

マーキスはグラスのほうを向いて、じゅうぶんリハーサルずみの合図をした。「それはどうかな、イゴール。だが、われわれが最後に話しあってからスキン17の需要は急に増大した。ユニオンがほしがっているし、わが国も取りもどしたがっている。中国も……わかっているかぎりでは、ベルギー人にも狙っている者がいて……」

グラスは〝ベルギー人〟という合言葉を聞いて、グロッグをポケットからすばやく取りだすなり、護衛ふたりをあざやかな手並みで射殺した。マーキスはブローニングを抜いて、ミスロフの頭に突きつけた。グラスはAK47を一挺拾いあげ、テントの垂れ蓋に狙いをさだめる。部下がもうふたり駆けこんできて、リーダーの身が危ないのを目にした。

「やつらに銃を捨てさせろ」マーキスは言った。ミスロフがロシア語で命じると、男たちは言われたとおりにした。

マーキスはグラスに合図を送った。グラスは顔色ひとつ変えず、自動小銃でふたりを撃ち殺した。

「さて、イゴール」マーキスは言った。「これであんたはひとりぼっちだ。ロシア・マフィアはいくら払ってくれるんだ?」

ミスロフはごくりと唾を飲み、口ごもりながら答えた。

「二……二十億をいま、もう二十億をカトマンズに着いてから」

「いまあるのか?」

「ああ、ダイヤモンドで」

「どこだ?」

ミスロフはカバンを手で示した。グラスがなかを調べると、さらに何本か魔法瓶がはいっていた。どれもカットしていないダイヤでいっぱいだった。

「いったいなんで、これをさっさと出さなかった?」

ミスロフは肩をすくめ、不安げな笑い声をたてた。「わたしは実業家だ。上層部にはあんたに支払ったと言うが、残りはもちろん、自分のものにするつもりだった」

「なるほど。では、ありがとう、イゴール。そちらの付け値を受けいれるよ」マーキスはそう言うと、引き金をひいた。銃弾が貫通して、ロシア人の側頭部が吹き飛んだ。

キャンプにはふたりきりになった。しばらく沈黙がつづいたあとで、グラスが言った。「たまげたな、ローランド、われわれは金持ちだ」グラスは魔法瓶の半数を自分のバックパックに詰めはじめた。マーキスは残り半分を自分のバックパックに入れた。

「さあ、行こう」

ふたりはテントをあとにして、北稜をめざして斜面を移動しはじめた。氷壁を通りすぎたとき、チャンドラ・グルンが上から飛びおりて、カール・グラスに組みついた。グラスはAK47を取りおとした。自動小銃は氷上を滑っていき、崖から虚空に飛んだ。

どちらの男も立ちあがった。チャンドラはグラスの顔面を無事なほうの拳で強打し、マーキスのほうへふっとばした。ブローニングを抜きかけていたマーキスは、はずみで手を放した。銃は空中を飛んで、チャンドラの背後の雪の吹きだまりに刺さった。グルカ兵は後ずさりして、男たちふたりと吹きだまりのあいだで立ちどまった。

危険な絶壁が三人の目と鼻の先にある。

「ふたりとも逮捕する」チャンドラは言った。「第五キャンプまで同行しろ」

マーキスは笑った。グラスはどう反応すべきかわからず、いっしょに笑った。

「おやおや！」マーキスが言った。「われわれを逮捕するときた！　こうしよう。われわれの荷物を運んでくれれば二十ルピー払ってやるが、どうだい？」

「ペースメーカーを渡せ。そうすれば、ふたりとも生かしといてやる」

「カール、このむかつくグルンを山から投げおとせ」

大柄で筋骨たくましいグラスがチャンドラに襲いかかる。しかし、グルカ兵のほうがはるかに訓練を積んでいて、すばやかった。

「アヨ、グルカリ！」チャンドラは雄叫びをあげるなり、腰につけた鞘からククリを抜いた。

すばやく、均一な動作で、手際よくククリを振るう。一撃で片がついた。切りはなされたカール・グラスの首が、宙を回転しつつ絶壁の縁から落ちていく。胴体のほうはその場にしばらく直立したまま、身をひくひく震わし、てっぺんのおぞましい傷口から血潮をほとばしらせている。

この光景におじけづいたマーキスは、背を向けて逃げだした。チャンドラはグラスの死体を崖から突きおとすと、急いで追跡した。

滑りやすい岩壁が行く手に立ちはだかっている。しかしマーキスはとまらない。片手でピッケルを使い、足がかりや手がかりを見つけながら登りはじめた。登山用具を使っている余裕はない――腕力と熟練のわざを利用した登攀だ。

チャンドラは壁の下から見あげた。人影はすでに三十フィート上にある。自分にはあんな真似ができるかどうか、わからなかった。左の手は役に立たない。無事な片手だけで、どうやって登れるだろう？　だが、裏切り者を逃がしてもいいのか？

あのマントラがまたグルカ兵の脳裏に浮かんだ。〝臆病者になるなら死んだほうがましだ……〟

思いきってチャンドラはピッケルを岩に振りおろし、しっかりと突きたてると、体を引きあげた。足先で体重を支える岩の縁を見つけ、壁にはりつく。ピッケルを引きぬくとバランスを失いかけたが、またすばやくピッケルを岩に打ちこむ。進み方はゆっくりだが、チャンドラはなんとか数フィートずつ登っていった。いっぽう、マーキスのほうはどんどん尾根の頂きに近づいている。

チャンドラが二十フィート登ったとき、酸素マスクの空気があきらかに変わった。酸素ボンベが空《から》になったのだ！

チャンドラはたじろぎ、吸入装置を吐きだして、冷たく身を切るような空気を胸いっぱい吸って、登りつづけた。

敵を見あげると、尾根にすわって、こちらを見守っていた。手には光沢のある金属を持っている。マーキスが手を放した。それはチャンドラめがけてまっすぐ落ちてくる。カラビナだった。それがグルカ兵の肩を直撃した。不意をつかれて、危うくピッケルを手放しそうになる。

下へおりなければならない。これ以上登ることはできない。このままでは確実に死んでしまう。

マーキスはバックパックからアイススクリューを取りだし、宙にかざしてから落とした。

アイススクリューは頭を強打した。チャンドラはピッケルの柄を握りしめ、壁にはりついて、足が滑らないよう祈っていた。息苦しさにあえいでいるが、それがこれほど苦しいものだとは知らなかった。

数秒後、さらにアイススクリューが額を一撃し、そのせいでチャンドラはバランスを保てなくなった。

片足が滑った。チャンドラはピッケルのシャフトを懸命に握りしめたが、濡れて滑りやすくなっていた。麻痺した左手をのばした。だが、これが大きな間違いだった。もう片方の足場を失い、ピッケルから手が離れた。チャンドラは稀薄な空気のなかへ後ろに倒れ、絶壁で跳ねかえった。

悲鳴はあげず、グルカ兵はモットーが脳裏をよぎるのを感じながら広漠たる深みに落ちていった。

「臆病者になるなら死んだほうがましだ……臆病者になるなら死んだほうがましだ……」

ローランド・マーキスはカール・グラスがダイヤモンドを半分道連れにしてしまったことに悪態をついた。自分のバックパックにどのくらいあるのかわからないが、たぶんこれでは足りないだろう。母国から逃げだして外国に行き、そこで別人となって残りの人生を豪奢に生きる。たいしたものではないが、計画ではそうなるはずだった。

ユニオンさえ邪魔しなければ。それでもまだ、計画はマーキス自身の手の内にある。だれにもぶち壊させはしない——ユニオンにも、ロシア人にも、こしゃくなグルカ兵にも、そしてもちろん、ジェイムズ・ボンドにも。

これからでもスキン17の買い手を見つけられるだろう。ことによると、ユニオンに売ることもできるかも！ 連中はあんなにほしがっているんだ。無能な手先のシュレンクは手に入れそこなった。ひょっとすると、連中は気前よく払ってくれるかもしれない。なにしろ、まず盗みだすために自分を雇ったのだから。話をもちかけるのにふさわしい人間が見つかりさえすればいい。マーキスはスティーヴン・ハーディングの連絡相手がだれか知らなかった。数ヵ月前、ハーディングが近づいてきてユニオンのお涙程度の礼金を提示したとき、すぐにあいつが強欲野郎で寝返らせることができそうだと気づいた。だから、ハーディングを説得した。ユニオンの依頼にはしたがうが、仕様書は渡さない。それを〝失った〟ことにしてロシア・マフィアに売り、ふたりでもっと金儲けをしよう、と。ハーディングはユニオンを恐れていたが、その恐怖心をやわらげることはできた。ふたりは協力して製法を盗み、それをユニオンから着服することにまんまと成功した。そしていま、マーキスはスキン17を手にしていて、値段を指定できるのだ。

ユニオンはマーキスに報復しようとするだろうか？　取引を拒むだろうか？　そうは思わない。連中は喉から手が出るほどスキン17をほしがっているから。たぶんいちばん有望な買い手かもしれない。中国人ははした金しか提示しないだろう。ベルギー人たちの黒幕は知らないが、そんなことはどうでもいい。ヨーロッパの合併企業かなにかが資金を出しているのだろう。

要はユニオンに見つからないうちに、こちらから渡りをつけることだ。その手だては思いつかないが、自分にはコネがたくさんある。ひとまず第五キャンプにもどろう。ペースメーカーのことは隠しとおす。それに、まだ生きていればの話だが、なんとしてもボンドの目をくぐりぬけなければ。

マーキスは空を見あげた。また黒い雲が垂れこめはじめている。三時間か四時間すると嵐になるだろう。それまでにキャンプにもどらなければならないが、さほど遠くはない。だが困ったことに、へばっているうえに割れるような頭痛がしている。酸素ボンベを調べると、ほとんど空になっていた。頭痛はそのせいだろう。マーキスは最後のボンベを見つけて、酸素マスクにつないだ。新鮮な空気で気分がよくなる。これが危険を冒してでも第五キャンプにもどる理由のひとつだ。もっと酸素が必要なのだ。マーキスは五分かけて、グラノーラ・バーをふたつ食べ、水筒から水を飲むと、キャンプめざして出発した。あとは、００７に出くわさずにすめばいいのだが。

その朝、ジェイムズ・ボンドとホープ・ケンダルは行方不明者たちの痕跡を求めて、キャンプじゅうを見てまわった。嵐のせいで足跡はすっかり消えてしまっている。そこでふたりは、キャンプにとどまり、帰ってくる者がいないかどうか待ってみるほうがいいと判断した。その間、クレバスに死者を埋葬し、またビバークザックを共有してつぎの嵐をやりすごし、翌日下山をはじめることにした。ボンドはあきらめるのが大嫌いだったが、そうするほかない。カンチェンジュンガのさらに上のほうに、道に迷っているか埋もれているかもしれない者を探しにいくのは無謀だ。スキン17なんか知ったことか、とボンドは思った。一度作りだせたのなら、また作れるだろう。イギリスには優秀な物理学者がおおぜいいるのだから。マーキスがほんとうに仕様書を盗んで、山をおりる手段を見つけたのなら、それはそれでいい。たとえ好ましくない者の手に渡るとしても、いまの自分にはどうしようもない。

ボンドは気にしなくなっていた。

ホープはバーロウとレオの遺体を埋葬できるように、テントからひっぱりだしてきた。ボンドはポール・バークのテントに行き、遺体を覆っている明るい黄色と緑色のパーカを見つめて、ため息をついた。まったく残念だ。あのオランダ人が好きだったのに。遺体を外に出すまえに、バークの衛星電話でロンドンに連絡することにした。

受信状態は驚くほど良好だった。タナーが出て、M本人につないでくれた。Mは行方不明者があらわれなければ翌日下山するというボンドの考えに同意した。ローランド・マーキスについては、逮捕状が出て緊急指名手配されたという。西洋のどの空港でも、マーキスが顔を出すような危険を冒せば、捕まるだろう。

「心配しないで、ダブル・オー・セブン」Mは言った。「大臣には事の次第を説明したから。憤慨していらしたけど、あきらめてくれるでしょう。あなたは最善を尽くしたのよ」

「そうでしょうか」ボンドは言った。「ご期待に背いた気がします。それからグルン軍曹の身が案じられてなりません。この山で死ぬようなことがあれば、わたしは――」

「軍曹がそこで死ねば」Mがさえぎった。「英国のために死んだことになる。それが任務だった。軍曹は危険を承知していたわ。そんなことは忘れなさい。命令よ、ダブル・オー・セブン」

「了解しました。あの、ミス・マークスベリについてなにかわかりましたか?」

「いいえ。居所がまったくわからないの。では、任務を終えて、無事に帰ってきなさい」

ボンドは電話を切り、そこにしばらくすわっていた。自分はじゅうぶん努力したのだろうか? 限界までがんばったのか? 最後までやりとおしたか? ヘレナのことはどうか? 裏切りの手がかり——なんらかの兆候があったのに見逃したのではないか? ボンドはにわかに自責の念と怒りにかられた。もっと賢明な方法はなかったのか?

ボンドは立ちあがり、バークの遺体をテントからひっぱりだそうとしたが、考えなおしてほうっておくことにした。あとまわしにしよう。いまは、ヒマラヤの山並みをじっくり眺めて、神々に悪態をついていたい。

ボンドはテントから出てホープを呼んだ。返事がない。自分のテントにもどり、もう一度名前を呼ぶ。

「こっちよ!」ホープが叫んだ。せっせと機体のまえの雪かきをしている。ボンドも加わり、シャベルをとって手伝いはじめた。

「最初から乗客を葬るべきだったんだ。山からおろそうなんてしないで」ボンドは言った。「機内に何人いるんだい?」

「さあ、五、六人かしら」ホープが答えた。犠牲者はクレバスに埋葬することで間にあわせるよりない。つまり遺体を最寄りのクレバスにひきずっていって、放りこむのだ。これで氷と雪を掘るという体力の大半を消耗することをせずにすむ。

数分間、作業に精を出してから、手をとめて休憩した。岩にすわって酸素を吸い、水筒の水を飲んだ。

「おなかがすいたわ」ホープが言った。「フリーズドライ食品をあったためましょうか?」

「いいね、ずいぶん長いことそんな料理を食べてない。ぜひそうしよう！」

ホープは笑いながら腰をあげようとした。だが、すばやく立ちあがったボンドに、いきなり押しのけられた。ボンドはパーカの外側にあるホルスターからＰ99を抜くと、遠くへ向かって撃った。ホープは悲鳴をあげた。

「その場でとまれ！」ボンドは銃を水平にかまえて、どなった。ホープは振りむいて、目にしたものにショックを受けた。

ローランド・マーキスが五十フィート先で両手をあげている。

24　ましな死に方

マーキスはその場でじっと動かない。ボンドはワルサーを手にしたまま、近づいていった。ホープは放心状態で立ちつくし、男ふたりを見守っている。

「拳銃をどけてくれ、ボンド」マーキスが言った。「わたしは悪者じゃない」

「それが嘘じゃないと、どうしてわかる？」ボンドはたずねた。

「きみのあわれな命を救ってやったんだぞ。悪党はカール・グラスとオットー・シュレンクだ。共謀して、きみを殺してペースメーカーを奪おうとした」

「ペースメーカーはどうなった？　きみはどこにいたんだ？」

「わたしはシュレンクとグラスがきみのテントにはいるの

を見た。ＣＷＳで警戒していてよかったよ。どうも様子が気に入らないから、テントへ出かけていったが、外にいたんだ。銃声がしたので、なかに駆けこんだ。ふたりはすでにきみの頭を殴ったあとで、グラスがシュレンクを撃ったところだった。なぜグラスがシュレンクを攻撃したのかはわからない。たぶん貪欲になったんだろう。とにかく、不意をつかれてグラスはうろたえ、わたしを押したおしてテントから逃げだした。わたしは北稜まで追っていった」

話はもっともらしいが、どこか腑に落ちない。「つづけて」

「グラスが転落した以外にはたいして話すことはない。わたしはグラスに追いつけなかった。彼は絶壁に近づいて、足を踏みはずしたんだ。背後に迫られているのを知って、不注意になった。天候もひどかったからな。グラスを追うのは無謀だったが、だれかがやれば、きみに感謝されると思ったんだよ」

「それでペースメーカーは……？」

「グラスもろとも落ちていった。永久に失われたよ。もう両手をおろしてもいいかい？」

「ポケットを空《から》にして、持っている武器を投げ捨ててくれ。そのほうが安心だから」

「断言するよ、ブローニングはなくした。グラスを撃とうとして落としてしまったんだ。探したが見つからなかった」

ボンドはマーキスに近寄り、パーカのポケットを軽くたたいた。ゴーグル越しにマーキスの目をのぞきこみ、背信の色が見えないかどうか見極めようとした。しかし、ボンドに見えたのは、学生時代からのライバルが発散するおなじみの敵意だけだった。

「いいだろう、ローランド。だが、急に動くなよ。引き金をひきたくてむずむずしているから」

マーキスは両手をおろし、あたりを見まわした。「ほかの仲間はどこだい？」

「みんな死んだわ」ホープがピッケルを手に、歩みよってきた。「あなたがもどってきて、グラスがいなくなったわけを話してくれたから、これでみんなの行方はあきらかになったけど。チャンドラをのぞいて」

ボンドは言った。「彼の行方がわからないんだ。知っているかい?」

マーキスは首を振った。「いや。リー・ミンの遺体を運んできたあとは、わたしも姿を見ていない。全員死んだって? シェルパもか?」

「ええ」ホープが言った。「みんなテントで殺されてた。わたしたちはシュレンクの仕業だと思ってる」

「それで、きみたちは遺体を埋葬しようとして、いまやっているのか?」

「そうよ。今夜はここにとどまって、嵐が通過するまでじっとしてる。あした帰るつもり」

「そういうことなら手伝うよ。わたしも国へ帰りたいからな。いっしょに移動するほうが安全だと思わないか?」

「ただし、きみはもうリーダーじゃない」ボンドは言った。

「指図は受けないよ、ローランド」

「けっこうだ、ボンド。それで勝った気分になれるなら、きみがリーダーでいい」

ボンドは言いかえさず、拳銃をさげた。「急いで遺体の埋葬を終えたほうがいい。嵐が近づいている」ワルサーをしまったが、まだ用心していた。マーキスの話はどこかしっくりこない。

三人はホープが掘りはじめていた穴にもどった。ホープがたずねた。「食事はしたの? 仕事にかかるまえに、なにかいる?」

「それはありがたい」マーキスは言った。「熱いお茶をもらえると助かるな、ホープ」

ボンドはホープを押しとどめた。「待って。ローランド、ロシア人たちに出会わなかったか?」

マーキスは答えた。「じつは出くわした。野営地を見かけただけだがね。尾根の反対側だ。われわれは近づかないことにした」

ボンドは目を細めた。「われわれ?」

マーキスはひるんだ。まずいことを言ったと悟った。一瞬も躊躇せずホープに突進してピッケルをひったくると、振りかぶってボンドを一撃した。先端が右肩に食いこみ、ボンドは痛みに絶叫し、ホープも悲鳴をあげた。マーキスはピッケルを引きぬくなり、背を向けて、元の方角へ逃げだした。ボンドは膝をついて腕を握りしめた。傷口から血が流れつづけている。ホープがそばにしゃがんで、傷の具合を診た。

ボンドはマーキスが駆けていくのを、というより雪のなかを岩壁に向かってとぼとぼ歩いていくのを見守った。あのろくでなしはしでかしてくれた。祖国を裏切り、西欧の安全を敵に売ったのだ。あいつをこのまま見逃すことはできない。ローランド・マーキスを許すわけにはいかない。レスリングでこっちを負かしたと思いこんでいるイートン校のあの野郎だけはだめだ。あのときこっちが勝ったことを、マーキスはずっと否定してきた。見物人はみんなボンドが勝者だと知っていたのに。あのいまいましい教師がマーキスに軍配をあげたことを、あいつは絶対忘れさせなかったのだ。

「ここにいてくれ」ボンドはホープに言い、なんとか立ちあがった。

「追いかけるなんて無理だわ。怪我してるのよ!」ホープは叫んだ。

「ここにいるんだ!」ボンドはきっぱり言うと、マーキスのあとを追いはじめた。

どちらもバックパックは背負っていなかった。ボンドは拳銃とピッケルは持っているものの、酸素ボンベはなかった。この高度でマーキスを追跡するのは狂気の沙汰だが、あの野郎を逃がしてたまるかという気持ちだった。食事をとっていないと言ったマーキスの言葉がほんとうだといいのだが。たぶん、こっちよりばてているだろうから、歩調も落ちるはずだ。

それでも、ボンドは極度の肉体的ストレスを受けていた。すでに呼吸がひどく速くなっているので、過呼吸を起こしているかもしれない。腕の傷はなんの助けにもならない。

マーキスは壁をトカゲみたいによじのぼっている。とても人間業とは思えない。ライバルがまったく優秀な登山家だということは認めざるをえなかった。とはいえ、自分も肉体の限界に挑戦して登らなければならないのだ。

ボンドは岩壁に手がかりを見つけて、マーキスのルートをたどろうとした。またスローモーションで動いているような気分になる。空気を求めてあえぎ、ひとつひとつの動作が拷問にひとしかった。

三十分後、マーキスは壁を越えていた。ボンドはさほど遅れてはいなかったが、カタツムリのようにのろのろと登りつづけた。壁のてっぺんにたどりつくと、あおむけに倒れた。肺は酸素を求めて悲鳴をあげている。めまいがしている。方向感覚も狂っている。立ちあがれば、きっと転落するだろう。

せめて酸素ボンベがありさえすれば！　マーキスにピッケルで殴られたとき、背負おうとしていたのだ。ホープの忠告を聞いてじっとしているべきだった。こんなことはまさしく愚の骨頂だ！

頭上で空が暗くなりかけている。寒気がし、顔に水滴がしたたるのを感じ、はっと気づいて肌をマフラーで覆った。風がまた勢いを増し、雪が本降りになってきている。肺は焼けつくようだ。転落せずに岩壁をおりきれるだろうか？

待てよ！　どうして忘れていたんだ？　ブースロイド少佐の細い管があるように祈りながら、パーカのポケットに手を入れた。それをつかんで、口元に持っていく。

非常用酸素吸入器は天の賜物だった。酸素は冷たく乾いていたが、血管にエネルギーをどっと送りこんだ。何度か深呼吸して、ぼんやりした頭をはっきりさせる。だが、空気は温存して、必要なときにそなえておかなくてはならない。数分後、ボンドは吸入器をしまって立ちあがり、追跡を再開した。

ふたりは岩と氷がまじる雪のガリーを登っていた。そこは西稜に達する岩壁を通過するルートで、西稜から頂上までは百メートルだ。マーキスはプロの登山家がよく挑戦する無酸素登攀をおこなっている。ボンドは八〇〇〇メートル級の山に酸素なしで登ろうとしたことはないが、なしとげた男たちを知っている。彼らのなかにはマーキスのようにうぬぼれが強く、利己的で、山の力に負けないと信じている者が多い。たぶん今度は、神々もマーキスを好意的には見ないだろう。その傲慢さが、ことによるとやつが身を滅ぼすもとになるかもしれない。

　さらに上昇するうちに、ボンドはマーキスを見失った。立ちどまり、どういうことかと必死であたりを見まわす。降りしきる雪のせいで逃げる姿がよく見えないのか？

　だしぬけに、マーキスがレッジから身を躍らせて飛びかかり、ボンドを岩にたたきつけた。すかさずピッケルを振りあげ、頭に打ちつけようとする。ボンドはその腕をつかんで、しっかり握りしめ、押しやろうとして生死をかけた腕相撲になった。マーキスも苦しそうな息をしている。ボンドは全力でマーキスを押し倒した。反撃するひまをあたえず、相手に飛びかかって、顔に二発パンチを食らわせた。薄い空気に効果がそがれた。パンチにはボンドが感じたほどの威力はなかった。

　マーキスにピッケルの端で頭を殴られ、ボンドはぼうっとなった。そのまま倒れ、一瞬ぐったりとのびてしまった。視界がぼやけ、ふたたびあえぎはじめる。いまにもピッケルが振りおろされ、その尖端で胸を砕かれると観念した。ところがいつまでたっても襲ってこない。

　ボンドはなんとかめまいを振りはらい、立ちあがった。視界はもどったが、頭はがんがんしている。マーキスは立ち去っていた。山をさらに登りつづけている――頂上をめざして。ボンドも非常用酸素吸入器で空気を吸ってから、上昇をつづけた。

　ますます雪が降りしきり、風が強くなっている。

　マーキスは精いっぱいリズミカルに動こうとしながら、地獄を味わっていた。その日すでになしとげた登攀ですっかり消耗しきっていた。空腹だし、喉も渇いている。おまけに頭痛は刻々と激しくなってきている。悲鳴をあげたいほど耐えがたい。きっと高所脳浮腫《HACE》にかかってしまったのだろう。まさにそういう症状だ。すぐに下山しなければ、脳卒中に襲われるかもしれない。

　山頂をきわめなければならない、とマーキスは思った。登りつづけ、カンチェンジュンガの頂上を越え、シッキム側におりるしか望みはない。ボンドから逃げられれば、やすやすと姿をくらませられるだろう。だから、そうするのだ！
　ローランド・マーキスはＨＡＣＥの症状には気づいていたが、自分がひどい思い違いをしていることには気づいていなかった。装備のないことを忘れていた。テントや寝袋など山で夜を過ごすのに必要なもの、ましてモンスーンを生き抜いてふもとまで下山するのに必要なものがないことをすっかり忘れていた。シッキムまでおりるのに三日か四日、あるいはもっとかかるという事実に思いいたっていない。カンチェンジュンガに登頂して逃げられると確信している。

　マーキスは西稜にたどりついた。あとは頂きまで百メートルをよじのぼるだけだ。それから国境を越える。マーキスは走っていると思っているが、実際には十秒ごとに二歩しか進んでいなかった。まわりのなにもかもがぼやけて見える。ゴールに……世界第三の高峰の頂上に気持ちを集中しなければならない。

　なぜトレッドミルを歩いているような感じがするのだろう？　ちっとも頂上に近づいていないみたいだ。もっとがんばらなければ。もっと急げ！　マーキスは自分に言いきかせた。

　この山を征服するんだ！　マーキスは頭のなかで大声をはりあげた。

　くたばれ、カンチェンジュンガ！　叫んでみたが、息を切らしているので、ささやき声しか出なかった。

　ネパール人は神々がすべてを見聞きしていると信じているので、ついで起こったことは神の耳目を引いたせいだと考えたかもしれない。ひどく降りしきる雪のあいだに、マーキスは標識や祈りの旗やほかの登攀者が頂上に残していったスパイクが見えたと思った……もう手の届くところだ！

　マーキスは這って進んだ。すると、ふいに目が見えなくなった。予期せぬ恐ろしい感覚だった。つづいて焼けつくような痛みが脳天を貫く。頭が爆発しそうだ。

　マーキスは悲鳴をあげ、ひざまずいた。

　ホープは網膜出血が起こることを警告していた。マーキスの両目はそれにやられたのだ。同時に、重篤なＨＡＣＥ

の症状もある。マーキスは身もだえし、地面に頭を打ちつけて痛みを追いはらおうとしたが、なんの効果もなかった。マーキスは山頂への道を手探りしながら、這いつづける。息を吸え……息を……！

肺は息を吸いこめない。心臓は早鐘を打っている。

もうちょっとだけ先へ……

手をのばすと、旗ざおに触れた。やった！　八五九八メートルだ！　マーキスはくずおれ、静かに横たわり、薄い貴重な空気を吸いこもうとつとめた。

ここで休んでいいんだ、マーキスは自分を納得させた。頂上をきわめたんだから褒美をもらう資格がある。必要なだけ休んでもいいじゃないか。追ってくる者がだれだろうと、きっとやりとげられないだろう。いまや、世界の王は自分だ。このローランド・マーキスだ！　無敵の……王だ！

そのときジェイムズ・ボンドが追いついた。ボンドも疲れきってマーキスのそばに倒れ、激しくあえいだ。非常用酸素吸入器をポケットから取りだして空気を吸う。眼前にはヒマラヤ山脈が四方八方にひろがっている。あたかも飛行機に乗らずに空の旅をしているようだ。

「だれだ？」マーキスがあえぎながらきいた。

「イートン校からの旧友だ」ボンドは息をつきながら言い、吸入器をしまった。

「ああ……そうか。ボンドか。だれから逃げているのか、あやうく忘れるところだった」

「われわれは頂上にいる。そうだろ？」マーキスはささやいた。

「そうだ」

「具合は……どうだい？」

「元気だ」ボンドは咳をした。「そっちは……あまり具合がよさそうじゃないね、ローランド？」

「ああ」マーキスはうなずいた。「どうもそうらしい。なにひとつ見えやしない。ついて……ついてないな。酸素を持ってるのか？」

「ああ」

「すこし分けてくれるわけにはいかないか？」マーキスは懇願したが、威厳は失っていない。「昔のよしみで」

「ペースメーカーはどこだ?」ボンドは冷ややかにたずねた。

マーキスは咳きこみ、息をつまらせた。一分近く発作がつづき、やっとおさまると言った。「ほら、笑わせるからだ」

「まともな申し出だよ、ローランド。酸素はペースメーカーと交換だ」

「いけすかない野郎だ」

沈黙がつづく。嵐はますますひどくなってきている。風が吹きすさび、ボンドは零下の気温がパーカを突きとおすのを感じた。ふたりともここから離れなければならない。

「さあ、ローランド、ぐずぐずしている余裕はないんだ」

マーキスはポケットにのばした手を、ボンドにつかまれた。「だいじょうぶだ、ボンド。拳銃はないから」

マーキスは金色の物体を取りだして、てのひらにのせた。ボンドは手に取り、まちがいなくリーのペースメーカーなのを確かめてから、ポケットに入れた。非常用酸素吸入器を出して、マーキスの口元にマウスピースをあてがう。マーキスはむせたが、すぐに落ちついて呼吸しはじめた。

「ユニオンはいくら払ってくれるんだ?」ボンドはきいた。

マーキスは笑おうとしたが、また咳きこんだ。やがて言った。「わたしはユニオンじゃないよ、ボンド。加わったこともない。わたしではなく、スティーヴン・ハーディングがユニオンのメンバーだったんだ」マーキスは一部始終を呼吸のあいまにすこしずつ話しはじめた。「ユニオンはハーディングに接触し、スキン17を盗ませるために買収した……あいつはわたしのもとにきて、無礼にも一万五千ポンドで手伝わせようとした……わたしはもちろん、RAFでの地位があるから匿名パートナーでいることにした。だが、スキン17プロジェクトにきわめて近い立場にいるわたしは、計画に引きいれるのにうってつけの人間だったわけだ……提示金額は微々たるものだったが、やりようによっては見込みがあると思った。そこでハーディングを説得してユニオンを裏切らせ、ロシア・マフィアにそれを売りつける片棒を担がせた……ロシア・マフィアとは以前にも取引をしていたものでね……ハーディングをもっと金になるからと納得させた……おまけにロシア・マフィアのほうが、ユニオンの取引相手の中国人よりも高値を払ってくれる……われわれは仲介者を消して、彼らに手数料を取られないようにするつもりだったんだ！」

「なら、ペースメーカーとリー・ミンの一件は……？」

「あれは最初からユニオンの筋書きだ……きみにベルギーで邪魔されたあとすぐ、ユニオンは計画を変更して……リーをネパールとチベットを経由する新ルートで中国に送ることに決めた……わたしはネパールにコネがあるので、ハイジャックする男たちを雇い、リーをホテルから誘拐してシッキムの空港へ運ぶことを思いついた……そこで、わたしの息のかかった連中がリーを連れていき、かくまうはずだった……そうした手配はハーディングがほとんどやったよ……製法を売ったあと、ふたりで金を折半する予定だったが、ハーディングは軽率だから……ユニオンに消されて、大金は独り占めになるとふんでいた……あいにく、あのろくでもない遊覧機は墜落した、この……ろくでもない山に……あれにいまいましい下院議員や米国上院議員が乗っていたとは……スキン17がリーの死体のどこかにあるのは承知していたが、正確な場所の情報だけがなかった。きみならありかを知っている……きみに見つけてもらわなければならなかったんだ。そしていま……ここでこうして……」

マーキスは非常用酸素をボンドに返した。

「もう行ったほうがいい」マーキスは言った。「嵐がひどくなっている」

「いっしょに行こう」

マーキスは首を振った。「軍法会議にかけられるのはごめんだ。立ちむかえない。獄死なんかしたくない。行かないよ、ここで死ぬほうがはるかにましだ。ほうっておいてくれ。世界のてっぺんで死なせてくれ」

「チャンドラはどうなった？」ボンドはたずねた。

「チャンドラはわたしの逃亡を阻止しようと最善を尽くした。そして落下した。彼は臆病者として死ななかった。それはたしかだ。わたしとはちがってね。すまない、ボンド」

ボンドは人影がふたりのほうへのぼってくるのに気づい

た。最初は超自然のもの——雪男《イエティ》か幽霊かと思った。だが
それは、ホープ・ケンダルだった。バックパックを背負い、
酸素マスクをつけている。ホープはマスクをはずして、叫
んだ。「まったく、ふたりとも、こんなところでなにして
るの？　おりなきゃならないのよ！」
「ホープ……」マーキスは言った。「おめでとう……」
「えっ？」
「おめでとう」マーキスはあえいだ。「きみはカンチェン
ジュンガに登頂した女性として、五指にはいったんだ」
それを聞いて、ホープは驚いた。思わず笑いだすと、ボ
ンドのそばにどっと膝をついた。
「まあ、びっくりだわ。必死にここまで来たけど、そんな
こと思いもしなかった。ふたりに追いつきたかっただけな
のに」
「ふたりとも」マーキスは言った。「行けよ。わたしのこ
とはほうっておいてくれ。ここに残るから」
ボンドはホープの腕をひっぱった。「さあ行こう」
「なんですって？」
「マーキスは置いていく」
「そんなことできないわよ！」ホープは身をよじった。
「酸素を吸わせましょう。ふたりでならマーキスをおろせ
る……」
しかし、マーキスはあえぎ、一瞬息をつまらせ、ぐった
りとなった。ホープはマーキスの様子を調べ、手首の脈を
診て、胸に耳をあてた。
ボンドはもう一度、ホープの腕をそっとひっぱった。
「嵐が強くなってきている」
ホープはようやく上体を起こし、うなずいて、立ちあが
った。そしてボンドに手を貸して立たせようとした。だが、
ボンドは弱りきっていて脚に力がはいらなかった。ホープ
はバックパックから予備の酸素ボンベを取りだした。「さ
あ、これをつけて」
新鮮な空気の効き目はめざましかった。ふたりは第五キ
ャンプまでの拷問のような下山を開始した。振りむくと、
ローランド・マーキスは祈りの旗と国境標識のあいだに横
たわっている。偉大な男だったのかもしれない、とボンド

は思った。だが、プライドのせいで厄介に巻きこまれた。神々はそれを非としたのだ。マーキスはこの山にしかるべき敬意を示さなかった。母国を裏切ったように、神々との契約を裏切った。生きている地球の高所にある冷たい地獄のような自然を支配する神々との契約を。

「さあ、早く」ホープがせきたてた。

ボンドはホープに支えられてバランスを保ちつつ、よろめきながら西稜を進んだ。動きだすまで、自分がどれほど消耗していたのかに気づいていなかった。吹き荒れる風は刻々とひどくなってくる。立ちどまったりすれば、死んでしまうだろう。

キャンプまで百五十メートルのところに来たとき、嵐は最大になっていた。ホープの目に、下方のグレート・スクリー・テラスが見えた。あとは岩壁をおりるだけだ。

ボンドはちょっと見ただけで、自分にはおりられそうもないと悟った。マーキス同様、あきらめて死ぬ覚悟をした。

「立ちなさいってば！」ホープは叫んだ。「いまさら、わたしを見捨てて逃げださないでよ！　いっしょにおりるの」

ボンドは手を振って追いはらおうとした。

「ほら、吸って！　酸素を吸いなさい！」ホープがどなった。

ボンドは何度か呼吸をしたが、ほとんど吸いこむ力もない。

「いいわよ、わたしが苦労すればいいんでしょ」

できるだけ手早く、バックパックからアンカー、ロープ、ハーネス、プーリを取りだした。意識不明も同然のボンドの体にハーネスをつける。ピッケルをつかってアンカーを岩に打ちこみ、プーリを取りつけて、ロープを通した。それからロープをハーネスに結びつけて、ボンドを岩壁の上に押しだす。

ホープはゆっくりとボンドをおろしていった。操り人形みたいに壁にぶつかってはずむ体をロープで確保しながら。下に着くと、ボンドは骨が一本もないみたいにくずおれた。

つづいてホープもおりはじめた。岩や氷のかすかな手がかりにすがって、風で吹き飛ばされないように念じながら。

予想以上に困難だったけれど、下を見ないで動きつづけた。

果てしなく思えた時間が過ぎて、ようやくブーツが台地に届いた。ホープは雪の吹きだまりに倒れこんで、一分間休んだ。それからボンドをひっぱりおこして、膝をつかせた。

「さあ、立ちなさいよ」ホープはボンドにどなった。「もう着いたようなもんなんだから！」

ボンドはなにやらつぶやいた。意識が朦朧として、足元がふらつき、寄りかからずには立っていられない。ホープは松葉杖がわりになって、ボンドを支えてやった。

「右足……左足……」ボンドの脳が働かなくなっていたから、ホープは大声で指示を出した。それでも、ボンドは命令を理解し、足を前に出していっしょに歩きだした。

「そう、その調子！　右足……左足……」

ふたりはそのやり方をつづけ、とうとうテントにたどりついた。ホープは垂れ蓋をあけて、ボンドをなかに押しいれると、あとから這いこんだ。

今度はQ課のビバークザッグが二人の命を救った。

25 ヒューマン・マシン

「目が覚めた？」ホープがきいた。

ふたりともビバークザッグのなかだった。ボンドはゆっくり身じろぎ、うめき声をあげた。正体もなく眠りこけていたのだ。

日光がテントの屋根からさしこんできている。ホープにはふたりがどのくらい眠っていたのか見当もつかないが、翌日なのはまちがいない。ブーツを履いて、垂れ蓋をあけ、被害の程度を調べた。入り口はすっかり雪と氷でふさがれていた。除雪用シャベルで出口を掘りはじめた。

雪かきの音が聞こえて、ボンドは起きあがった。「いまは何年だい？」声がしゃがれている。

「自力でここを掘って帰らなければ、墓石に刻まれる年だと思うけど？」ホープは雪かきをつづける。「気分はどうテントにはいったとたん、体中にアドレナリンが噴きだした。

衛星電話がバークの携帯用テーブルにのっていない。嵐が襲ってくるまえに、何者かがここにいたのだ。

遺体はまだそこにあって、明るい色のパーカがかけてあった。記憶が正確なら、荷物がひとつなくなっているだけで、オランダ人のそれ以外の私物は残っているようだ。

衝動的に、ボンドはバークのバックパックのうえにかがみこんだ。それはほかのものといっしょにテントの片隅に置いてあった。衣類のなかを探ると、ライフルの部品が見つかった。銃床、銃身、望遠照準器――それに七・六二ミリの弾薬。ガス圧式のスナイパーライフルで、ベルギーのFN FALのようだった。

ボンドは背筋がぞっとした。まさか、そんなはずはない！　これはトレック中のボンドとチャンドラを撃つのに使われた武器だ。若いデイヴィッド・ブラックを殺害した銃だ。狙撃者はポール・バークだったのだ！

ボンドは床の上の死体に寄った。パーカをつかんでひきおこした。


?」

「ひどい。どうやってここまでたどりついたんだろう？　山頂を離れようとしていたことしか覚えていない」そのとき包帯に気づいた。マーキスにピッケルでやられた傷に巻いてある。

「妖精に救われたのよ」ホープは作業を中断してシャベルを置いた。「へとへとにならないうちにお湯を沸かしたほうがよさそうね」

何時間かの睡眠が奇跡のごとき効果をおよぼしていた。ボンドは急速に回復した。肩はひどく痛むが、なんとか動かせる。ダウンジャケットをはおって、いっしょに入り口の雪かきをした。そのあとホープが機体から遺体をひっぱりだしているあいだに、衛星電話を使おうとポール・バークのテントまで道を掘りすすんだ。第四キャンプにおりるまえに、もう一度ロンドンに連絡したかった。ベースキャンプにいるアン・ツェリンにも、そちらに向かうことを知らせたかった。

はがす。

バークとは似ても似つかなかった。運搬の手伝いにベースキャンプからあがってきた新入りのシェルパのひとりだ。ほかの者たちと同様に喉が切り裂かれていた。

ボンドはさっと立ちあがって、外へ走りでた。

「ホープ？」ボンドは大声で呼んだ。飛行機のそばにはいなかった。深い雪を踏みつけてできるかぎり急ぐ。機体のまわりにはホープの足跡以外に、もう一組の足跡がはっきり見えた。

ポール・バークは開け放たれたハッチに立ち、ヘッケラー&コッホVP70をホープの頭に突きつけていた。

「やあ、ジェイムズ」バークは言った。「両手をあげろ。さあ。見えるようにだ」

ボンドは言われたとおりにした。慎重に銃をホープに向けたまま、バークは命じた。「ドクター・ケンダル、ミスター・ボンドの銃をパーカの脇にある小さなポケットから取りだしてください。親指と人差し指でつまみだして」

ホープは指示どおりにし、こわごわと銃を持った。

「それをあっちへ投げて」バークは命じた。ワルサーが数フィート先に放られ、柔らかい雪の吹きだまりに落ちて沈んでいくのをボンドは見ていた。バークはふたたびホープをそばに引きよせ、銃を頭に突きつけた。

「きみがまだ第五キャンプにいると聞いたから」バークがつづける。「訪問する気になったんだ。オットーがきみと名医を殺さなかったのは残念だ。そうすることになっていたのに」

「彼女を放してやれ、バーク」

「だめだ、ジェイムズ、オットーがしくじった役目を果たさなくては。あいつはぼくのために働いていたんだよ。ぼくが雇ったんだ。ボスの目には、あいつの失敗はぼくの失敗に映る。ぼくは駄目な人間に見られるわけにはいかないんだ。評判に傷がつきかねないからね。あのろくでなしのローランド・マーキスときたら。あいつが勝手に動いていることは念頭になかった。彼はぼくの計画をだいなしにしてしまった」

「なるほどそういうことか」ボンドは言った。「ユニオンのスパイがふたりチームにはいりこんでいたとは念頭になかった。シュレンクが筋肉を、きみは脳味噌を担当していた、そうだろ？」

「きみがそう言うなら、賛辞ととっておこう」

ボンドは眉間にしわを寄せた。「それにロンドンとしじゅう連絡をとっていた。こっちの動きはすべてわかっていたわけだ。それでカトマンズで殺し屋を雇い、尾行させた」

「あいつはみっともない素人だった。そのことでは謝るよ」

「われわれがいつどこにいるかも知っていたんだな。いままでどこに隠れていたんだ？」

「第四キャンプにおりてオットーを待っていたが、あいつはあらわれなかった。きみの言うとおり、ロンドンとの会話を盗み聞きし、きみたちがまだ生きているというのがわかった。そこが携帯電話の弱点だな。盗聴されやすい。ぼくはきみとホープが下山してくるのを待っていたが、ひどい嵐のあいだ上にとどまると言っていた。だから、ここへ登ってきて、今朝不意を襲うことにしたんだ」

ボンドはかっとなった。「わたしの個人アシスタントをスカウトしただろ？　彼女がどうしているか知らないか？」

バークは笑った。「ミス・マークスベリか？　ああ、その件にはぼくも関与していた。消息についてだが、教えると思うか？　彼女のことは忘れろ。まだ死んでいなくても、じきそうなるだろう。では、ペースメーカーを渡してもらおうか」

「なくなった」ボンドは嘘をついた。「あれはローランドが持っていた。いっしょに山をくだっていったよ」

バークはボンドの顔をしげしげと見つめてから、ようやく言った。「それは残念だ。きみたちも気の毒に。それじゃ、台地の縁まで進んでくれ。ふたりには絶叫マシンを体験してもらおう。ディズニーランドも真っ青のやつをね」

「なぜさっさと撃たない？」ボンドはたずねた。「あるいは、喉を切り裂くとか。それがユニオン好みの始末の仕方じゃないのか？」

「だが、こっちのほうがずっと楽しいぞ」バークはにんまりした。「人間が落ちるときのすてきな悲鳴が、しだいに消えていくのを聞きたいんだ。映画で聞くみたいなのを。ほら、うわあああああーーー……」自分で出した効果音にしばらく悦に入っていたが、やがて真顔にもどった。「さあ、行け」

ボンドは向きを変え、深い雪のなかを崖っぷちめざして進んだ。バークはホープをつかんだまま飛行機から押しだした。「ついていけ」

絶壁に着くと、バークは言った。「そろそろ死んでもらう潮時だ、ジェイムズ。きみが先だ」

「大間違いをしているぞ、ポール」ボンドは言った。「どうやって独力で下山するつもりだ?」

「ぼくだって経験を積んだ登山家だ。心配するな。だが、きみのほうが先に着くだろう。頭からな」

ボンドは向きなおった。バークはまだホープの頭に銃を突きつけている。

「それならわたしを押すしかないな」

「飛びおりるか、彼女の頭に穴があくのを見るか。どっちにする?」

ボンドはホープの顔をゴーグル越しにじっと見つめた。目に了解の色があった。ボンドは二度まばたきをした。

ホープは右足をあげ、バークのむこうずねをしたたかに蹴とばした。アイゼンの鋭い先端がズボンに突き刺さり皮膚に食いこむ。

バークが悲鳴をあげた。ホープは銃を押しやり、膝をついた。同時に、ボンドは大男に突進した。ふたりはいっしょに倒れて転がった。バークの手からVP70が落ち、雪に深い穴をあける。

ボンドは相手の顔を強打し、ゴーグルを砕いた。バークは熊のように吠え、ボンドのフードをつかんで、引きはがした。冷たい空気が針のごとく肌や頭を刺す。バークの大きな手が顔を押さえつけ、指を肌に食いこませて、ボンドを後ろへ押しやる。

バークの巨体にはまぎれもない力が潜んでいた。ボンドは後ろ向きに倒れ、敵に体勢を立てなおす隙をあたえた。

バークはボンドの胸を強く蹴った。アイゼンが虎の爪のようにパーカを引き裂く。ブーツがふたたび向かってくる。だが、ボンドはその足首をわしづかみにして、勢いよくひねった。バークはまた叫び声をあげ、バランスをくずして、ひっくりかえった。崖っぷちはすぐそこだ。

ボンドは即座に反撃した。大男に飛びかかり、体を転がそうとする。バークは肩を岩にもたせかけて踏んばっているが、岩は氷のせいでつるつるしていた。ついに滑りはじめると、ボンドのパーカをつかんで言った。「道連れにしてやる！」

ホープがすかさずボンドの両脚を押さえた。「つかんでるわ！」

ボンドは大男を突いたり殴ったりして、断崖へ押しやっていった。とうとう、バークの腰と脚が縁を越えた。いまや、バークはボンドの両肩に命がけでぶらさがっている。大男の体重でふたりとも絶壁の向こうへ持っていかれそうだ。ホープはアイゼンを雪面に突きたてて、必死にボンドをひっぱっている。

ボンドの目の前にバークの顔があった。男の目には恐怖の色が浮かんでいるが、慈悲を乞おうとはしていない。

「下へまいりますか、ジェイムズ？」バークは歯を食いしばって言った。「二階は……ランジェリー売り場か？」

ボンドはバークの両手に指をつっこんで、パーカから引きはなそうとした。

「助けて！」ホープがあえぎながら言った。「もうだめ……これ以上……押さえきれない！」

ボンドは上体が前に滑っていくのを感じた。バークの肩から下は崖に落ちている。

「ユニオンは……きっと……きみを……つぶす」バークはあえぎあえぎ、吐きだすように言った。

冷たい突風を受けて、ボンドはフードが脱げているのを思いだすと同時に、その刺激でつぎの行動に出た。自分の額をバークの額に打ちつけて、できるかぎり強烈な頭突きを食らわす。バークは白目をむき、両手をゆるませた。ボンドは身を振りほどいて、男を虚空に放りだした。

「うわあああああーーー……！」

悲鳴が稀薄な空気のなかへ消えていくなか、ボンドはレッジへじりじりと後ずさり、ホープを抱いた。

「まるで映画みたいだ……」ボンドは言った。


ふたりは三日かかってベースキャンプに着いた。そこではアン・ツェリンが心から歓迎してくれた。携帯電話での連絡がとだえたので、てっきり死んだものと思っていたのだ。もう二日待って来なかったら、残ったメンバーを率いてタプレジュンにもどるつもりだったという。

その夜、ふたりは山で死んだ男たちのために霊廟を築いた。ボンドは二時間かかって石にチャンドラの名前を刻み、その上にハーケンを打ちこみ、白い祈禱用スカーフを穴に通して結びつけた。ホープはローランド・マーキスのために墓碑を作ったが、ボンドは反対しなかった。

翌朝、一行は文明世界にもどる長いトレッキングを開始した。ボンドは山をおりたあと、ほぼ体力を回復していた。それにベースキャンプでの休息が効果てきめんだった。ボンドとホープはかたときも離れず、シェルパたちの非難がましい目つきにもそしらぬ顔をした。ネパール人たちは首を振るだけで、西洋の退廃的な生活を理解することはないだろう。

ふたりはその七日間の旅を忘られぬものにした。日ごとにではないにしても、まちがいなく夜ごとに。夕食がすむと、何時間も愛を交わした。ネパールを去ったら二度と再会することはないのをよく知りながら。

ある夜グンサの野営地で、寝袋に裸で横になっていると き、ボンドはこの数週間ではじめて煙草に火をつけ、大きく咳をしてから言った。「ぼくらは崖っぷちに立たされたけど、こうして生還したんだな」

「あれでなにを学んだの?」ホープがきいた。「絶対禁煙すべきだってこと以外に」

「それはいやだね」ボンドはもう一服しながら返事した。「最初のころ限界について話しあっただろう。じつはそのことをずっと考えていた。うちの政府がどう考えようと、ぼくは一介の人間にすぎない。標高八〇〇〇メートルで命がけで闘ってはじめて、人間は死を免れないのを悟る始末だ」

「わたしの意見では、あなたほど並外れた男には出会ったことがないわ。もちろん、医者としての意見だけど」

ボンドは微笑を浮かべた。「ホープ、きみは山で命を救ってくれた。一度ならず。一生恩にきるよ」

「どういたしまして。わたしのほうもずいぶん学んだわ」

「どんなこと？」

ホープはため息をついた。「もうなにかを証明しなきゃなんて考えない。ねえ、わたし世界で三番目に高い山に登頂したのよ、そうでしょ？ 人間の仕組みが持つ可能性はわたしの予想をはるかに超えてるってわかった。もう限界について気にしないでいられる。だってそんなものないんだから」

「人間の心もかなり関係があるんじゃないかい？ 強い意志がなければ、肉体にはたいしたことはできない」

「そのとおりよ」ホープはいい、ボンドの股間に手をのばしてさわった。「意志と言えば、もう一度どうかしら？」

それ以上求めるまでもなかった。


ふたりはカトマンズ空港で別れを告げた。ホープはバンコクに飛んで、そこからオークランドに向かう。ボンドは反対方向に旅立ち、デリー経由でロンドンにもどる。

スピーカーから自分の便の搭乗案内が流れると、ホープは言った。「それじゃ元気で、ジェイムズ。連絡してね」

「それがどうも苦手なんだ」ボンドは白状した。「だが、努力してみよう」

ホープはボンドの顔に手を置き、頰のかすかな傷跡にさっと指を走らせた。澄んだブルーの瞳を見つめてから、ボンドの額に垂れさがった前髪をかきあげる。身を寄せて、すっかりなじんだ容赦のない口にキスをした。それからなにも言わずに背を向け、荷物を持って搭乗ゲートのほうへ歩いていった。

その後ろ姿を見送っているうちに、ボンドに気鬱の波が押しよせてきた。それはおなじみの友、みじめで孤独な人生のほろ苦い伴侶だ。

ホープは客室乗務員に航空券を渡すと、ドアから機内に乗りこんだ。

一度も振りむかなかった。

26 石のように冷たい心

Mはビル・タナーをじっと見つめて言った。「時間が足りないのは言い訳になりません。保安手続きのやり方について、これまでにない案を午前中にわたしのデスクに届けなさい！」

「わかりました」タナーは立ちあがり、ボンドにちらりと目をやって、退室した。Mはボンドのほうを向いてひと息つき、頭を切り換えてから言った。「もちろん、大臣はあなたの働きをひじょうに喜んでおられます。スキン17は国防評価研究局《DERA》にもどり、新しいスタッフを迎えて研究をつづけることになりました。今度の件については正直なところ、わたしにも懸念があったのよ、ダブル・オー・セブン。でも、あなたは切りぬけた。よくやったわ」

ボンドは渋い顔をしながら、ボスの向かいに堅くなってすわっていた。こんな賛辞にはなれていないので、どうにも落ちつかない。それに、Mの口調には言葉とは裏腹に怒りがある。

「あなたに招待状を渡すことになっているの」Mはつづけた。「大臣からきょうの晩餐会に来るようにとのお招きです。礼装で。場所は国防省のダイニングルーム。時間は七時三十分。あなたは表彰されるのよ、ダブル・オー・セブン」

ボンドは聞き違いだと思った。「どういうことですか?」

「勲章よ。勲章をもらうの」Mはボンドを見つめて、なんらかの反応を待った。

「部長、わたしはこれまで褒章を受けるのは辞退してきました。ナイト爵位も。前任の部長はそれを知っていました。部長もそうだと思っていたんですが」

「今回は考えなおすかもしれないと大臣は思われたの」

「せっかくですが、部長、どうか大臣には感謝とお詫びを伝えてください。先約がありますから」

Mはボンドが嘘をついているのは承知していた。しばらく黙りこんでから言った。「よかったわ。わたしもあなたが褒章をもらうことに賛成とは言えないの」

ボンドにはつぎの展開が読めた。

「ダブル・オー・セブン、二カ月の休暇願いは却下しなければなりません。ユニオンが報復してくる場合の用心に、あなたにはロンドンにいてもらいたいの。ネパールではりっぱに任務を果たしてくれたけど、ミス・マークスベリのことはきわめて遺憾です」

「わかっています」

「いいえ、わかっていない」Mはボンドのほうに身を乗りだし、冷たいブルーの目を細めた。「あの娘とのつきあいのせいで、あなたはあやうく命を落とすところだった。さらにわが組織の堅牢なセキュリティまで破られた。これまで学んでこなかったの? SISの同僚と恋愛関係を持ってはいけないことを。とりわけ個人アシスタントとは!」

「いったいどういうことですか」

「後悔しています」

「もちろん、そうでしょうとも。そしていま、彼女はテムズ川の底に横たわり、ユニオンにはうちの内情がつつぬけになっていることでしょう。こんなことは二度と起こらないように。わかりましたか、ダブル・オー・セブン？」

「はい、部長」

「以上よ。一週間の休暇をとりなさい。それから、ユニオンを追及する方法を話しあいましょう」

「わかりました、部長。ありがとうございます」ボンドはそう言うと、席を立って退出した。

バーバラ・モーズリーはため息をつき、首を振った。ボンドを懲戒処分にし、その首を盆にのせてさしだすべきだった。

だが、最高の部下に、そんな仕打ちはとうていできなかった。


ボンドはキングズ・ロードからはずれたところにあるフラットの居間にすわっていた。バーボンのダブルを片手に、煙草を口にくわえている。自分の悪魔とだけいっしょにいられるようにメイは追いはらってあった。ときには、彼らだけが心の慰めになることもある。

白い電話が鳴った。そのままほうっておこうと思ったが、なんとなくベルの音に切迫したものを感じて受話器を取った。

「はい？」

「ジェイムズ！　よかった、いてくれて！」

ヘレナ・マークスベリだった。

ボンドはさっとにすわりなおし、完全にしゃきっとした。

「驚いたな、ヘレナ、どこにいるんだ？」

「わたし……いまブライトンのホテル。二、三日前にここに来て、隠れてたの。もうわかってると思うけど……」

「ああ、ヘレナ。わかっている」

「どうしよう、ジェイムズ……ジェイムズ……」ヘレナは泣きだした。

「ヘレナ」ボンドはいま怒ってはまずいと思いつつ、こみあげる怒りを抑えようとつとめた。「なにがあったのか教えてくれ。はじめから」

ヘレナはどうしようもなく泣きじゃくっている。「ああ、ジェイムズ、ごめんなさい、許して……」

ボンドはヘレナがためこんでいたものを解放するまで、しばらく待った。芝居じみたふしは感じられなかった。ヘレナの嘆きは本物だ。

「洗いざらい話してしまったほうがいい、ヘレナ」

ヘレナは自制心を取りもどして、ゆっくり話しはじめた。

「あの喧嘩した晩に、彼らが接触してきたの。あなたがストーク・ポージスでゴルフをした日よ」

「ユニオンが？」

「ええ」

「つづけて」

「わたしのフラットを見張ってたんでしょうね。あなたが帰るまで待って、男がふたりやってきた。最初はなかに入れなかったんだけど、ＳＩＳの人間だって言うから。でも、そうじゃなかった」

「どんなやつらだ？　外見は？」

「ひとりはイギリス人。もうひとりはオランダ人かベルギー人だと思う。ユニオンの者だと名乗って、写真を……ひどいのよ、ジェイムズ……写真を見せたの……」

「どんな？」

「妹のよ。アメリカにいる。子供たちふたりと。学校の前で妹がふたりを車からおろしてる写真。男たちに脅されたの、協力しないとあの子たちの命が危ないって」

「なんて言ったんだい？」

「甥と姪が恐ろしい事故にあって、妹がひどい苦しみを味わうだろうって」

「きみになにを望んだんだ？」

電話の向こうでヘレナが身を震わせているのがわかる。声も震えていた。「スキン17に関するあなたの行動を逐一知りたいって。あなたがいつどこへ行くのかを報告しなければならなかった。国防省の計画もずっと伝えなければならなかった。どんな質問にも答えなければならなかった」

「いつまで？」

「彼らが必要だとみなすかぎりって言ってたわ。ああ、ジェイムズ……そんなことはやりたくなかった。脅迫されてやむなくなのよ、わかってくれるでしょ？」

「もちろんわかるよ。だが、国防省がどう考えるかはなんとも言えないな。きみはひどく厄介なことになるかもしれないね、ヘレナ。連中とはどうやって連絡をとるの？」

「わたしからは一度も。向こうが連絡してきた」

「オフィスに？」

「どういう方法でか専用番号を知ってた。何度も電話してきて、なにもかも教えろと迫ったの。発信元を突きとめようとしたけど、だめだった。回線をブロックしてるみたいで。彼らからは警告されてたの、だれかに知らせたら妹と子供たちが死ぬって」

「やつらを信じたのか？」

「もちろん信じたわ！　それしかなかったんだもの！」

「こけおどしだったかもしれない」

「それも考えてみたけど、写真があったから。妹がいつなにをしてるのか正確に知ってるみたいだった。ああ、ジェイムズ、わたしは神経がまいってしまって。あなたにはひどいことをしてしまった。あなたは……殺されてたかもしれないのよ！　わたしのせいだわ！」ヘレナはまた泣きくずれた。

いまになってボンドは悟った。任務に発つまえのヘレナの態度はふたりの仲とはなんの関係もなかった。まったく身勝手にも、自分のことを怒っているものとばかり思いこんでいたが、じつは無理やりやらされていたことで苦しんでいたのだ。

ヘレナをこの腕に抱きとめることもできたが、心は急速にさめはじめている。裏切りはどうしても受けいれるわけにはいかなかった。

「危険が迫ってるの」ヘレナがそっと言った。

「そうだろうね」

「青いバンがおもての通りにとまってるのよ。二日前からずっと。男がひとりホテルを見張ってる。ここにいるのがわかってるんだわ」

「いまも見張られているのか？」

しばらく間があいた。窓からのぞいているようだ。「バンはとまってるけど、なかにはだれもいないみたい」

「いいかい、ヘレナ。どこにいるのか教えてくれ。これから迎えにいく。きみは自首すべきだ。こんな事態から抜けだす方法はそれしかない。きみを守るたったひとつの道だ」

「刑務所には行きたくない」ヘレナは嗚咽を抑えている。「命をなくすよりましだ。アメリカのＦＢＩに連絡して、まちがいなく妹さん一家を安全な場所に移してもらうよ」

「ねえ、ジェイムズ、わたしを助けてくれる？　お願い」

「できるかぎりのことはしよう、ヘレナ。ただ警告しておくが、反逆罪の問題がある。答えを出せるのは裁判所だけだろう」

またヘレナの泣き声が聞こえる。哀れな女は苦悩している。

「ヘレナ、自首するんだ。それしかない。ぼくがそのままきみを本部に連れていくよ」

しばらく沈黙がつづいてから、ヘレナは言った。「わかったわ」そしてアドレスを告げた。

「ばかな真似はするな」ボンドは言った。「できるだけ急いで行くから」

ボンドは電話を切るなり、フラットから駆けだした。アストン・マーチンを思いきり飛ばして川を渡り、海辺の町をめざす。そこは人気のあるリゾート地で、まさに何百という小さなホテルがある。ボンドはすぐにヘレナが伝えた通りを見つけた。海岸通りから徒歩五分ほどの、ブライトンでもあまり高級とは言えない界隈だ。

ボンドはホテルの正面に駐車して、あたりを見まわした。青いバンは影も形もない。車をおりて、建物のなかにはいった。フロントにいる初老の女性には目もくれず、強い不安に襲われながら狭いロビーを駆けぬけた。

階段を二段ずつのぼって三階まで行くと、ワルサーを抜いて、注意深くまわりをうかがった。廊下には人影がない。忍び足でめざす部屋に進み、戸口で耳をすます。室内のラジオからベートーベンの交響曲第七番の第二楽章が流れている。ボンドは手をあげてノックしかけ、ドアがやや開いているのに気づいた。銃をかまえて、そっとドアを押した。

ヘレナ・マークスベリは床の中央で血の海のなかに横た

わっていた。

　ボンドはなかにはいり、ドアを閉めた。すばやくベッドルームを調べ、室内には遺体だけなのを確かめる。それからヘレナのかたわらにひざまずいた。

　ユニオンはひと足早かった。ヘレナの喉はすっぱり切り裂かれていた。

　ボンドはしばらくかけて心を落ちつけると、受話器を取って本部の緊急番号にかけた。清掃班の派遣を指示してから椅子にすわり、いっとき燃えるような恋をした美しい女の亡骸を見つめた。

　音楽が部屋を満たしている。ラジオから聞こえるオーケストラの演奏は感情を揺さぶるような山場を迎えた。

　ヘレナを気の毒だとは思うが、もはや愛情はかけらもない。彼女が自分の人生のすばらしい一部だったときもあったのに。これまでも自分を裏切った女たちに心を閉ざしてきたように、ボンドはヘレナを人生から締めだした。ただちに。

　ボンドは煙草を取りだして火をつけ、いちばん冷たいのはどれだろうと考えた。ヘレナ・マークスベリを犠牲にし、しまいには滅ぼした冷酷な諜報活動の世界か、カンチェンジュンガの氷で覆われた頂か、それともおのれの無情な心なのか。

訳者あとがき

いよいよ〈スペクター〉に匹敵する極悪集団〈ユニオン〉登場である。

イギリスが威信をかけて取りくんだ航空機体用の新素材〈スキン17〉の製法が盗まれた。開発にあたっていた国防評価研究局《DERA》の施設は全焼し、焼け跡から喉を切り裂かれた航空物理学者の遺体が発見される。標的の喉を切り裂くのはユニオンの手口だ。しかも、DERAには〝スキン・プロジェクトの成功を祈る〟というユニオンの署名つきのファックスが届いていた。ボンドは製法の行方を追ってブリュッセルへ向かい、ついには世界第三の高峰カンチェンジュンガへ。しかし、その登山隊には最強の敵ユニオンのスパイがまぎれこんでいた。

ボンド・ガールは個人アシスタントのヘレナ・マークスベリ、ベルギーのB支局のジーナ・ホランダー、登山隊のチーム・ドクターのホープ・ケンダル。いずれ劣らぬ美人ぞろい。悩ましい魅力と抜群のプロポーションの持ち主で、ボンドとの濡れ場ももちろんある。とりわけホープ・ケンダルとは、標高七九〇〇メートル地点で猛吹雪のなか愛を交わす。そんな自然の脅威のもとでだいじょうぶなのだろうかという心配はご無用。ブースロイド少佐ご自慢の便利な装備が用意されているのだ。

　ボンドはイートン校時代からの宿敵ローランド・マーキスと再会し、『ゴールドフィンガー』を彷彿させるゴルフ対決をする。その舞台となるストーク・ポージスは映画版《ゴールドフィンガー》でも使われたゴルフ場だ。このマーキスは空軍大佐にして登山家で、カンチェンジュンガ登山隊のリーダーをつとめる。はたしてボンドは波乱ぶくみの登山を無事乗りきり、限りなく不可能に近いミッションを達成することができるのか。


　007関連のニュースでは、イギリスのSISがウェブサイトで人材をリクルートしたかと思えば、日本でもSISを念頭に置いた対外情報機関誕生か、などという話題があった。

　書籍では、少年時代のジェイムズ・ボンドを描いた *Silver Fin:A James Bond Adventure (Young Bond)* がイギリスで出版された。著者のチャーリー・ヒグソンはイアン・フレミングの遺族から許可を得たそうだ。映画化の話もあり、少年ボンドにハリー・ポッターのダニエル・ラドクリフの名前があがっているとかいないとか。さらに、マネーペニーの日記なる本（*The Moneypenny Diaries* ケイト・ウェストブルック著）も発売されている。

　うれしいことに、四国の直島にその名も〈007「赤い刺青の男」記念館〉というミュージアムが設立された。『007／赤い刺青の男』関連の展示を目玉に、世界に類を見ない007記念館になっているという。待望の日本ロケの嘆願署名は、香川と登別を合わせて八万人（！）に達したものの、残念ながら映画の撮影誘致はなかなかすんなり実現とはいかないようだ。

その映画だが、007の第二十一作は《カジノ・ロワイヤル》。そう、イアン・フレミングの記念すべき007シリーズ第一作。どうやら三十歳前後のボンドが描かれるらしい。ということで、ようやく六代目のジェイムズ・ボンドが決定した。《ロード・トゥ・パーディション》《Jの悲劇》（原作はイアン・マキューアンの『愛の続き』）などに出演したダニエル・クレイグ。今度はなんと金髪である。「ボンド、ジェイムズ・ブロンド」なんてことはともかく、楽しみに待ちたい。

本書はユニオン三部作の第一部。ユニオンの悪逆無道はどこへ向かうのか。どうぞ第二部もご期待ください。

二〇〇五年十月

HAYAKAWA POCKET MYSTERY BOOKS No. 1778

小《こ》林《ばやし》浩《ひろ》子《こ》

英米文学翻訳家
訳書
『007/ファクト・オブ・デス』レイモンド・ベンスン
（以上早川書房刊）他多数

この本の型は，縦18.4センチ，横10.6センチのポケット・ブック判です.

検印
廃止

〔007／ハイタイム・トゥ・キル〕

2005年11月10日印刷　　2005年11月15日発行

著　者　レイモンド・ベンスン
訳　者　小　林　浩　子
発行者　早　川　浩
印刷所　星野精版印刷株式会社
表紙印刷　大平舎美術印刷
製本所　株式会社川島製本所

発行所　株式会社　早川書房
東京都千代田区神田多町2ノ2
電話　03-3252-3111（大代表）
振替　00160-3-47799
http://www.hayakawa-online.co.jp

〔乱丁・落丁本は小社制作部宛お送り下さい
送料小社負担にてお取りかえいたします〕

ISBN4-15-001778-6 C0297
Printed and bound in Japan

ハヤカワ・ミステリ〈話題作〉

1763
五色の雲
R・V・ヒューリック
和爾桃子訳

ディー判事の赴くところ事件あり。中国各地を知事として歴任しつつ解決する、八つの難事件。古今無双の名探偵の活躍を描く傑作集

1764
歌姫
エド・マクベイン
山本　博訳

〈87分署シリーズ〉新人歌手が、自らのデビュー・イヴェントの最中に誘拐された。大胆不敵な犯人と精鋭たちの、手に汗握る頭脳戦

1765
最後の一壜
スタンリイ・エリン
仁賀克雄・他訳

〈スタンリイ・エリン短篇集〉人間性の根源に潜む悪意を非情に描き出す、傑作の数々を収録。短篇の名手が贈る、粒よりの十五篇！

1766
殺人展示室
P・D・ジェイムズ
青木久惠訳

〈ダルグリッシュ警視シリーズ〉私設博物館の相続をめぐる争いの最中に起きた殺人は実在の犯罪に酷似していた。注目の本格最新作

1767
編集者を殺せ
レックス・スタウト
矢沢聖子訳

女性編集者は、原稿採用を断わった夜に事故死した。その真相を探るウルフの眼前で、さらなる殺人が！　シリーズ中でも屈指の名作

1768 ベスト・アメリカン・ミステリ ハーレム・ノクターン
エルロイ&ペンズラー編 木村二郎・他訳
R・B・パーカーの表題作をはじめ、コナリー、ランズデール、T・H・クックらの傑作二十篇を収録した、ミステリの宝石箱誕生！

1769 ベスト・アメリカン・ミステリ ジュークボックス・キング
コナリー&ペンズラー編 古沢嘉通・他訳
砂塵の荒野、極寒の地、花の都、平凡な住宅地……人ある所必ず事件あり。クラムリー、レナードらの傑作を集めたミステリの宝石箱

1770 鬼警部アイアンサイド
ジム・トンプスン 尾之上浩司訳
〈ポケミス名画座〉下半身不随となりながらも犯罪と闘い続ける不屈の刑事。人気TVシリーズをノワールの巨匠トンプスンが小説化

1771 難破船
スティーヴンスン&オズボーン 駒月雅子訳
座礁した船に残されたのは、わずかなアヘンと数々の謎……漂流と掠奪の物語を描く、大人版『宝島』。文豪による幻の海洋冒険小説

1772 危険がいっぱい
デイ・キーン 松本依子訳
〈ポケミス名画座〉必死の逃亡者が出会ったのは、危険な香りの未亡人。アラン・ドロン主演映画化の、意表をつく展開のサスペンス

ハヤカワ・ミステリ〈話題作〉

1773
カーテンの陰の死
ポール・アルテ
平岡敦訳

〈ツイスト博士シリーズ〉いわくありげな人物ばかりが住む下宿屋で、七十五年前の迷宮入り事件とそっくり同じ状況の密室殺人が！

1774
柳園の壺
R・V・ヒューリック
和爾桃子訳

疫病の蔓延で死の街と化した都に、不気味な流行歌が流れ、その歌詞通りの殺人事件が起きる！　都の留守を守るディー判事の名推理

1775
フランス鍵の秘密
フランク・グルーバー
仁賀克雄訳

安ホテルの一室で貴重な金貨を握りしめた見知らぬ男が死んでいた。フレッチャーとクラッグの凸凹コンビが活躍するシリーズ第一作

1776
耳を傾けよ！
エド・マクベイン
山本　博訳

〈87分署シリーズ〉ちくしょう、奴が戻ってきた……宿敵デフ・マンが来襲。暗号めいたメッセージが告げる、大胆不敵な犯行とは？

1777
5枚のカード
レイ・ゴールデン
横山啓明訳

〈ポケミス名画座〉連続殺人に震える田舎町に賭博師が帰ってくる。姿なき殺人鬼との対決の行方は？　本格サスペンス・ウェスタン